Leurs mains sont bleues

Du même auteur

Un thé au Sahara
Gallimard, 1952
et coll. « L'imaginaire » n° 62

Après toi le déluge
Gallimard, 1955
et coll. « L'imaginaire » n° 204

Des aires du temps
Christian Bourgois, 1986

Réveillon à Tanger
Quai Voltaire, 1987
et « Livre de poche » n° 6846

Le Scorpion
Rivages, 1987
et « Rivages poche » n° 3

La Jungle rouge
Quai Voltaire, 1988
et « Livre de poche » n° 6794

L'Écho
Rivages, 1988
et « Rivages poche » n° 23

Mémoires d'un nomade
Quai Voltaire, 1989

Journal tangérois
Plon, 1989

Paroles malvenues
Quai Voltaire, 1989

Un thé sur la montagne
Rivages, 1989
et « Rivages poche » n° 30

Paul Bowles

Leurs mains sont bleues

récits de voyage

TRADUIT DE L'AMÉRICAIN
PAR LILIANE ABENSOUR

Quai Voltaire

TEXTE INTÉGRAL

EN COUVERTURE : photo Alain Sèbe

Titre original : *Their Heads Are Green and Their Hands Are Blue*
Éditeur original : The Ecco Press, New York, 1984
ISBN original : 0-88001-043-6

ISBN 2-02-014651-7
(ISBN 2-87653-026-0, 1re publication)

Présentation
par Brice Matthieussent

« Il reviendra, quoi qu'il lui en coûte en confort
et en argent, car l'absolu n'a pas de prix. »

Paul Bowles, *Leurs mains sont bleues*

L'écrivain américain Paul Bowles, qui vit maintenant depuis plus de quarante ans à Tanger, au Maroc, déteste qu'on parle de lui comme d'un « exilé ». Ou alors, il faudrait ajouter l'épithète *volontaire* au terme d'*exilé*. Ou alors, il faudrait préciser que la passion des voyages l'a toujours disputé chez lui aux passions concurrentes et complémentaires de l'écriture et de la musique. Témoins les récits de *Leurs mains sont bleues*, qui transportent le lecteur à Ceylan, Istanbul, en Inde et, bien sûr, au Maroc, à une époque – les années cinquante – où le tourisme de masse n'avait pas encore fait les ravages que l'on sait. Plutôt que d'exilé, parlons donc de « citoyen du monde », d'esprit et d'écrivain cosmopolite qui jamais n'a refusé l'invitation baudelairienne au voyage.

Dès 1929, âgé de dix-huit ans, le jeune Paul Bowles s'embarque à New York pour la France. A l'insu de ses parents et après avoir publié dans la revue *Transition* un long poème d'inspiration surréaliste. Deux vocations s'affirment, donc, très tôt chez lui : le goût immodéré des voyages en paquebot et la passion de l'écriture.

Le lecteur attentif du présent livre remarquera pourtant que l'écrivain de la maturité excelle à décrire toutes sortes de musiques ainsi que les ambiances sonores des paysages exotiques où il circule. En effet, avant de devenir un écrivain célèbre, Paul Bowles fut un compositeur très apprécié aux États-Unis. En 1930, après ses pérégrinations européennes, il rejoint le compositeur Aaron Copland au sein d'une fondation américaine ouverte aux artistes. Cette rencontre marque le début d'une brillante carrière qui permettra longtemps à Paul Bowles de voyager à sa guise entre deux concerts : ses compositions incluent des opéras, des suites pour piano, des sonates, des chansons, etc., mais c'est surtout le théâtre et le cinéma qui lui fourniront l'argent des voyages. A New York, il travaille avec Orson Welles, Joseph Losey, son ami Tennessee Williams et avec divers chorégraphes, dont Balanchine.

Deux femmes vont jouer un rôle crucial dans la vie de notre nomade. La première s'appelle Gertrude Stein : c'est l'écrivain américaine iconoclaste installée à Paris, l'amie de Picasso et l'ardent défenseur des cubistes. En 1931, Paul Bowles effectue le pèlerinage rue de Fleurus, soumet quelques poèmes à Gertrude Stein, qui lui conseille très vite de... renoncer à écrire ! Mais pourquoi, ajoute-t-elle, ne partiriez-vous pas en vacances à Tanger ? Le jeune Bowles s'y rend aussitôt avec Aaron Copland et tombe amoureux de la « ville du rêve », comme il la décrira plus tard. Gertrude Stein a sans doute eu tort de dissuader Paul Bowles d'écrire, mais on ne peut que lui savoir gré d'avoir poussé le jeune Américain à partir pour Tanger. De fait, pendant plusieurs années, Bowles renonce à l'écriture pour se consacrer exclusivement à la musique. Mais en 1937 il rencontre celle qui, l'année suivante, deviendra Jane Bowles. Or Jane écrit (et adore voyager). Elle encourage Paul à l'imiter. Ils fréquentent les célébrités new-yorkaises, sillonnent les mers du monde entier, partent s'installer provisoirement à Mexico, puis définitivement à Tanger, ce qui n'empêche pas Paul Bowles d'acheter l'île de Taprobane au large de l'Inde, au grand dam de Jane pour qui cette solitude forcée est un calvaire. L'île sera vite revendue...

Coup d'essai, coup de maître : *Un thé au Sahara*, publié à Londres puis à New York en 1949, raconte la progressive descente aux enfers de trois Américains partis à l'aventure dans le désert algérien, sur fond de colonialisme et de sauvagerie. La veine des romans ultérieurs et, surtout, des formidables nouvelles de Paul Bowles y est d'ores et déjà présente : aux antipodes d'un exotisme de pacotille, c'est l'étrangeté radicale de l'Autre que Bowles met en scène à travers la confrontation de voyageurs occidentaux à une culture qui reste obstinément opaque. D'où une kyrielle de malentendus d'abord banals et ponctuels, mais qui dégénèrent très vite en situations inextricables, voire mortelles.

Rien d'aussi dramatique dans *Leurs mains sont bleues*. Ici, l'incommunicabilité entre le narrateur, Paul Bowles, et les populations autochtones du Maroc, de l'Inde, de la Turquie ou de Ceylan donne lieu à des épisodes certes insolites, presque surréalistes dans leur invraisemblance, mais le plus souvent cocasses, voire burlesques. Le lien entre tous ces carnets de route, c'est la volonté de modernisation que notre voyageur constate partout et non sans amertume. Ainsi, dans la campagne marocaine qu'il sillonne en voiture pour enregistrer des musiques traditionnelles, Paul Bowles se heurte à l'incompréhension des fonctionnaires officiels : tout ce vacarme, lui disent-ils, est rétrograde, un simple signe d'arriération culturelle qu'il faudrait éradiquer coûte que coûte... « Mon opinion, écrit à l'inverse Paul Bowles, est que les peuples de cultures différentes ne sont pas tant minés par les sous-produits de notre civilisation que par le désir irrationnel, de la part des membres de leurs minorités instruites, de cesser d'être eux-mêmes pour devenir des Occidentaux. » Voilà le grand danger : l'uniformisation planétaire, l'effacement de toutes les différences culturelles au profit d'une seule conception du monde – celle d'un Occident, d'une Amérique que Bowles déteste. Pour lui, l'expérience du désert est la plus forte qu'on puisse faire de cette différence culturelle : c'est, dans les pages qui suivent, ce qu'il appelle « le baptême de la solitude » : « Vous franchissez la porte du fort ou de la ville, vous dépassez les chameaux couchés à l'extérieur et vous montez dans les dunes, ou bien vous vous éloignez vers la plaine dure, pierreuse, et vous restez un moment seul. Bientôt, soit vous frissonnez et retournez en toute hâte à l'intérieur des murs, soit vous restez là et vous vous laissez gagner par quelque chose de très particulier, que ceux qui vivent dans cette région connaissent et que les Français appellent *le baptême de la solitude.* »

Paul Bowles est bien sûr de ceux qui se sont laissés gagner par cette sensation si particulière, par cette soif d'absolu auquel il a consacré sa vie nomade et une poignée de livres admirables, dont celui-ci.

*Né à New York le 30 décembre 1910, Paul Bowles a connu une enfance difficile qu'il fuit, à l'âge de dix-huit ans, en s'embarquant pour Paris. Il y connait tout ce que la capitale compte de célébrités : Ezra Pound, Stephen Spengler, Christopher Isherwood, Luchino Visconti, Salvador Dali, Jean-Paul Sartre et Gertrude Stein qui le protège et lui déconseille d'écrire. Paul Bowles devient alors compositeur et ne retrouve l'écriture qu'à Tanger, auprès de sa femme Jane. On lui doit, entre autres, des romans (*Un thé au Sahara, *porté à* *l'écran par Bernardo Bertolucci) et* La Jungle rouge, *ainsi que des recueils de nouvelles qui sont devenus des classiques de la littérature (*Réveillon à Tanger, Le Scorpion, *etc.). Il vit à Tanger depuis de nombreuses années.*

Far and few, far and few,
  Are the lands where the Jumblies live;
Their heads are green, and their hands are blue,
  And they went to sea in a Sieve.

The Jumblies
EDWARD LEAR

AVERTISSEMENT

Chaque fois que je me rends dans un endroit où je ne suis encore jamais allé, j'espère qu'il sera aussi différent que possible de ceux que je connais déjà. Je présume qu'il est naturel, de la part d'un voyageur, de rechercher la diversité et que l'élément humain est ce qui lui donne le plus le sens des différences. Si les gens et leur manière de vivre étaient partout identiques, il ne servirait à rien de se déplacer d'un endroit à un autre. A quelques exceptions près, le paysage seul n'offre pas un intérêt suffisant pour justifier les efforts qu'il faut déployer pour le voir. Même les ouvrages des hommes, à moins qu'ils ne soient utilisés dans la vie quotidienne, ont une manière de perdre leur signification et de ne plus assumer qu'une fonction décorative. Ce qui donne sa valeur à Istanbul, pour un étranger, n'est pas la présence des mosquées ou des souks couverts, mais le fait qu'ils sont toujours en activité. Si les gens en Inde n'avaient pas cette remarquable conscience de l'importance d'une discipline spirituelle, ce serait un pays extrêmement déprimant à visiter, malgré ses merveilles architecturales. Et l'Afrique du Nord sans ses tribus, habitée par exemple par les Suisses, serait tout simplement une Californie plus dénudée.

L'idée de *statu quo* est purement théorique. Des changements interviennent constamment. Il serait absurde de s'attendre à ce que chaque groupe maintienne ses caractéristiques ou sa manière de vivre actuelles. Mais le visiteur d'un lieu dont le charme réside dans son caractère arriéré, est porté à espérer qu'il en sera toujours ainsi, sans tenir compte de ce que les habitants peuvent éprouver. Pour qui est à la recherche du pittoresque, le développement de la technologie apparaît comme une abomination intégrale. Pourtant, il y a bien pire.

Claude Lévi-Strauss, l'anthropologue, prétend que pour que le monde occidental puisse continuer à fonctionner convenablement, il lui faut sans cesse se débarrasser d'immenses quantités de rebuts qui sont déversés auprès de peuples moins chanceux. « Ce que d'abord vous nous montrez, voyages, c'est notre ordure lancée au visage de l'humanité. »

A l'autre extrémité du spectre idéologique se situent ceux qui considèrent toute description objective des choses, telles qu'elles sont de nos jours, dans un pays sous-développé, comme de la propagande impérialiste. Ayant été soumis à des attaques de la part des deux camps, j'ai conscience qu'écrire sur ces pays est un sujet délicat. Se référant à l'un des chapitres de ce livre, « Nasses et affaires privées », un résident britannique à Ceylan me déclara : « D'autres auteurs ont trouvé ici la paix et la beauté dans la vie simple de nos coolies. » En revanche, lorsque j'écrivis « Mustapha et ses amis », une Française très déterminée le traduisit, en fit tirer deux cents exemplaires et les distribua auprès des hommes politiques musulmans, pour illustrer l'attitude réactionnaire typique des Américains envers les peuples opprimés.

Mon opinion est que les peuples de cultures différentes ne sont pas tant minés par les sous-produits de notre civilisation que par le désir irrationnel, de la part des membres de leurs minorités instruites, de cesser d'être eux-mêmes pour devenir des Occidentaux. Les formes de gadgets que prennent nos « rebuts » sont des fétiches commodes qui permettent d'assurer cette transformation magique. Mais il y a une différence entre le fait de laisser un organisme évoluer de façon naturelle et celui d'essayer de le forcer au changement. De nombreux régimes post-coloniaux tentent de précipiter le processus d'européanisation par des campagnes et des décrets. On peut, par la contrainte, il est vrai, détruire les modes traditionnels de pensée; mais il est nécessaire qu'il y ait des modes de remplacement viables, qui ne peuvent être mis en place qu'empiriquement et par les gens eux-mêmes. Un vide culturel ne saurait pas même produire le nationalisme, qui implique au moins une certaine conscience de l'identité.

Puisque le comportement humain est partout de moins en moins différencié, les chasseurs de *Jumblies* doivent élargir le rayon de leur quête et abaisser leurs normes. De nos jours, pour qu'un homme soit reconnu comme *Jumblie*, il n'a pas besoin de pratiquer l'anthropophagie ou l'infibulation; il suffit qu'il sacrifie une noix de coco ou qu'il dépose un tas de malédictions dans le jardin de son voisin. Il se peut, dit W.H. Auden, « que dans un avenir qui n'est pas si éloigné, il soit impossible de faire la distinction entre des êtres humains qui vivent sur une partie de la terre et d'autres qui vivent ailleurs ». Il est réconfortant d'imaginer que lorsque ce jour arrivera, nous serons peut-être amenés à prendre les habitants d'une planète proche pour nos *Jumblies*. Il y a aussi toujours la possibilité que nous soyons les leurs.

NASSES ET AFFAIRES PRIVÉES

Welideniya, Ceylan
mai 1950

Le paysage est mouvementé : un océan de collines abruptes qui s'élèvent dans le désordre. De tous côtés, la vue est la même. Les collines sont comme des bosses escarpées que recouvre à peine une végétation peu fournie, échevelée. Des hévéas surtout, qui subsistent en hiver. Le planteur, Mr. Murrow, assure que dans une semaine ou deux, de nouvelles feuilles remplaceront les précédentes, d'un jaune brunâtre. Là où s'arrête le caoutchouc, commence le thé. A cet endroit, la terre apparaît à nu. Les rochers pointent entre les buissons peu élevés, avec par-ci, par-là, planté pour donner de l'ombre, un mûrier aux branches élaguées.

Au sommet de ces bosses escarpées, le bungalow s'étend sur toute la longueur de la crête. Juste en contrebas, au sud-ouest, presque sous l'à-pic, la rivière coule entre des rives sablonneuses. Mais dans l'intervalle, la brusque dénivellation est aménagée en terrasses où pousse le thé et, dans la journée, on entend constamment les voix des Tamouls qui font la cueillette. La nuit, sur la berge opposée, des feux brûlent à l'extérieur des cabanes.

L'air est chaud et étouffant, le seul répit n'intervenant qu'en milieu d'après-midi, lorsqu'il pleut. Ensuite, une fois la pluie passée, chacun ne ressent, jusqu'à la tombée de la nuit, que très peu d'énergie. Il est alors trop tard pour faire quoi que ce soit, sinon lire ou bavarder. Les lumières dépendent du circuit électrique de l'usine de thé. Lorsque tout le monde est couché, Mr. Murrow sous sa moustiquaire, par la porte ouverte de sa chambre, appelle un Tamoul qui attend dehors sur la pelouse. Cinq minutes plus tard, toutes les lumières s'éteignent progressivement et la maison se trouve plongée dans la plus parfaite obscurité, à l'exception des lampes à huile, posées sur les étagères des salles de bains. Rien ne ferme à clef. Les chambres ont des volets qui pivotent comme les portes des bars d'autrefois, et s'arrêtent à environ soixante centimètres au-dessus du sol. Les fenêtres n'ont pas de vitres, mais des rideaux de soie très fine. Toute la nuit, un veilleur, pieds nus, un fusil de l'armée sur l'épaule, sans bruit, fait le tour du bungalow. Parfois, lorsqu'il fait trop chaud pour dormir, je me lève et m'assois sur la véranda. Une nuit, comme il n'y avait pas d'air, même à cet endroit, je dus transporter une chaise sur la pelouse. Le veilleur, au premier tour qu'il fit, m'aperçut et poussa un grognement que j'interprétai comme la marque d'une désapprobation. Ce n'en était peut-être pas une, qui sait?

Les nuits paraissent interminables, peut-être parce que je reste éveillé à écouter les bruits étranges que font les insectes, les oiseaux et les reptiles. Je sais maintenant plus ou moins l'heure qu'il est, selon le passage de la symphonie nocturne qui se joue. Tôt dans la soirée, on entend comme le chant des cigales. Puis, c'est au tour des geckos. (Il existe toute une science de la divination qui repose sur l'observation du comportement, dans les moindres détails, de ces petits lézards : lorsque la maisonnée est encore debout, ils courent sans bruit le long des murs et du plafond où ils attrapent des insectes, et ce n'est que tard dans la nuit qu'ils se mettent à pousser des cris à travers la pièce.) Plus tard encore, on entend un bruit, comme le frottement d'une sauterelle. Vers trois heures du matin, tout s'arrête à l'exception d'un petit oiseau dont le cri consiste en une seule note d'un timbre pur, toujours à la même hauteur. Il semble qu'il y ait en permanence deux de ces oiseaux dans l'acacia, à l'extérieur de ma chambre; ils s'appliquent à chanter en contrepoint, juste à un ton d'intervalle. Parfois le matin, Mrs. Murrow me demande si j'ai entendu le cobra chanter dans la nuit. Je n'ai jamais pu lui répondre par l'affirmative, parce qu'en dépit de la description qu'elle en donne – comme une pièce d'argent tombant contre un rocher –, je ne parviens pas à avoir une idée bien claire de ce qu'il faut entendre.

Six à sept fois par jour, nous buvons un thé fort, foncé. Mr. Murrow n'a guère besoin de prétexte pour sonner un serviteur et commander qu'on lui en apporte. Souvent, il le renvoie, alors que le thé me paraît parfait, en se plaignant de ce qu'il a été mal préparé. Le thé utilisé au bungalow est fait avec les feuilles de qualité supérieure que Mr. Murrow cueille de ses mains. Il soutient qu'il n'y en a pas de meilleur au monde et je dois reconnaître que ce thé a un goût complètement différent de celui que j'ai bu jusqu'ici.

Les serviteurs saluent si bas en entrant que leur dos s'arrondit comme une arche, et ils portent les mains au-dessus de la tête dans une attitude de prière. Hier soir, je suis entré dans la salle à manger quelques minutes avant l'heure du dîner et la vieille Mrs. Van Dort, la mère de Mrs. Murrow, était déjà installée à sa place. Siringam, le plus ancien serviteur, apparut soudain à la porte de la véranda qui mène à la cuisine, courbé en deux, les mains au-dessus de la tête, pour annoncer l'entrée d'une servante qui apportait le repas pour le chien. Elle présenta le plat à la vieille dame qui l'examina avec sérieux et donna ensuite l'ordre en cinghalais de le poser dans un coin pour l'animal.

« Il faut toujours que j'inspecte la nourriture du chien, me dit-elle, sinon les serviteurs en mangent une partie, et la pauvre bête devient de plus en plus maigre.

– Mais les serviteurs ont-ils faim à ce point ?

– Non, bien sûr! mais ils préfèrent la nourriture du chien à la leur. »

Le fils de Mrs. Murrow, né d'un premier mariage, est venu passer la nuit dernière avec sa jeune femme cinghalaise. Mrs. Murrow m'avait déjà raconté en détail comment, pendant trois ans, elle s'était opposée au mariage, parce que la jeune fille était de race différente. Mrs. Murrow appartient à cette classe qu'on appelle les Burghers, qui affirment descendre en droite ligne des colons hollandais établis dans le pays il y a deux siècles. Il me reste encore à voir un Burgher qui aurait le type caucasien, tant le métissage avec des Cinghalais est toujours parfaitement perceptible. Que les Burghers se sentent systématiquement obligés de faire part de leur statut personnel à tout nouveau venu est significatif : la raison évidente en est qu'ils évitent ainsi d'être pris pour des « indigènes ». La tradition veut qu'ils soient européens et il faut l'accepter sans la remettre en question. Le fils est un homme de grande taille, aimable, qui porte une soutane grise et garde tout le temps les mains jointes, habitude qui lui donne l'air d'être en proie à une constante angoisse intérieure. Il est ministre de l'Église anglicane, ce qui ne l'empêche pas d'être politiquement d'extrême-gauche. Il se réjouit des dissensions que ses sermons suscitent parmi ses paroissiens, lorsqu'il dépeint les communistes comme détenant au ciel les plus hauts postes. Il m'a raconté des anecdotes amusantes de sa vie avant son ordination, lorsqu'il était enseignant dans de lointaines provinces. Celles dont je me souviens se rapportent à la faculté étrange qu'ont les enfants de parler passablement l'anglais, sans pour autant connaître le sens des mots qu'ils emploient. Un garçon à qui l'on demandait ce qu'il préférerait être, tailleur ou avocat, fut incapable de répondre.

« Tu sais ce qu'est un tailleur, non? » lui dit Mr. Clasen.

Le garçon répondit affirmativement et il savait aussi quelles étaient les fonctions d'un avocat, mais il ne pouvait répondre à la question.

« Mais pourquoi? » insista Mr. Clasen, pensant que le garçon allait peut-être mettre en avant quelque obscur précepte de philosophie bouddhique.

Mais il finit par dire :

« Je connais " tailleur ", je connais " avocat ", mais dites-moi, s'il vous plaît, ce que veut dire " être ". »

Un autre garçon écrivit : « Le cheval est un animal noble mais il n'en fera rien si on l'irrite. »

Si vous interrogez un Cinghalais qui ne sait pas l'anglais, il se peut qu'il réagisse de façon très curieuse. D'abord, il vous lance un rapide regard puis détourne la tête, ses traits prenant une expression de béate contemplation, comme si votre voix n'était plus qu'un souvenir, agréable mais lointain, qu'il venait de se rappeler et qui, selon lui, méritait d'être goûté brièvement. Après s'être adonné quelques secondes à cette satisfaction intérieure, il vaque de nouveau à ses affaires sans plus regarder dans votre direction, même si vous insistez ou si, après une pause, vous reformulez votre demande. Vous êtes devenu invisible. Dans les auberges du pays, où les membres du personnel sentent bien qu'il leur faut faire bonne figure, ils disent « oh, oh, oh! » sur un ton de commisération (« oh » signifiant oui), comme s'ils ne comprenaient que trop, mais ne pouvaient en dire plus pour des raisons de bienséance. Puis ils secouent la tête de gauche à droite, geste qui rappelle un métronome qui bat trop vite, et ils vous fixent de leurs yeux brillants, vous écoutent poliment jusqu'à ce que vous ayez fini de parler, sur quoi ils vous font un beau sourire et s'en vont. Les serviteurs qui savent l'anglais tiennent à vous nommer « maître », ce qui est déconcertant dans la mesure où cela semble impliquer de votre part une responsabilité quelconque. Ils utilisent aussi la troisième personne au lieu de la deuxième. « Le maître désire manger, maintenant ? » La plus jeune génération cependant a presque unanimement adopté le terme plus neutre de « monsieur » (prononcé missieur), qui remplace celui de « maître », trop teinté de colonialisme.

Il existe un long serpent, vert et mince, qui aime à s'allonger au soleil sur les buissons de thé. L'un d'eux récemment mordit une femme, pendant la cueillette. Mr. Murrow accourut, lui entailla le bout du doigt avec sa serpette et appliqua sur la chair à vif des cristaux de permanganate de potassium. Elle fut ainsi sauvée, mais elle n'eut pas plus tôt repris conscience qu'elle se rendit à un poste de police et porta plainte, accusant Mr. Murrow de lui avoir causé au doigt un dommage irréparable. Lorsque l'enquêteur se rendit à la propriété, il eut les détails de l'affaire, et expliqua à cette femme que c'était grâce à l'intervention rapide de Mr. Murrow qu'elle était encore en vie, sans quoi elle serait morte. Le mari, qui assistait à l'interrogatoire, bondit et pointa un couteau en direction de l'enquêteur, mais on l'empêcha de le blesser. Une fois l'homme neutralisé, il lança à l'enquêteur d'une voix gémissante :

« Tu ne te rends pas compte! J'aurais pu, pour ce doigt, obtenir plein de roupies et on aurait partagé! »

Dans les villages, les toilettes publiques portent une pancarte : *Urinoirs pour sexe féminin,* au lieu d'avoir la mention *Dames* ou *Femmes.*

Une enseigne sur un bâtiment à Akmimana indique : *Gâteaux de mariage et autre fourniture pour mariage au moment voulu.* Ou encore, à Colombo, *Le tonique du Docteur Rao : une drogue divine.*

Un Burgher qui travaille à l'agence de voyages du Grand Oriental Hotel, et qui m'avait vu à mon arrivée, me dit quelques semaines plus tard, comme je passais le voir :

« Vous perdez votre couleur.

– Comment? lui répliquai-je, incrédule. Après tout ce temps au soleil, j'ai la peau dix fois plus foncée qu'avant. »

Il parut gêné, mais poursuivit, patient :

« C'est bien ce que je dis : vous perdez votre couleur. »

Kaduwela

L'auberge de Lunawa est un lieu de séjour désagréable parce qu'elle se trouve juste en face de la gare, sur un bout de pelouse sans ombre, durcie et desséchée par le soleil. Dans la cellule de béton qui m'était attribuée, il était impossible de s'isoler du vacarme des autres pensionnaires, particulièrement bruyants. La chambre à côté de la mienne était occupée par un groupe de huit hommes qui passaient tout l'après-midi et toute la soirée à glousser et à pouffer de rire. Par la porte, je les voyais allongés dans leur sarong, en travers de deux lits qu'ils avaient rapprochés. Dans la salle à manger, la radio ne cessait de hurler à plein volume. La nourriture était épouvantable et il n'y avait aucune moustiquaire disponible, et donc aucun moyen de se protéger contre les minuscules insectes qui constamment m'effleuraient le visage dans la nuit et cherchaient à m'atteindre sous mon drap. Lorsque je finis par être dans l'état d'énervement qu'ils avaient cherché à provoquer en moi, je sautai du lit, m'habillai et sortis précipitamment, à la stupéfaction du domestique qui était couché sur sa natte devant la porte d'entrée. Lui aussi se dressa d'un bond, entra dans une pièce pour appeler le gardien et ensemble ils s'écrièrent à travers la pelouse, dans l'obscurité :

« Maître s'en va?

– Je reviens, je reviens », leur lançai-je.

Et je me mis à marcher d'un pas rapide, le long de la route vers le lagon. Je m'arrêtai un instant sur le pont. L'eau était parfaitement calme et des douzaines de flammes, teintées de rose, brillaient au creux de lampes posées juste à la surface, accompagnées de leur reflet immobile. Et chaque lampe éclairait un échafaudage complexe de tiges de bambou : ces pâles constructions, éparpillées sur toute l'étendue noire, ressemblaient à de frêles autels, et le fait de savoir que c'était des nasses ne les rendait pas moins belles, pas moins extraordinaires à mes yeux. Rompant le silence, un tambour se mit à battre sur la rive opposée. Bientôt un homme arriva sur sa bicyclette et il m'envoya sa lumière dans la figure, en me croisant. Il était effrayé de me voir à cet endroit et franchit le pont en pédalant comme un fou.

Je marchai jusqu'à la gare de Lunawa et restai là à écouter une radio qui jouait de la musique tamoule dans un petit « hôtel ». (Ce que les Cinghalais appellent des hôtels ne sont que des maisons de thé, avec trois ou quatre tables, un minuscule espace derrière un paravent ou une cloison, et quelques nattes posées par terre pour ceux qui veulent se reposer.) De temps à autre, les gens passaient près de moi et me regardaient avec insistance; j'étais assurément un objet de grande curiosité. Les Européens ne se montrent jamais la nuit en de pareils endroits. Assis sur un ponceau, je fus très vite le centre d'un demi-cercle d'hommes, dont certains étaient dans le plus simple appareil et portaient les cheveux longs, presque jusqu'à la taille. Il était inutile de s'adresser à moi en cinghalais, mais ils essayaient toujours. Finalement, un homme arriva qui parlait l'anglais et me demanda si je voulais faire la course avec lui sur la route. Je déclinai son offre, faisant état de ma fatigue. C'était vrai ; il était plus de minuit et je commençais à souhaiter trouver dans le voisinage un endroit confortable où poser ma tête. L'homme qui parlait l'anglais me dit alors qu'ils étaient tous en train de dormir, mais qu'ils s'étaient relevés parce qu'on les avait prévenus de la présence d'un étranger sur la route. Alors que j'étais là, assis, faisant de mon mieux pour soutenir poliment une conversation, trois hommes plus âgés, en robe blanche, passèrent et, voyant la foule, s'arrêtèrent. Ils étaient, de toute évidence, d'un rang social plus élevé et désapprouvaient fort ce qu'ils voyaient. L'un d'eux, rapidement désigné comme porte-parole, s'avança et s'écria en indiquant la bande d'individus aux cheveux longs et au regard farouche : « Des gens désespérants ». Je fis semblant de ne pas comprendre, sur quoi, chacun des trois entreprit de répéter ces mêmes mots inlassablement, en accentuant chaque syllabe de façon égale. J'étais si fasciné par cette performance que presque tous les nudistes avaient déjà disparu dans l'obscurité, avant que je n'eusse pris conscience qu'ils n'étaient plus là, et que je n'étais plus en face que de ces trois hommes sérieux qui psalmodiaient. « Venez », me dit le chef, et il me prit par le bras pour m'aider à me lever et à marcher (je ne dirai pas à me *forcer* à marcher, parce qu'il y avait trop de gentillesse dans sa fermeté), s'assurant que je les suivais lui et ses amis, jusqu'au croisement où les chauves-souris plongeaient dans la lumière que répandait l'unique lampe de la rue.

« Maintenant, vous allez à l'auberge », dit-il, montrant ainsi qu'il savait plus d'anglais que les quelques mots qu'il s'était jusque-là contenté de répéter comme un refrain. Mais, une seconde après, il entonna « des gens désespérants » et les deux autres, qui paraissaient plus graves encore sous la lumière, furent une fois de plus d'accord avec lui. Je répondis faiblement que je rentrerais quand j'en aurais envie, mais ils restèrent inflexibles : il était clair que mes désirs personnels ne comptaient pas. Ils appelèrent un garçon qui se trouvait sous un arbre près de l'« hôtel », et le chargèrent de m'accompagner pour le kilomètre qui restait à parcourir jusqu'à l'auberge. Mi-rieur mi-sérieux, je discutai pendant peut-être une minute, puis me retournai pour reprendre la route. Ils me souhaitèrent bonne nuit et poursuivirent leur chemin. Le garçon resta tout près de moi, en partie par peur, j'imagine; et quand je parvins au pont où je m'arrêtai un instant pour contempler l'eau et les lumières, il me pressa de poursuivre rapidement la marche, sous prétexte que, dans le lagon, des crocodiles sortaient de l'eau, la nuit. Je ne pense pas qu'il le croyait, mais il voulait accomplir sa mission au plus vite et retrouver la sécurité de l'auberge. Les arbres ici abritent des esprits : les plus grands et les plus vieux d'entre eux ont des niches creusées dans les troncs, où les gens placent des cierges qui se consument lentement. La lumière vacillante attire les esprits, comme des papillons de nuit, et les empêche d'abandonner l'arbre et de faire du mal au-delà de l'environnement immédiat. A l'auberge, le propriétaire et son domestique m'attendaient. Mon compagnon de route n'avait pas la moindre intention d'ajouter à son épreuve en retraversant seul le lagon. Il se blottit par terre sur la véranda et y passa la nuit. Les rieurs s'étaient couchés, et c'était le calme à nouveau, mais les insectes furent plus nombreux et plus actifs que jamais. La nuit que je passai ne fut pas très bonne.

Je m'étais déjà organisé pour passer la nuit suivante à Homagama, où l'auberge est, du moins à ce qu'il semble, d'une catégorie supérieure. Quand l'aubergiste, un homme d'âge mûr, me montra les chambres disponibles, il essaya de me faire prendre une pièce attenante à la salle à manger, sous prétexte qu'elle serait plus tranquille. La seule autre chambre libre était à côté de ses appartements, et il était sûr (il le dit en s'excusant) qu'elle ne plairait pas du tout au « maître ». Comme la chambre qu'il voulait me donner ne comportait que trois murs, le quatrième n'étant fait que d'un paravent, d'un mètre cinquante de haut, par-dessus lequel j'aperçus deux hommes attablés en train de prendre une boisson au gingembre, je me décidai imprudemment pour la chambre qui touchait ses appartements. Une fois installé, mes bagages à moitié défaits, quand les serviteurs eurent suspendu la moustiquaire et apporté une faible lampe à huile, je découvris mon erreur. Cette pièce aussi faisait partie d'une autre chambre. Dans la portion que je n'occupais pas, un bébé commença à pleurnicher et bientôt la voix d'une très vieille femme s'éleva en une incantation. J'ignore encore trop la culture de ce pays pour dire si c'était une berceuse, une prière, ou tout simplement les lamentations d'une vieille femme. Mais le chant se prolongea interminablement jusqu'à l'aube, moment où il fut étouffé par le bruit de la volaille, des corneilles dans les manguiers, et des locomotives qui passaient près de la porte d'entrée. Chaque fois que la vieille femme s'arrêtait de chanter, le bébé la réveillait. Et dès qu'il cessait de pleurer, elle recommençait et le réveillait à son tour.

Le matin, je m'aperçus qu'il y avait une troisième chambre qui devait être occupée, d'un moment à l'autre, par ce qu'on appelle, par euphémisme, un « couple en voyage de noces ». Ils arrivèrent à six heures trente et je pus disposer de la chambre quand ils la quittèrent, en fin d'après-midi. Elle était cent fois mieux et je la gardai les deux nuits suivantes, au grand écœurement de l'aubergiste qui dut installer dans les autres chambres tous les couples qui arrivèrent entre-temps. Compte tenu que la plus grande partie de son revenu personnel consistait dans le « service » que ces couples lui donnaient, on peut comprendre qu'il souhaitât les loger le mieux possible. Une autre expression, utilisée par les aubergistes à l'intention de ces couples en « voyage de noces », était celle d'« affaires privées ». Comme ils ne signent pas le registre de leur nom, ils laissent pour cette faveur un pourboire relativement élevé. A Kesbewa, l'aubergiste m'avait prévenu que, pour les six semaines à venir, toutes ses chambres étaient réservées pour affaires privées. Le troisième jour, en fin d'après-midi, je dus partir. A moins d'avoir une permission spéciale de la part du gouvernement, le séjour dans une auberge est strictement limité à trois nuits, ce qui est considéré comme suffisant pour toute affaire privée que l'on souhaiterait traiter.

Je louai une carriole, fabriquée à partir d'un ancien cabriolet, tirée par un petit zébu de couleur beige et, avec son conducteur qui ne connaissait en anglais ni oui ni non, nous prîmes les petites routes à travers la forêt vers Kaduwela. Sur le chemin, il y avait beaucoup de petits villages, et nous dûmes nous arrêter dans l'un d'eux pour arranger les bagages qui glissaient constamment et tombaient dans la poussière, et les attacher plus sûrement. A cet effet, le conducteur apporta une longue corde, épaisse mais peu solide, et nous reprîmes la route. Les énormes secousses devenaient insupportables et j'avais mal partout, des genoux jusqu'au cou. La corde, bien sûr, ne cessait de casser et les valises continuaient de glisser et de tomber. Le charme du paysage cependant avait suscité en moi une telle euphorie que plus rien ne comptait. Je voulais seulement que le jour dure le plus longtemps possible pour pouvoir distinguer ce qui m'entourait. La forêt n'était pas continue; elle ouvrait, en de nombreux endroits, sur les vastes étendues vertes des champs de riz, où des hérons pataugeaient. Chaque fois que nous replongions dans les bois, il faisait de plus en plus sombre, jusqu'à ne plus différencier les aréquiers des bambous. Les gens qui marchaient sur la route portaient des torches, faites de palmes attachées les unes aux autres, qui lançaient de vives flammes rouges, et qu'ils tenaient au-dessus de la tête, les étincelles retombant derrière eux, tout le long du chemin. Dans un des villages, de l'écorce de cannelle avait été pilée contre les maisons. L'odeur se répandait à travers toute la campagne. Et, à peu près toutes les dix minutes, le conducteur s'arrêtait, descendait et mettait une nouvelle chandelle dans une petite lampe placée de part et d'autre du cabriolet. Il était très tard lorsque nous arrivâmes à Kaduwela.

Là, l'auberge est située au bord du Kelani Ganga, qui coule au pied des rochers, à quelques mètres au-dessous de la véranda. Dans le silence de la nuit, j'entends parfois un léger gargouillis, mais je ne sais jamais si c'est le bruit d'un poisson, ou simplement celui du courant. De temps en temps, toute une file d'embarcations en bambou passe rapidement, sans bruit. Si l'on ne voyait pas se déplacer les taches rouges des braseros, sur lesquels les membres de l'équipage font la cuisine, on ignorerait leur présence.

Hikkaduwa

Les petites lumières qui décorent les arbres de Noël sont très répandues à Ceylan. On en utilise des milliers à la fois; on en suspend des guirlandes à travers les frontons des maisons et sur les boutiques, dans les arbres, et tout autour des *dagobas* dans les temples. Lors des processions religieuses, tout ce que l'on promène à travers les rues est recouvert d'ampoules électriques de couleur. A Kandy, pendant le Perahera, jusqu'à quatre-vingts éléphants paradent la nuit et portent des guirlandes de petites lumières, qui remplacent les émeraudes, les rubis et les diamants dont les bêtes sont couvertes pendant les processions, dans la journée. La semaine dernière, quand j'étais à Kandy, les musulmans avaient une fête et transportaient une tour en forme de pagode, dont chaque centimètre carré était illuminé de minuscules lumières de couleur. Elle ressemblait à une pièce montée colossale, toute scintillante. J'ai suivi le cortège, aller et retour, le long de Trincomalee Street et Ward Street et suis allé me coucher. Je n'avais pas remarqué jusque-là qu'il y avait une mosquée de l'autre côté du jardin où donnait ma chambre (ils semblent se passer de muezzin, ou du moins, on ne l'entend pas), mais ce soir-là, une musique superbe s'éleva de la cour, derrière la mosquée. Elle se poursuivit toute la nuit, comme un doux vent soufflant dans les arbres. J'écoutai jusque vers trois heures et elle m'entraîna dans le sommeil.

Hier soir, une cérémonie de *pirith* s'est déroulée dans une maison, de l'autre côté de la rue. La famille voisine avait prêté sa véranda pour y installer une génératrice d'électricité, parce qu'il fallait de la lumière, et qu'il en fallait beaucoup. Le vrombissement du moteur couvrait complètement les mélopées. Dans un des coins de la pièce principale, une petite alcôve avait été aménagée. Plus tôt dans la soirée, j'avais remarqué deux hommes qui enroulaient et déroulaient un fil de soie blanche; sur la table, se trouvait une carafe pleine d'un liquide non identifié, et le fil reliait le col de la carafe à une partie du plafond que je ne pouvais voir de là où j'étais. Tout autour de la table, des hommes étaient assis, serrés les uns contre les autres, qui psalmodiaient. L'un des spectateurs, qui était avec moi sur la route, me dit que c'était du pali et non du cinghalais. Comme s'il avait éprouvé la nécessité d'excuser l'utilisation d'une langue aussi ancienne, il ajouta que les services religieux catholiques étaient bien conduits en latin et non en anglais, ce à quoi je répondis que je comprenais ce qu'il voulait dire.

Je lui demandai à quoi servait le fil de soie, et il me répondit que c'était une décoration. Mais comme tous les détails de la cérémonie avaient été mis en place avec autant de minutie que pour une vitrine, et que le fil qui s'élevait vers le plafond, formant un angle bizarre, ne correspondait sûrement pas à une décoration, je n'étais pas prêt à accepter cette version-là. Les hommes criaient si fort qu'ils étaient obligés de s'appuyer de tout leur poids sur la table. Ils veillèrent toute la nuit. Quand je m'éveillai à cinq heures moins le quart, ils étaient toujours là, mais le chant se déroulait différemment; on pouvait dire en un sens qu'il avait diminué, n'étant plus qu'une succession de courtes plaintes dont la tessiture n'excédait jamais une tierce majeure, une suite qui se répétait sans fin, sans la moindre variation. On m'a expliqué, aujourd'hui, que la psalmodie du *pirith* ne peut avoir que quatre tons distincts, pas un de plus, car l'ajout d'un cinquième la ferait passer dans le genre musical, ce qui est strictement interdit. Les officiants sont peut-être trop attachés à la lettre de la loi. De toute façon, à l'intérieur de la gamme permise, ils parviennent à chanter tous les quarts de tons possibles. Les chiens de l'auberge hurlaient et jappaient contre eux jusqu'à ce que le garde, en criant, réussît à les faire taire.

Un jeune bouddhiste, qui était, comme moi, resté à l'extérieur de la maison, proposa de me donner des explications sur la cérémonie.

« Vous voyez ces femmes? » me dit-il.

Elles étaient assises dans la partie extérieure de la pièce à bavarder tranquillement. « Elles n'ont pas le droit d'être à l'intérieur. » La mélopée commence – dans ce cas c'est à neuf heures du soir – et tous les hommes chantent ensemble. Et au fur et à mesure qu'ils se fatiguent, seuls les deux plus solides continuent de chanter pendant que les autres reprennent des forces. A l'aube, tous à nouveau joignent leur voix après environ six heures de relais. Le but de la cérémonie : écarter le mal. Le jeune homme ne tenait pas cette coutume en très grande estime et me conseilla d'aller visiter un monastère, à six kilomètres de là, sur une île où les *bhikkus* se comportent vraiment bien. Même le bouddhisme est criblé de pratiques religieuses primitives. Le *pirith* est pour ainsi dire une variante plus calme de la danse du diable.

Colombo

Le Pettah est la seule partie de la ville où le visiteur peut avoir tant soit peu une idée de ce que devait être la vie à Colombo, avant que la gangrène du XXe siècle s'y soit installée. On y parvient après une marche longue et ingrate, à travers les rails des voies ferrées, le long d'interminables rues sans ombre, et personne à Ceylan n'arrive à comprendre comment je peux aimer ce quartier. Il est habituel d'afficher une expression de léger dégoût en entendant prononcer le nom de Pettah.

Les ruelles étroites sont encombrées de charrettes tirées par des zébus que des coolies nus (personne ne les appelle des « travailleurs ») chargent et déchargent. Des corbeaux mangeurs d'ordures poussent des cris et croassent dans les caniveaux. Les échoppes sont spécialisées dans la vente d'objets inattendus : certaines ne vendent que des feux d'artifice ou des chromos religieux représentant les incidents de la vie de dieux hindous, des sarongs ou de l'encens. Comme il n'y a ni arcades ni arbres, la chaleur est d'autant plus intense; vers midi, vous sentez que, d'une certaine façon, sans y avoir pris garde, vous êtes mort et que vous ne faites que revivre la scène dans votre tête. Il ne passe ni pousse-pousse ni taxi, et il vous faut continuer de marcher jusqu'à ce que vous trouviez une sortie. Des couches de bétel mâchouillé et séché recouvrent les murs et les trottoirs; c'est un peu comme du sang séché, mais en plus rouge. L'odeur qui domine est celle de toute épicerie chinoise : poisson séché surtout, avec de forts effluves d'épices et d'encens. Il y a en effet au

Pettah quelques Chinois qui pour la plupart sont dentistes. Je me souviens de l'un d'eux, Thin Sin Fa, qui dit de lui-même, en guise de réclame, qu'il est un dentiste authentique. Leur enseigne est peinte au-dessus de la porte : un immense ovale rouge avec, à l'intérieur, deux rangées de carrés, d'un blanc étincelant. Si la brise souffle, des colonnes de poussière s'élèvent majestueusement à travers les rues et ajoutent une patine supplémentaire de sable à la sueur qui couvre la peau.

Au détour d'une ruelle se trouve un misérable temple hindouiste, dont l'entrée est surmontée d'un petit *gopuram*. Les centaines de silhouettes sculptées ne sont pas en pierre, mais en plâtre peint dans des couleurs brillantes; des drapeaux et des banderoles pendent au hasard d'un enchevêtrement de ficelles. Dans une autre rue, se dresse une mosquée hideuse, en brique rouge. Les fidèles doivent porter des pantalons pour entrer.

On trouve des hindouistes et des musulmans dans tout Ceylan, mais aucune orthodoxie ne semble convenir à ces lieux. L'hindouisme est trop fantaisiste et chaotique, l'islam trop austère et puritain. Le bouddhisme, avec son aimable agnosticisme et sa tristesse luxuriante, convient si bien à Ceylan que vous sentez qu'il aurait pu y naître, sortir du sol comme les forêts. Il ne sera sans doute plus bientôt une manière de vivre mais se transformera, comme les autres religions du monde, en une simple étiquette socio-politique. Mais, pour le moment, le bouddhisme est toujours là, toujours puissant. Et de toute façon, *après nous le déluge* *!

* Les mots en italiques suivis d'un astérisque sont en français dans le texte original.

L'AFRIQUE MINEURE

Le camion avait mis quatorze heures pour se rendre de Kerzaz à Adrar et, pendant tout ce temps, excepté à l'arrêt dans l'oasis d'El-Aougherout pour le déjeuner, le vieil homme était resté assis sans bouger, à même le plancher du camion, les jambes repliées sous lui, le capuchon du burnous rabattu sur son turban pour protéger son visage de la fine poussière qui s'infiltrait à travers les lattes. Un billet de première classe sur un véhicule de la Compagnie générale transsaharienne donnait le droit de voyager dans une cabine vitrée à côté du conducteur, et c'est là que j'étais installé, me retournant de temps à autre pour voir derrière moi, à travers les carreaux souillés, la silhouette solitaire de cet homme paisiblement assis au milieu des tourbillons de poussière. Au déjeuner, en voyant son visage aux yeux bruns, ardents et à la magnifique barbe blanche, j'avais trouvé qu'il ressemblait à un Père Noël beau et grave.

La poussière se fit plus dense au cours de l'après-midi, si bien qu'à la tombée de la nuit, lorsque nous arrivâmes enfin à Adrar, autant le conducteur que moi-même en étions tout couverts. Je descendis et secouai mes vêtements, et le petit vieux dégringola de l'arrière, des gerbes de poussière se répandant de ses habits. Il fit le tour du camion pour parler au conducteur qui, en bon musulman, voulait se laver et prendre une douche. Comme il était malheureusement citadin autant que bon musulman, il perdit patience en entendant le débit mesuré de son compatriote, et claqua brusquement la portière sans se rendre compte qu'il coinçait la main du vieil homme.

Avec calme, de son autre main, le vieux rouvrit la portière. L'extrémité de son majeur pendait, retenue par un petit morceau de peau. Il le regarda un instant puis ramassa tranquillement une poignée de cette poussière omniprésente, rajusta son doigt et le saupoudra en disant doucement : « Qu'Allah soit loué! » Là-dessus, sans avoir jamais laissé paraître sur son visage le moindre changement d'expression, il ramassa son ballot, son bâton et s'éloigna. Je restai à le regarder, plein d'admiration, songeant à la différence entre sa conduite et ce que la mienne aurait été en pareilles circonstances. Il est assez inhabituel de ne manifester aucun signe de souffrance, mais il paraît étrange de n'exprimer aucun ressentiment contre la personne qui vous a blessé et plus étrange encore, en un tel moment, de louer Dieu.

Il est certain qu'on ne rencontre pas tous les jours des exemples de comportement aussi stoïque, sinon je ne me serais pas souvenu de celui-là; pourtant mon expérience m'a révélé depuis que le cas n'est pas rare, mais il est resté en moi comme le symbole de ce qu'il y a d'admirable chez les gens d'Afrique du Nord. Ils disent : « Le monde que nous voyons est sans importance, éphémère comme un songe. Il serait absurde de le prendre au sérieux. Pensons plutôt aux cieux qui nous entourent. » Ainsi, le paysage conduit à une méditation sur la nature de l'infini. En d'autres régions d'Afrique, vous avez conscience de la terre que vous foulez, de la végétation et des animaux : il semble que tout le pouvoir soit concentré dans la terre. En Afrique du Nord, elle a moins d'importance, car les yeux sont constamment levés pour contempler le ciel. Dans ce paysage aride, le ciel est l'arbitre ultime. Si vous comprenez cela, non pas intellectuellement mais émotionnellement, vous saisissez alors du même coup pourquoi la grande triade des religions monothéistes, judaïsme, christianisme et islam, qui déplacèrent la source du pouvoir de la terre vers les espaces extérieurs, se développa dans des régions désertiques. Et des trois religions, l'islam, peut-être parce qu'elle est la plus récente, est celle qui agit le plus directement et avec le plus de force sur les actes quotidiens de ses fidèles.

Pour qui est né dans une culture où la religion est depuis longtemps totalement coupée de la vie quotidienne, se retrouver soudain au cœur d'une autre culture où l'écart entre le dogme et le comportement naturel est réduit au minimum, est une expérience étonnante : c'est là une des grandes fascinations de l'Afrique du Nord. Je ne parle pas de l'Égypte d'où l'antique harmonie a disparu, détruite de l'intérieur. Mes impressions de l'Égypte avant Nasser sont celles d'un vaste panorama que la désintégration consume au soleil. De toute façon, l'histoire qu'elle a connue est différente de celle du reste de l'Afrique méditerranéenne; elle s'en distingue sur le plan ethnique et linguistique, et fait davantage partie de l'Orient que de la région à laquelle on se réfère habituellement lorsqu'on parle de l'Afrique du Nord. Mais, en Tunisie, en Algérie et au Maroc, il existe encore des gens dont la vie se déroule selon l'ancien modèle d'harmonie entre Dieu et l'homme, d'accord entre la théorie et la pratique, d'identité entre le verbe et la chair (peu importe comment on définit et conçoit cet état primitif dont on sent bien, intuitivement, qu'on l'a jadis connu et qu'il est aujourd'hui perdu).

Je ne prétends pas soutenir que les musulmans d'Afrique du Nord sont un groupe de mystiques, détachés du bien-être de leur corps pour ne s'intéresser qu'au confort de l'esprit. Vous savez, pour leur avoir acheté ne serait-ce qu'un œuf, qu'ils sont tout à fait à même de se défendre en matière d'argent. Les fraises pourries sont au fond du panier, les cailloux inextricablement mélangés aux lentilles et l'eau mêlée au lait, comme dans beaucoup d'autres régions du monde, à la différence que dans un marché à la campagne si vous demandez le prix d'un objet, on ne manque pas de vous répondre d'une traite : « Cinquante, combien est-ce que tu en donnes? » Je dirais qu'au royaume du *beah o chra* (de la vente et de l'achat : et remarquez que pour eux, la vente est à la première place), seuls les surpassent les Hindous qui, moins sensibles aux sentiments, réussissent mieux, et les Chinois, passés maîtres, pour ce qui est de la branche d'Extrême-Orient, dans la science du commerce.

Au Maroc, vous entrez dans un bazar pour acheter un portefeuille et vous vous retrouvez, sans savoir comment, entraîné dans l'arrière-boutique pour y regarder des cuivres anciens et des tapis. En moins d'un instant, vous voilà installé, un verre de thé à la menthe dans une main et sur les genoux un plat de pâtisseries, pendant que défilent devant vous des hommes souriants qui présentent des caftans anciens et des vêtements de mariés, alors que le vendeur qui vous avait accueilli à la porte a complètement disparu. Un peu plus tard, il se peut que vous demandiez à nouveau timidement à voir les portefeuilles que vous aviez remarqués à l'étalage près de l'entrée. On vous répondra le plus souvent que l'homme chargé de la vente des portefeuilles est occupé à dire ses prières, mais qu'il sera bientôt de retour et n'aimeriez-vous pas, entretemps, voir de magnifiques bijoux de la cour de Moulay Ismaïl? Les affaires sont les affaires et les prières sont les prières, et elles font partie sans distinction de la journée de travail.

Lorsque je rencontre des Américains qui voyagent en Afrique du Nord, je leur demande : « Que vous attendiez-vous à trouver ici? » Réduite à ses termes les plus simples, la réponse, quel que soit son mode d'expression, est presque sans exception la suivante : un sens du mystère. Ils espèrent du mystère et ils en découvrent dans les dessins que forme la lumière du soleil filtrant à travers le treillis qui couvre les souks, dans le dédale inattendu et sous les voûtes des étroites ruelles, chez les femmes dont les traits se cachent encore sous le *litham*, dans le caractère secret de l'architecture qui ne permet pas, même si la porte d'une maison est ouverte, de voir à l'intérieur. Pour peu qu'ils prêtent l'oreille tout en observant, ils découvrent aussi le mystère dans le chant que le chamelier solitaire entonne auprès du feu avant l'aube, dans l'appel des muezzins la nuit, à l'heure où leur voix comme de vifs rayons sonores perce le silence et, le plus souvent, dans le battement sec du darbouka, le tambour dont les femmes jouent partout, dans les maisons des grandes villes et dans les plus modestes cahutes à la campagne.

C'est une sensation étrange que de marcher seul dans une rue sombre et silencieuse tard le soir, de tomber sur une pile de cartons trempés par la pluie et, en passant, de vous retrouver nez à nez avec un homme assis tout droit derrière. Un voleur, un mendiant, le veilleur de nuit du quartier, un espion de la police secrète?

Vous continuez de marcher, les yeux baissés, n'entendant que l'écho de vos pas qui résonne entre les murs de la rue déserte. Il vous vient l'idée que vous pourriez percevoir un sifflement qui serait celui de conspirateurs et que quelque chose de désagréable pourrait bien vous arriver. Un peu plus loin, vous voyez, caché dans le renfoncement d'une arcade de magasins, un autre homme étendu sur un transat, endormi. C'est alors que vous vous apercevez qu'il y a tout le long de la rue à la fois des hommes qui dorment et des hommes assis qui veillent paisiblement, et que même aux heures où le silence est le plus profond, l'endroit n'est jamais désert.

Ce n'est que depuis la fin de 1955 que le Maroc a obtenu son indépendance, mais il existe déjà un noyau de jeunes musulmans qui fraternisent librement avec les écrivains et les peintres (pour la plupart des garçons et des filles américains) qui ont parcouru cette région du monde et l'ont trouvée à leur goût. Ensemble, ils donnent des soirées tranquilles, très sérieuses qui offrent un curieux mélange de protocole oriental et occidental. Aucune jeune fille musulmane n'y assiste habituellement. Tous sont allongés sur des matelas ou assis par terre, le kif et le haschisch à portée de la main, mais la moitié des étrangers se contentent de whisky. On regarde de nombreuses peintures et les conversations informelles sur l'art, l'expression, la religion vont bon train. Lorsque la nourriture circule, les musulmans, malgré leur admiration éperdue pour les manières européennes, non seulement s'en tiennent à leur coutume, celle de tremper des morceaux de pain dans le *mruq* huileux au fond de leur assiette, mais parviennent aussi à imposer cette façon de faire aux autres, si bien que chacun est occupé à frotter son assiette avec des morceaux de pain. Pourquoi pas? La nourriture est préparée pour être mangée de cette manière et elle perd de sa saveur si l'on s'y prend autrement.

Parmi les musulmans, nombreux aussi sont ceux qui peignent; après tant de siècles de tabous religieux interdisant la création de représentations figurées, l'abstraction est leur mode d'expression naturel. On voit sur leurs toiles l'élaboration des motifs que les Berbères produisent dans leur artisanat : des dessins qui montrent bien que toute figuration est constamment évitée mais qui parviennent quand même à suggérer des objets reconnaissables. Naturellement, leur peinture rencontre un grand succès auprès des artistes de passage qui poussent l'admiration jusqu'à les imiter. Les Nord-Africains de la beat generation sont fous de musique et utilisent pour en écouter la radio, le phonographe et le magnétophone. Ils s'enthousiasment pour la musique de leur pays mais, contrairement à leurs parents, ils ne savent ni chanter ni jouer d'un instrument. Ils sont aussi épris de rythmes exotiques comme les battements de tambour du Congo, la musique de l'Inde et surtout le jazz américain le plus récent.

Écrire actuellement sur une région de l'Afrique quelle qu'elle soit est un peu comme essayer de dessiner une montagne russe en mouvement. Vous pouvez dire : c'*était* ceci ou cela, ou bien ça *devient* ceci ou cela, mais vous risquez de faire une déclaration erronée dès l'instant que vous dites, de façon catégorique, que c'*est* ceci ou cela, parce que selon toute vraisemblance, en ouvrant le journal le lendemain, vous découvrirez que ça a changé. Dans l'ensemble, le gouvernement de la Tunisie et celui du Maroc souhaitent développer le tourisme dans leur pays. Ils découvrent que le touriste moyen s'intéresse plus à la danse locale qu'à la nouvelle gare d'autobus, qu'il est davantage prêt à dépenser de l'argent dans la casbah qu'à examiner les nouveaux lotissements. Pendant un temps, après la déposition du très impopulaire pacha de Marrakech, Thami el-Glaoui, la grande place publique de la ville, la place Djemâ el-Fna, ne servit plus que de parc de stationnement. Tout le monde vous dira que de toute l'Afrique du Nord, l'unique et le plus grand lieu d'attraction était la place Djemâ el-Fna, à Marrakech. Il n'était pas un seul instant, le jour comme la nuit, sans que l'on vît des touristes déambuler au milieu des acrobates, des chanteurs, des conteurs, des charmeurs de serpents, des danseurs et des charlatans. Privée de tout cela, Marrakech devint une ville marocaine comme les autres. Alors la place Djemâ el-Fna fut réinstallée et continue maintenant plus ou moins comme avant.

L'Afrique du Nord, comme la Malaisie et le Pakistan, est habitée par des musulmans qui ne sont pas arabes. Dans l'*Encyclopaedia*

Britannica, l'estimation du pourcentage d'Arabes dans la population marocaine remonte à deux décennies, mais comme il n'y a pas eu depuis d'immigration arabe, on peut considérer le chiffre de dix pour cent comme toujours valable. Les autres quatre-vingt-dix pour cent de la population sont des Berbères qui, d'un point de vue anthropologique, n'ont rien à voir avec les Arabes. Ils ne sont pas d'origine sémite et se trouvaient là, exactement où ils sont maintenant, longtemps avant que les conquérants arabes aient soupçonné leur existence.

Même après mille trois cents ans, la conception qu'ont les Berbères de l'observance de la religion musulmane n'est en aucun point identique à celle des descendants de ceux qui la leur transmirent. Et les musulmans des villes leur reprochent de ne pas observer correctement le jeûne du ramadan, de ne pas obliger les femmes à être voilées et tenues à l'écart des hommes et, pratique blâmable entre toutes, d'avoir une prédilection pour les cultes rendus aux saints locaux qu'ils vénèrent. En cela, leurs pratiques religieuses manifestent une déviation sérieuse par rapport à l'orthodoxie dans la mesure où pendant les *moussems,* ces pèlerinages gigantesques qu'ils accomplissent périodiquement aux nombreux tombeaux des saints, on peut voir les hommes et les femmes danser *ensemble* jusqu'à se mettre dans un état de frénésie prolongée. C'est là le comble de l'immoralité, vous disent les jeunes puritains. Et d'ajouter que le comportement répréhensible des Berbères au cours de ces manifestations ne se borne pas à cela. Les supplices que l'on s'inflige, l'entrée en transe, l'épreuve par le feu et l'épée, l'absorption de verre brisé et de scorpions ne sont pas rares en de pareilles occasions.

Le voyageur qui a assisté à l'un de ces rassemblements indescriptibles ne l'oubliera jamais, même si, détestant la vue du sang et de la souffrance physique, il essaie de toutes ses forces d'en chasser le souvenir. Pour moi, ces spectacles sont empreints d'une grande beauté car leur but évident est de prouver le pouvoir de l'esprit sur la chair. La vision de dix mille à vingt mille personnes, qui proclament *en masse* * le pouvoir de leur foi, ne peut être que vivifiante. L'un se couche dans le feu, l'autre s'écorche avec un couteau les jambes et les bras, cet autre encore s'enfonce un os effilé dans la cuisse avec une pierre; puis, couverts de cendres et de sang, on chante et on danse en louant dans la joie le saint et le dieu qui ont permis de triompher de la souffrance et, plus généralement, de la mort. Pour les participants, l'épuisement est inséparable de l'extase.

La vénération des saints, qui repose sur

les vestiges d'une religion plus ancienne, est depuis longtemps désapprouvée par les musulmans pieux des villes; dès le milieu des années 30, cette pratique s'est vu imposer des restrictions. Pendant un moment, les manifestations publiques furent en effet supprimées. Plusieurs raisons poussaient les musulmans instruits à s'opposer à ces confréries. Pendant la période du protectorat en Tunisie et au Maroc, l'administration coloniale n'avait pas hésité à les utiliser à ses propres fins politiques pour s'assurer une domination plus totale. De plus, il est toujours apparu que les visiteurs, s'ils venaient à observer les membres de ces cultes en exercice, en retireraient l'impression fâcheuse d'une régression culturelle. Plus important encore, le fait que les rituels n'étaient pas orthodoxes, et par conséquent inacceptables pour de vrais musulmans. Si vous mentionnez à un homme de la ville le nom des Derqaoua, des Aissaoua, des Haddaoua, des Hamatcha, des Jilala ou des Guennaoua qui pratiquent ce genre de cultes, il s'écriera : « Ce sont des criminels. Il faut les jeter en prison! » sans prendre la peine de réfléchir qu'il serait bien difficile d'incarcérer plus de la moitié de la population d'un pays. Je pense que l'une des raisons pour lesquelles les citadins dénoncent aussi violemment ces pratiques réside dans le fait qu'ils en sont les descendants directs; connaissant l'attitude officielle par rapport à cette affaire, ils ressentent une certaine culpabilité à s'y trouver un tant soit peu impliqués. Être né dans une famille adepte de ces pratiques n'est pas une situation qui puisse si vite s'oublier. Chaque confrérie a ses chants et ses rythmes de tambour, immédiatement identifiables par les initiés comme par ceux qui ne font pas partie du groupe. Dès la plus petite enfance, les cadences rythmées et les suites de tonalités contribuent à former le subconscient de l'adepte qui, plus tard, dès qu'il les entendra, parviendra sans la moindre difficulté à un état de transe.

L'histoire de Farid est une variante de ce phénomène... Il vint me voir récemment. Je lui préparai du thé et, comme il y avait du feu dans la cheminée, j'en retirai des braises pour les mettre dans un brasero. Je les aspergeai de *mska,* une résine jaune translucide dégageant une douce fumée qui sent le propre. Les Marocains aiment les odeurs agréables, et Farid ne fait pas exception à la règle. Un peu plus tard, avant que les braises refroidissent, j'ajoutai du *djaoui,* une substance résineuse composée d'obscurs ingrédients.

Farid se leva d'un bond et s'écria :

« Qu'as-tu mis dans le *mijmah*? »

Je n'eus pas plus tôt prononcé le mot de *djaoui,* qu'il courut s'enfermer dans la pièce voisine en claquant la porte.

« Aère la pièce, hurla-t-il. Je ne supporte pas l'odeur du *djaoui*! C'est très nocif pour moi! »

Quand toute trace du parfum dégagé par le *djaoui* eut disparu, j'ouvris la porte et Farid revint, l'air toujours effrayé.

« Qu'est-ce que tu as? Qu'est-ce qui te fait penser qu'un peu de *djaoui* peut te faire du mal? lui demandai-je. J'en ai respiré des centaines de fois, et ça ne m'a jamais rien fait. »

Il répondit en grognant : « A toi, bien sûr, ça ne peut pas te faire de mal. Tu n'es pas un Jilali, moi oui. J'aimerais mieux ne pas en être un. L'année dernière, je me suis blessé et il a fallu que j'aille à la clinique, tout ça à cause du *djaoui*. »

Il se promenait dans une rue d'Emsallah et s'était arrêté devant un café pour bavarder avec un ami. Sans crier gare, il s'était effondré sur le trottoir. Revenu à lui, il s'était retrouvé dans sa maison, quelqu'un battant le tambour à son oreille. Il s'était alors souvenu de la fumée qui sortait du café et avait compris ce qui s'était passé.

Farid avait vécu toute son enfance dans un village de montagne, où tous les membres de sa famille étaient des Jilala. Ses plus anciens souvenirs étaient d'avoir été attaché dans le dos de sa mère pendant qu'en dansant avec les autres, elle arrivait à un état de transe. Les agents extérieurs indispensables, pour réaliser dans la conscience l'altération souhaitée, étaient le tambour et le *djaoui.* Quand le garçon eut quatre ou cinq ans, il avait déjà acquis, par une sorte d'automatisme, l'assurance infaillible de parvenir très rapidement à l'état de transe, sitôt en présence du stimulus approprié. Lorsqu'il s'installa en ville, il cessa d'être un adepte et, en fait, abandonna toute pratique religieuse. Mais le réflexe conditionné demeura, comme on pouvait s'y attendre, et aboutit au fait que maintenant, âgé de plus de vingt-cinq ans, bien que libre d'accepter ou de refuser l'effet des rythmes particuliers du tambour, il reste entièrement à la merci d'une pincée de *djaoui* en train de brûler.

Le processus thérapeutique qui le « ramène à lui », chaque fois qu'un accident se produit, exige un grand nombre d'autres éléments, tel la présence d'un membre de sa famille paternelle, qui doit accepter de manger un morceau du *djaoui* nocif, le recours à des expressions clefs, et le battement sur le *bendir* de certains rythmes nécessaires à rompre le charme. Mais le fait est que lorsque Farid respire, consciemment ou pas, de la fumée de *djaoui,* il perd immédiatement connaissance.

Quelqu'un de mes relations, qui s'était montré virulent dans sa condamnation des confréries, reconnut en fait que tous les membres plus âgés de sa famille étaient des Jilala, ajoutant immédiatement comme exemple du caractère pernicieux de ce culte, l'expérience de sa grand-mère, environ trois ans auparavant. Ainsi que le reste de la famille, elle avait été élevée comme une Jilali, mais était alors trop âgée pour prendre part aux pratiques qui, de nos jours, sont tenues secrètes. (La prohibition, comme d'habitude, ne signifie pas l'abolition, mais simplement la clandestinité.) Un soir, cette vieille femme était seule chez elle, tous ses enfants et petits-enfants étant au cinéma ; elle n'avait rien de mieux à faire et elle alla se coucher. Quelque part, non loin de là, à la périphérie de la ville, se tenait une réunion de Jilala. Dans son sommeil, vêtue comme elle l'était, elle se leva et se dirigea vers l'endroit d'où venaient les bruits. On la trouva le lendemain matin, allongée inconsciente dans un jardin potager, à proximité de la maison où avait eu lieu le rassemblement, au milieu d'une colonie de fourmis qui l'avait véritablement dévorée. La famille m'expliqua qu'elle était tombée parce qu'à certains moments, les battements de tambours s'étaient arrêtés; s'ils avaient continué sans interruption, elle serait arrivée à destination. Les batteurs de tambours continuent toujours de jouer jusqu'à ce que tous les assistants soient sortis de leur transe.

Mais ils ne savaient pas qu'elle venait,

dirent-ils, et le lendemain matin, après l'avoir transportée chez elle, il fallut aller chercher les batteurs pour lui faire retrouver ses esprits.

Les musulmans de la jeune génération, éduqués à la française, sont furieux lorsqu'une histoire de ce genre est racontée à des étrangers. Et que ces derniers puissent prendre de l'intérêt à l'écouter les contrarie bien davantage encore.

« Chez vous, tout le monde appartient-il à la secte des Holy Rollers? interrogent-ils. Pourquoi n'écrivez-vous pas sur les gens civilisés plutôt que sur les plus arriérés? »

Je pense qu'il est bien naturel qu'ils veuillent être présentés à l'extérieur sous le jour le plus « évolué ». Ils trouvent pervers, de la part d'un Occidental, de ne s'intéresser qu'aux différences qui existent entre sa culture et la leur. Et c'est pourtant bien comme cela que nous sommes, nous autres Occidentaux.

J'ai écrit récemment sur le caractère des musulmans d'Afrique du Nord. Un ami marocain analphabète voulut savoir ce que j'écrivais et, improvisant une traduction en maghrébin, je lui lus certains passages. Son commentaire fut net et précis :

« C'est honteux!

– Pourquoi? lui demandai-je.

– Parce que tu as décrit les gens exactement tels qu'ils sont.

– Pour nous, ça n'a rien de honteux.

– Pour nous, si. Tu as fait de nous des animaux. Tu as dit que peu d'entre nous savent lire ou écrire.

– N'est-ce pas la vérité?

– Non, bien sûr! Nous savons tous lire et écrire, tout comme toi. Ou nous le saurions, si seulement nous avions eu des leçons. »

Je trouvai cela intéressant et le racontai à un avocat musulman, sûr que ça l'amuserait. Ce ne fut pas le cas.

« Il a tout à fait raison, proclama-t-il. La vérité, ce n'est pas ce que l'on perçoit avec ses sens, mais ce que l'on ressent dans son cœur.

– Mais la vérité objective, ça existe! m'écriai-je. Ou n'y attachez-vous aucune importance? »

Il sourit d'un air tolérant :

« Pas comme vous le faites, en soi. Ça, c'est la vérité statistique. Elle nous intéresse, bien sûr, mais seulement comme un moyen de parvenir à la vérité vraie qu'elle recouvre. Il y a, selon nous, très peu de vérité visible de nos jours, dans le monde. »

Si spécieux que puisse paraître ce genre de discours, il est clair pour moi que l'avocat exprimait un sentiment que partage ici la grande masse des citadins, qu'ils soient instruits ou pas.

L'instruction pour tous correspond peut-être en Afrique du Nord à un besoin essentiel. Elle a été modérément dispensée jusqu'à présent, et comme nous le disons nous-mêmes, il est dangereux d'apprendre peu. Les Européens ont toujours été coupables, dans leurs possessions d'Afrique du Nord, d'une totale négligence en ce qui concerne les écoles pour musulmans. Avec le temps, leur politique à courte vue est susceptible de devenir un très lourd handicap dans les efforts désespérés que déploient les dirigeants actuels pour maintenir cette région à l'intérieur de la sphère d'influence occidentale. La tâche qui consisterait à instruire les musulmans n'est pas facilitée du fait que le maghrébin, la langue de la majorité d'entre eux, est exclusivement orale et que pour lire et écrire, ils doivent recourir à l'arabe littéraire, aussi éloigné de leur dialecte que le latin l'est de l'italien. Mais la transition se fait lentement. Si vous êtes assis dans un café au Maroc, à l'heure des informations radiodiffusées, vous verrez que le garçon qui attise le feu s'arrête, le soufflet à la main, que les joueurs posent leurs cartes, que ceux qui bavardent cessent de le faire, dès que le présentateur commence à parler et que, sur tous les visages, apparaît une expression d'une intensité farouche. Ils sont extrêmement intéressés par ce qui se dit (même les femmes ont récemment entrepris de discuter de politique), car ils ont conscience de leur importance croissante sur l'échiquier mondial, mais leur expression presque douloureuse est due à l'effort de chacun pour comprendre les mots d'arabe littéraire qui leur parviennent. Il s'ensuit souvent une querelle pour savoir exactement ce qu'étaient les nouvelles.

« Les Britanniques sont en guerre contre le Yémen parce qu'ils sont amis avec Gamal Abdel Nasser.

– Tu es fou. Il a dit que Gamal Abdel Nasser fait la guerre contre le Yémen, parce que les Britanniques y sont.

– Non! Il a dit que Gamal Abdel Nasser est décidé à faire la guerre contre le Yémen s'ils laissent entrer les Britanniques.

– Non! Absolument pas! C'est contre les Britanniques qu'ils envoient des canons au Yémen. »

Cet état de choses, même s'il ne permet pas aux petites gens d'être informés avec précision, a l'avantage du moins d'accroître leur familiarité avec la langue que leurs enfants apprennent à l'école.

Il est un mot que les non-musulmans utilisent invariablement pour qualifier les musulmans en général : « fanatiques ». Comme s'il ne pouvait pas s'appliquer également à tout groupe de gens profondément attachés à quelque chose! Actuellement, les musulmans d'Afrique du Nord s'emploient avec passion à se prouver qu'ils ont la même stature que les Européens. Acquérir leur indépendance politique n'est pour eux qu'une seule facette du problème. L'homme d'Afrique du Nord sait que le touriste moyen, lorsqu'il s'agit d'apprécier sa culture, ne peut, en guise de compréhension, que manifester une certaine curiosité condescendante. Il s'aperçoit alors qu'il est, aux yeux d'un Européen, au mieux, tout simplement pittoresque. Et il se dit qu'il lui faut cesser de l'être, pour être pris au sérieux. Il lui faut remplacer les coutumes traditionnelles, l'habillement, les comportements, par quelque chose de franchement européen. Sur ce point, il est fanatique. Il ne lui vient pas à l'esprit que ce qu'il rejette est authentique et valable, et que ce qu'il acquiert est une imitation qui n'a pas de sens. Et s'il y pensait, cela n'aurait pour lui pas la moindre importance. Une indifférence aussi totale envers l'héritage culturel semble être l'accessoire indispensable des premiers stades du nationalisme.

L'hospitalité en Afrique du Nord ne connaît pas de limites. Vous êtes accepté et traité comme un membre de la famille. Si vous ne vous plaisez pas, ce n'est pas la faute de votre hôte, mais plutôt le résultat de votre incapacité à vous adapter, car tous les efforts sont faits pour veiller à ce que vous soyez heureux et à l'aise. J'étais, il y a quelque temps, l'invité de deux frères qui possédaient une énorme maison dans la médina de Fez. Pour que je puisse me sentir vraiment chez moi, j'avais à ma disposition une aile entière de la maison, un patio carrelé avec une pièce de part et d'autre, et une fontaine au centre. Un grand nombre de serviteurs m'apportaient la nourriture et la boisson et, avant la visite de mes hôtes, ils s'enquéraient si j'étais disposé à les recevoir. Lorsque ceux-ci venaient, ils se faisaient souvent accompagner de chanteurs et de musiciens pour me divertir. Le seul ennui était qu'ils poussaient si loin le fait de me traiter comme un des leurs, qu'ils tenaient pour assuré que je n'avais pas envie d'aller en ville. Pendant les quinze jours passés chez eux, je n'ai pas pu sortir une fois de la maison, ni même de la partie que j'occupais, car toutes les portes étaient fermées à clef et verrouillées, et seul le garde, un vieil esclave soudanais, en détenait les clefs. Pendant des heures et des heures, je restais assis dans le patio à écouter les bruits de la ville au-dehors, et parfois quelques bribes de musique (j'aurais donné n'importe quoi pour les entendre de plus près), à contempler au-dessus de ma tête le carré de ciel bleu profond qui lentement passait à un bleu plus doux, plus pâle à l'approche du crépuscule, à attendre que les hirondelles tournoient au-dessus du patio à la tombée du jour, quand le muezzin commençait ses appels à la prière du soir, et à n'exister que dans l'espoir que quelqu'un viendrait, que quelque chose arriverait, avant que de nombreuses heures encore ne se fussent écoulées. Mais, comme je l'ai dit, si je m'ennuyais, c'était ma faute et non la leur. Ils faisaient tout ce qu'ils pouvaient pour me plaire.

De même que j'avais été pourvu, dans cette forteresse du XIIe siècle à Fez, d'un petit phonographe qui se remontait à la main et d'un disque (de Joséphine Baker chantant le succès de cette année-là : *J'ai deux amours*), de même, à travers toute l'Afrique du Nord, vous vous trouvez en présence d'un mélange de très vieux et de très récent, et rien qui appartienne aux siècles intermédiaires. Le fait que votre aujourd'hui ne comporte aucun souvenir de la veille ou de l'avant-veille est un des grands charmes de ces lieux; tout ce qui n'est pas médiéval est complètement neuf.

Les Français ou les Juifs de la génération montante, nés ou élevés dans les villes d'Afrique du Nord, n'ont pour la plupart aucun contact avec ce qui est ancien dans leur pays. Une jeune fille marocaine, dont la famille quitta Rabat pour s'installer à New York, répondit lorsqu'on lui demanda ce qu'elle pensait de son pays d'adoption : « Eh bien, quand on vient d'un pays neuf, il est dur de s'habituer à toutes ces vieilles maisons que l'on trouve ici, à New York. Je ne pensais pas que c'était une ville si *vieille*. » On a tendance à oublier que les Français n'ont commencé à s'établir au Maroc qu'à l'époque de la Première Guerre mondiale et que les villes champignons de Casablanca, d'Agadir et de Tanger poussèrent dans les années 30. Xauen, dont on voit les montagnes de la terrasse de mon appartement à Tanger, fut envahi par les troupes européennes pour la première fois en 1920. Même dans le Sud algérien, où l'on penserait volontiers que les Français étaient en garnison depuis plus longtemps, on trouve des monuments commémoratifs portant des dates de batailles aussi récentes que 1912. Au cours de ce premier quart de siècle, la frontière en Afrique du Nord fut sans cesse repoussée vers le sud, à la suite de guerres; et, au sud du Grand Atlas, ce ne fut qu'en 1936 que l'entreprise de « pacification » prit fin et que les civils européens eurent le droit, bien que dans des conditions très strictes, établies par les militaires, de découvrir les vallées merveilleuses du Draa, du Dadès et de la Todra.

Se retrouver d'une manière imprévue dans des régions perdues d'Afrique du Nord ne va jamais sans difficulté. Je me souviens d'un voyage impossible que je fis, avant la Première Guerre mondiale, dans un camion de marchandises, à travers le Grand Atlas jusqu'à Ouarzazate, tout excité à l'idée de voir la casbah et ses étranges tours peintes, et condamné en fait à rester trois jours dans la cahute qui faisait office d'hôtel, puis réexpédié directement à Marrakech dans un autre camion, sans avoir rien vu que des légionnaires ni entendu d'autre musique que les appels répétés du clairon dans le camp proche. Une autre fois, j'entrai en Tunisie à dos de chameau, après la traversée du Grand Erg oriental. J'avais deux chameaux et un chamelier très actif, dont le travail consistait à courir toute la journée d'une bête à l'autre et à essayer, en leur frappant les pattes arrière, de les faire avancer vaguement en droite ligne. C'était une tâche bien plus compliquée qu'elle n'en avait l'air. Bien que notre course fût le plus souvent vers l'est, l'un des animaux avait le désir inexplicable de partir vers le sud, alors que l'autre était possédé d'une envie aussi mystérieuse d'aller vers le nord. Le pauvre homme passait tout son temps à crier « Hut! Aïda! », en essayant de courir des deux côtés à la fois. Son turban se défaisait continuellement, et il n'avait pas le temps d'avancer l'écharpe qu'il tricotait, bien que, le fil de laine et les aiguilles pendus autour du cou, il fût prêt à tout moment à y travailler.

Nous finîmes par passer la frontière et par entrer tranquillement en Tunisie où nous fûmes aussitôt arrêtés par la police. Le chamelier et ses bêtes furent renvoyés en Algérie d'où ils venaient, et je commençai ma douloureuse traversée de la Tunisie, où les autorités françaises, de toute évidence, avaient pris la décision concertée de rendre mon séjour aussi pénible que possible. Je fus arrêté dans l'oasis de Nefta, dans un hôtel à Tozeur, et même dans la mosquée de Sidi Oqba à Kairouan, et traîné jusqu'au commissariat, où je fus soigneusement interrogé, et prévenu qu'il ne fallait pas que je m'imagine pouvoir faire un geste dont ils ne seraient pas avertis.

L'explication était qu'en dépit de mon passeport américain, ils étaient convaincus que j'étais allemand. A cette époque, toute personne circulant en Afrique Mineure (comme l'un des plus érudits parmi les officiers de police appelait ce coin du continent), pour peu qu'elle ne correspondît pas à l'idée que les Français se faisaient d'un touriste, était immédiatement suspecte. Même les musulmans m'examinaient de près et disaient : *« Toi pas Français, toi Allemand. * »* Ce à quoi je me gardais de répondre, de peur d'avoir à payer les prix élevés qui m'auraient été imposés, si ma vraie nationalité leur avait été révélée.

L'Algérie est un pays où il vaut mieux se déplacer sans cesse plutôt que de rester longtemps dans un même endroit. Les villes n'ont pas grand intérêt, mais les paysages sont impressionnants. L'hiver, si vous traversez en train les steppes de l'ouest, vous pouvez voyager une journée entière sans rien voir, de tous côtés, que des étendues plates couvertes de neige, dont la monotonie n'est interrompue ni par des arbres au premier plan, ni par des montagnes dans le lointain. L'été, ces mêmes terres désolées sont cruellement brûlantes, et le vent fait tourbillonner la poussière en hautes colonnes jaunes qui se déplacent lentement à travers un horizon vide. Si dans ces régions, vous trouvez une ville qui ressemble aux reliefs d'un repas de pique-nique, au milieu d'un parc de stationnement s'étendant à l'infini, vous pouvez être assuré que ce sont les Français qui l'ont installée à cet endroit. Les Algériens préfèrent vivre sur la côte, belle et sauvage, dans les palmeraies du sud, au sommet des hauteurs qui surplombent les rivières asséchées, ou sur la crête des hautes montagnes dans le centre du pays. Là, au-dessus des pentes parsemées d'amandiers, les villages berbères chevauchent les longues arêtes des chaînes de montagnes les moins élevées. Hommes et femmes descendent en file des sentiers en zigzag pour cultiver les riches vallées en contrebas, avec de-ci de-là, vue sur les champs de neige où les Français avaient autrefois leurs stations de ski. Loin vers le sud, les chaînes de montagnes rouges en dents de scie s'étendent parallèlement, du nord-est au sud-ouest, à travers le pays tout entier et séparent les plaines du désert.

Aucune région d'Afrique du Nord ne redeviendra le paradis pour Européens qu'elle fut ces cinquante dernières années. Ces lieux se sont ouverts au XXe siècle. Avec l'européanisation et le nationalisme, sont nées la conscience d'une identité et celle des possibilités commerciales qu'elle implique. A partir de maintenant, comme l'ont fait les Mexicains, les gens d'Afrique du Nord sauront contrôler et exploiter eux-mêmes les charmes de leur pays, plutôt que de laisser leurs dirigeants les exhiber, ce qui aboutira à un résultat très différent de celui du passé. L'Afrique du Nord est toujours une terre de tourisme, et elle continuera de l'être, sans aucun doute, pendant encore un certain temps; et ce n'est que sur cette base que nous, résidents ou visiteurs éventuels, devons la considérer. Nous venons à présent comme hôtes payants chez les habitants et non plus chez leurs exploiteurs. Il n'est certes pas aussi facile ni confortable de voyager qu'avant, et les prix sont beaucoup plus élevés qu'autrefois, mais nous rencontrons les gens sur un pied d'égalité, ce qui est plus sain.

Si vous restez assez longtemps quelque part pour que la question du colonialisme et de l'autodétermination revienne constamment dans la discussion, vous êtes obligé de vous faire une opinion claire à ce sujet. La difficulté réside dans le fait que vos hôtes pensent chacun différemment, mais que tous réagissent avec la même violence. Ceux qui sont en faveur du colonialisme ont pour argument qu'il n'est pas possible de « donner » (les guillemets sont de moi) le pouvoir politique à un peuple presque entièrement analphabète, et s'attendre à ce qu'il crée une démocratie : ce qui est certainement vrai. Mais le problème est que puisqu'il va, tôt ou tard, inévitablement s'emparer du pouvoir, la seule attitude raisonnable est de l'aider à le faire tant qu'il a encore un certain degré de bonne volonté envers ses maîtres d'autrefois. L'attitude française intransigeante peut se résumer dans une remarque que m'a faite amicalement à l'aéroport d'Alger un agent de l'immigration :

« Notre grande faute, m'a-t-il confié tristement, est de laisser ces sauvages apprendre à lire et à écrire. »

J'ai répondu que je pensais qu'il était logique de parler ainsi si l'on s'attendait à gouverner à jamais, mais que je savais bien, étant donné l'intelligence des Français, qu'ils n'en avaient pas l'intention, car c'était impossible. Le fonctionnaire cessa d'avoir l'air triste et se fit beaucoup moins amical.

Au cours d'un dîner à Marrakech, alors que les Français occupaient le Maroc, l'un d'eux, assis à côté de moi, engagea aimablement la conversation avec un Marocain qui était en face de lui, de l'autre côté de la table :

« Mais, considérez les faits, *mon cher ami* *. Avant notre arrivée, il y avait un état de guerre permanent entre les tribus. Depuis que nous sommes là, la population a doublé. Est-ce vrai ou pas? »

Le Marocain se pencha vers lui et dit en souriant :

« Nous pouvons très bien nous occuper de nos naissances et de nos morts. Si nous devons nous faire tuer, que ce soit les Marocains qui s'en chargent. C'est de loin ce que nous préférons. »

NOTES POSTÉES À NAGERCOIL

Cap Comorin, sud de l'Inde
mars 1952

Je suis ici dans un hôtel depuis maintenant une semaine. A aucun moment du jour ou de la nuit, la température n'est assez basse pour qu'on puisse se sentir bien; elle oscille entre trente-cinq et quarante et un degrés et, la plupart du temps, il n'y a pas le moindre souffle d'air, ce qui est surprenant pour un bord de mer. Toutes les chambres et les salles de réception sont équipées d'un grand ventilateur électrique fixé au plafond, mais il n'y a pas d'électricité. Pour nous éclairer, nous sommes obligés d'utiliser des lampes à huile. Aujourd'hui, au moment du déjeuner, une immense Cadillac, du modèle le plus récent, s'est arrêtée devant la porte d'entrée. Trois hommes, petits et gros, portant pour tout vêtement un léger *dhoti* autour des reins, étaient assis à l'arrière. L'un d'eux a tendu un trousseau de clefs au chauffeur qui est alors sorti de la voiture pour entrer dans l'hôtel. Près de l'entrée, se trouve le compteur. Il a ouvert la porte, rétabli le courant avec l'une des clefs, et les ventilateurs se sont mis à vrombir dans tout l'hôtel. Puis, les trois petits hommes sont sortis de la voiture, sont passés dans la salle à manger, où ils ont pris leur repas. J'ai mangé rapidement pour pouvoir monter dans ma chambre et m'allonger nu sur mon lit, au-dessous du ventilateur. Ce fut un quart d'heure inoubliable. Puis, le ventilateur s'est arrêté et j'ai entendu sortir les visiteurs. Le gérant de l'hôtel m'a expliqué plus tard que c'étaient des employés du gouvernement de l'État de Travancore [1], et qu'eux seuls détenaient la clef du compteur.

La nuit dernière, je me suis réveillé et j'ai ouvert les yeux. Il n'y avait pas de lune dans le ciel. Il faisait encore nuit, mais la lumière d'une étoile par la fenêtre ouverte, depuis un point situé très haut au-dessus de la mer d'Oman m'illuminait le visage. Je me suis redressé pour la contempler. La clarté qu'elle projetait était aussi forte que celle de la lune dans les pays nordiques. A travers la fenêtre, elle formait sur le mur opposé un rectangle où se découpait l'ombre de ma tête. Je levai la main et remuai les doigts; l'ombre projetée était très nette. Aucune autre étoile n'était visible dans cette partie du ciel : celle-ci éclip-

1. Travancore et Cochin ont depuis fusionné, pour constituer la province de Kerala.

sait toutes les autres. C'était une heure avant l'aube, qui se lève peu après six heures, et il n'y avait pas le moindre souffle d'air. Par de telles nuits calmes, les vagues brisant sur le rivage proche font le bruit d'une immense et profonde explosion qui aurait lieu au loin. Un bruit de détonation que l'on peut à la fois entendre et ressentir, suivi d'un claquement et d'un sifflement, puis d'une longue période de silence absolu, et pour finir, lorsqu'il semble qu'il n'y ait plus aucun bruit, d'une autre brusque détonation. Les corbeaux se mettent à pousser des cris et à jacasser, alors que l'obscurité est encore totale.

La ville, comme toutes les autres ici dans l'extrême sud, donne l'impression d'être faite de poussière. Les rues en sont couvertes, ainsi que de bouses de vaches, et les immenses corbeaux sautent à votre rencontre lorsque vous vous promenez. Quand une rafale de vent chaud, venu des étendues sablonneuses alentour, pénètre dans la ville, les éventails bruns des rondiers s'agitent et s'entrechoquent dans un bruit de gigantesques feuilles de papier d'emballage. Les petits hommes noirs marchent à pas pressés, des diamants brillant à leurs oreilles. Avec leurs bijoux et leur *dhoti* tissé de fils d'or, ils paraissent tous non seulement prospères, mais fantastiquement riches. Lorsque les femmes ont des diamants, elles les portent généralement dans un trou percé sur l'aile du nez.

Lors de ma première visite en Inde, je suis passé par Dhanushkodi. L'analogue en Amérique, pour un étranger, serait d'avoir une première vision des États-Unis en franchissant illégalement la frontière mexicaine, pour arriver dans un village lointain de l'Arizona. C'était un coin perdu, inconfortable et un peu effrayant. Depuis, j'ai débarqué, comme tout bon visiteur sérieux, dans Bombay, métropole impressionnante par sa taille et sans beauté. Mais je suis content de ne pas avoir été directement en contact avec des villes au cours de mon premier voyage. Il vaut mieux, dans un pays inconnu, aller dans les villages avant d'essayer d'en comprendre les villes, surtout dans un monde aussi complexe que l'Inde. Maintenant, après avoir parcouru quelque douze mille kilomètres à travers le pays, je le connais presque aussi peu qu'à mon premier séjour. J'ai pourtant vu un grand nombre de gens et de lieux, et j'ai au moins une idée un peu plus détaillée et précise qu'au début de mon ignorance.

Si vous n'avez pas pris la précaution de réserver une chambre à l'avance, vous risquez d'avoir des difficultés considérables à en trouver une, lorsque vous débarquez à Bombay. Il y a très peu d'hôtels, et les deux ou trois confortables sont toujours pleins. Je déteste être tenu par une réservation, parce que l'élément d'aventure est ainsi détruit. Aussi, le seul endroit où j'ai pu aller, à mon arrivée, n'était vraiment pas un établissement de première catégorie. C'était parfait dans la journée et en début de soirée. Mais la nuit, dans les couloirs sombres, chaque centimètre carré du sol était occupé par des dormeurs arrivés tard, et qui avaient apporté leur natte. L'hôtel, dans ces conditions, pouvait abriter chaque soir plusieurs centaines de clients supplémentaires. Recevoir des coups de pieds sur les mains et les jambes et se faire piétiner leur était apparemment une expérience suffisamment familière pour qu'ils ne fissent pas la moindre objection lorsque l'inévitable se produisait. Ici, au cap Comorin, en revanche, il y a de nombreuses chambres, vastes et je suis seul, en ce moment, à séjourner à l'hôtel.

Il a plu... J'étais dans un autobus qui allait d'Alleppey à Trivandrum, pour venir ici. Il y avait, assises en face de moi, deux petites religieuses indiennes. Je me demandais comment elles supportaient la chaleur dans leurs lourds vêtements. Assis à côté du conducteur, un homme, qui portait une épaisse et terrible moustache, se distinguait des autres passagers parce qu'il avait, en plus de son *dhoti,* une chemise à l'européenne, dont les pans découpés lui arrivaient presque jusqu'aux genoux. Il avait une volumineuse collection de magazines et de journaux, tant en tamoul qu'en anglais, et même de l'endroit où j'étais, je ne pouvais pas ne pas voir que toute cette littérature avait été imprimée en Union soviétique. (Au bout de quelques années, on arrive à la reconnaître sans peine.)

A un moment donné, près de l'un des innombrables villages enfouis dans les profondeurs des palmeraies, le moteur s'arrêta brusquement de tourner et le car s'immobilisa. Sans échanger le moindre regard avec les passagers, le conducteur laissa tomber sa tête et appuyé sur le volant, il s'abandonna au désespoir. Les gens attendirent un instant, aux aguets, puis commencèrent à se lever. L'homme à la moustache fut l'un des premiers à descendre. Il dit un cordial au revoir à l'ensemble des voyageurs, bien qu'il n'eût conversé avec aucun d'entre eux, et longea la route, son parapluie à la main, sans emporter sa brassée d'imprimés. Alors, je m'aperçus qu'au cours de l'heure précédente, n'ayant pas prévu la panne de moteur et le départ en masse qui en découlerait, il avait déposé sur chaque siège vide un journal ou un magazine – exactement comme le faisaient dans le métro, il y a trois décennies, nos camarades américains.

Presque à l'instant où je fis cette découverte, les deux religieuses, qui s'étaient levées, ramassèrent précipitamment sa « littérature ». Elles descendirent du car et coururent le long de la route derrière l'homme, en l'interpellant en anglais : « Monsieur, vos journaux! » Il se retourna et elles les lui tendirent. Sans dire un mot, mais avec une expression de colère, il empoigna le paquet et poursuivit sa route. Mais il était impossible de lire sur les traits des deux religieuses, lorsqu'elles revinrent ramasser leurs affaires, si elles avaient conscience de ce qu'elles avaient fait.

Quelques minutes plus tard, tout le monde avait quitté le car et marchait jusqu'au village. Tout le monde, sauf le conducteur et moi. J'avais trop de bagages. Alors je bavardai avec lui :

« Qu'est-ce qui arrive au car? »

Il haussa les épaules.

« Comment vais-je aller à Trivandrum? »

Il n'en savait rien non plus.

« Vous ne pourriez pas jeter un œil dans le moteur? poursuivis-je. On dirait que c'est la courroie du ventilateur. Vous pourriez peut-être la réparer. »

Cela le fit sortir suffisamment de son apathie, pour se retourner et me regarder.

« Nous avons ici, à Travancore, le Gouvernement du Peuple, dit-il. Nous n'avons pas le droit de toucher au moteur.

– Mais alors, qui va le réparer?

– Ce soir, téléphoner à Trivandrum. Faire

un rapport. Demain ou autre jour, eux envoyer inspecteur pour examiner.

– Et ensuite?

– Inspecteur faire rapport. Puis envoyer équipe réparation.

– Ah! bon.

– Gouvernement du Peuple, dit-il à nouveau, pour m'aider à comprendre, pas comme autre gouvernement.

– Non? dis-je. »

Comme pour se faire mieux comprendre, il montra le siège où l'homme à la grosse moustache s'était assis :

« Ce monsieur, communiste.

– Ah oui? » (Au moins, c'était clair, et le conducteur n'avait aucun mal à comprendre ce que les termes « Gouvernement du Peuple » signifiaient.)

« Homme très puissant. Membre du Parlement, de Travancore.

– Mais, est-ce un homme bien? Les gens l'aiment-ils?

– Oh oui, monsieur. Homme puissant.

– Mais est-il bien? » dis-je en insistant.

Il se mit à rire, sans doute de mon ingénuité...

« Hommes puissants tous salauds », dit-il.

Juste avant la tombée de la nuit, un autobus local arriva, et avec l'aide de plusieurs villageois, je transbordai mes bagages et poursuivis ma route.

La plupart des votes communistes proviennent massivement des hindouistes. Il est vrai que les musulmans en général sont dans une situation économique moins difficile, mais de toute façon, en raison de leurs vues religieuses strictes, ils n'envisagent pas aisément un changement idéologique, quel qu'il soit. (Un musulman qui abandonnerait l'islam pour se convertir est chose impensable; l'apostasie n'existe pratiquement pas.) Si même le christianisme comporte trop de décorum païen pour paraître acceptable à un esprit musulman puritain, on imagine le dégoût que lui inspirent les proliférations infinies de l'art religieux hindouiste, avec ses dieux, ses démons, leurs métamorphoses et leurs avatars. Les deux systèmes religieux sont aux antipodes. Par bonheur, leur association constante avec les hindouistes, tolérants et doux, a rendu les musulmans de l'Inde beaucoup plus compréhensifs et faciles que leurs frères des pays islamiques plus à l'ouest. Il y a en fait bien moins de frictions qu'on ne pourrait s'y attendre.

Un matin au petit déjeuner, au Connemara Hotel, à Madras, le maître d'hôtel musulman me raconta une histoire. Il voyageait dans la province d'Orissa où, dans une certaine ville, se trouve un temple hindouiste, réputé pour posséder cinq cents cobras vivant dans ces lieux. Il décida de voir ces reptiles légendaires. Arrivé à la ville, il loua une voiture pour se rendre au temple. A la porte, il fut accueilli par un prêtre qui lui proposa de lui faire faire la visite. Et comme le musulman avait l'air riche, le prêtre suggéra qu'un don de cinq roupies fût fait d'avance.

« Pourquoi tant d'argent? demanda le visiteur.

– Pour acheter des œufs aux cobras, vous savez bien que nous en avons cinq cents. »

Le musulman donna l'argent à condition que le prêtre lui laissât voir les serpents. Pendant une heure, le guide s'attarda dans les nombreuses cours et galeries, montrant des bas-reliefs, des idoles, des colonnes et des cloches. Finalement, le musulman lui rappela leur accord.

« Les cobras? Ah oui. Mais ils sont dangereux. Peut-être préféreriez-vous les voir un autre jour? »

Ce comportement du prêtre l'avait réjoui, racontait-il, parce qu'il renforçait ses soupçons.

« Pas du tout, dit-il, je veux les voir maintenant. »

Le prêtre, à contrecœur, le conduisit dans un petit renfoncement, derrière un grand Krishna de pierre, et lui indiqua un coin très sombre.

« C'est là l'endroit? demanda le visiteur.

– C'est là.

– Mais où sont les serpents? »

Il y avait, dans un minuscule enclos, deux cobras, vieux et tristes.

« Ils étaient presque morts de faim », m'assura le maître d'hôtel.

Mais lorsque ses yeux se furent habitués à l'obscurité, il vit qu'il y avait des centaines de coquilles d'œufs qui jonchaient le sol à l'extérieur de l'enclos.

« Vous mangez beaucoup d'œufs », dit-il au prêtre.

Le prêtre se contenta de répondre :

« Tenez, reprenez vos cinq roupies. Mais si on vous pose des questions sur nos cobras, soyez assez bon pour dire que vous en avez vu cinq cents ici, dans notre temple. Vous voulez bien? »

Cet épisode visait à illustrer la thèse du maître d'hôtel selon laquelle les hindouistes sont abjects dans leur manière de pratiquer la religion. Telle est l'opinion défendue par les musulmans. D'un autre côté, il faut rappeler que les hindouistes considèrent l'islam comme une doctrine incomplète, qui est loin d'être satisfaisante. Ils trouvent que son caractère austère est singulièrement dépourvu de réconfort et déplorent l'absence de contenu mystico-philosophique, si riche dans leur propre croyance.

Je fus invité à déjeuner dans l'un des studios de cinéma de la banlieue nord de Bombay. Nous mangeâmes notre curry dehors. L'hôtesse était la vedette du film que l'on tournait. Elle ne parlait que le marathi. Son mari, le réalisateur du film, s'exprimait dans un anglais parfait. Pendant le repas, il raconta qu'en tant qu'hindouiste, il avait été forcé d'abandonner son travail, sa voiture et son compte en banque à Karachi, au moment de la partition – lorsque le Pakistan fut créé – et d'émigrer les mains vides en Inde, où il réussit à refaire sa vie. Un autre visiteur du studio, un Égyptien, fut fortement intéressé par son histoire. Il l'interrompit bientôt pour dire :

« Bien sûr, c'est injuste.

– Oui, répondit notre hôte en souriant.

– Quelles mesures de représailles votre gouvernement envisage-t-il de prendre contre les musulmans qui sont restés ici, en Inde?

– Aucune, que je sache. »

L'Égyptien était véritablement indigné.

« Mais pourquoi pas? déclara-t-il. Il serait juste d'appliquer le même principe. Vous avez ici encore beaucoup de musulmans contre lesquels vous pouvez prendre des mesures. Et je dis cela, quoique musulman. »

Le réalisateur du film le regarda bien en face :

« C'est parce que vous êtes musulman que vous parlez ainsi, lui dit-il, mais nous ne pouvons pas nous mettre à ce niveau. »

La conversation prit fin sur cette note peu amicale. Un moment après, on fit passer des paquets de bétel. Je me cassai une dent et partis un peu à l'écart dans le jardin. Tandis que, dans l'intérêt de la science, j'étais en train d'examiner la bouchée de feuille de bétel et de noix d'arec à moitié mâchée, pour essayer d'y retrouver des morceaux de prémolaire, l'Égyptien vint me rejoindre, le visage empreint de mépris.

« Ils ont peur des musulmans. C'est là la véritable raison », murmura-t-il.

Je n'étais pas qualifié, à ce moment-là, pour dire s'il avait tort ou raison, ni disposé à le faire, mais c'était l'illustration classique de deux points de vue moraux opposés, de deux conceptions de la manière de se comporter qui ne sont pas près de se réconcilier.

Il est évident que construire une nation en Inde est une tâche gigantesque, tant avec les hindouistes, les musulmans, les parses et les jaïnistes, qu'avec les juifs, les catholiques et les protestants, certains parlant peut-être la langue nationale imposée, l'hindi, mais la plupart sachant plutôt le gujarai, le marathi, le bengali, l'urdu, le telegu, le tamoul, le malayalam et autres. On se demande s'il est possible, ou même vraiment souhaitable, qu'un projet d'unification soit entrepris.

Lorsque vous arrivez à la frontière qui sépare deux provinces, vous trouvez souvent des barrières en travers de la route, et il vous faut subir l'inspection complète de vos bagages. Comme aux États-Unis, il y a un contrôle strict pour le passage des boissons alcoolisées entre les régions où celles-ci sont permises et les autres, mais tel n'est pas le but de la fouille.

Exemple d'une conversation à la frontière sur la route de Mercara-Cannanore :

L'agent des douanes :

« Qu'avez-vous là? »

Bowles :

« Des vêtements.

– Et là-dedans?

– Des vêtements.

– Et dans toutes les autres valises?

– Des vêtements.

– Ouvrez-les toutes, s'il vous plaît. »

Après en avoir soigneusement inspecté dix-huit :

« Bon Dieu, allez, fermez-les toutes. Je pourrais vous faire payer des taxes pour toutes ces marchandises, mais, de toute manière, vous ne ferez jamais d'affaires ici avec tout ça. Les musulmans sont trop intelligents.

– Mais je n'ai pas l'intention de vendre mes vêtements.

– Refermez vos bagages, je vous dis, c'est sans taxe. »

L'autre jour, un professeur de Raniket, dans le nord de l'Inde, arriva à l'hôtel, et nous passâmes une bonne partie de la nuit, assis dans ma chambre, sur la banquette de la fenêtre qui donne sur la mer, à parler de ce dont on parle toujours ici : l'Inde. Parmi les nombreuses questions que je lui posai, l'une d'elles fut de savoir pour quelle raison tant de temples hindouistes, dans le sud de l'Inde, étaient interdits aux non-hindouistes et pourquoi ils avaient des gardes militaires à l'entrée. Je pensais connaître la réponse à l'avance : la crainte de troubles de la part des musulmans. Pas du tout, dit-il. Le but principal était de tenir à distance certains missionnaires chrétiens. J'exprimai mon doute.

« Mais si, reprit-il, ils viennent ricaner pendant nos services religieux et ridiculiser nos images sacrées.

– Mais, même s'ils étaient assez stupides pour vouloir le faire, leur sens de la bienséance les empêcherait de se comporter ainsi », lui rétorquai-je.

Il se contenta de répondre en riant :

« On voit que vous ne les connaissez pas. »

Le bureau de poste est ici une pièce exiguë, étouffante, au-dessus d'une boutique, pleine de jeunes gens assis sur des nattes de paille. Le postier, un très petit homme âgé, portant de grandes boucles d'oreilles en diamant et des lunettes cerclées d'or, toujours nu jusqu'à la taille, est aussi professeur. Il interrompt son travail académique pour vendre un timbre de temps à autre. Au premier contact, son anglais paraît assez courant, mais on s'aperçoit bientôt qu'il n'est pas adapté à la conversation et que l'on ne peut guère lui parler. Comme les jeunes gens l'écoutent, il doit faire semblant d'être omniscient et répond alors rapidement, avec n'importe quelle expression qui lui vient plus ou moins à l'esprit.

Hier, je suis allé poster une lettre par avion pour Tanger.

« Tanjore, dit-il, en ajustant ses lunettes. Ça fait quatre annas. »

Tanjore est dans le sud de l'Inde, près de Trichinopoly. Je lui expliquai que je souhaitais que ma lettre arrive à Tanger, au Maroc.

« Oui, oui », dit-il, avec impatience. Il y a beaucoup de Tanjore. Il ouvrit son livre de règlements postaux et lut à haute voix, tout à fait au hasard, pendant (bien que ce soit difficile à croire) exactement six minutes. Je restai sans bouger, fasciné, et le laissai continuer. Finalement, il leva le nez et dit :

« Tanger n'est pas mentionné. Aucun avion n'y va.

– Alors, combien ça ferait de l'envoyer par mer ? »

(Je pensais que nous pourrions alors calculer la surcharge par avion, mais je me méprenais sur le bonhomme.)

« Oui, reprit-il sur un ton égal. C'est aussi une bonne méthode. »

Je résolus de reprendre la lettre et de la poster un autre jour, dans la ville voisine, à Nagercoil : je devais en avoir bientôt plusieurs autres, et je comptais pouvoir les envoyer toutes ensemble en y allant. Avant de quitter le bureau de poste, je lançai une remarque sur l'extrême chaleur. Dans ce grenier sans air, à midi, c'était un véritable euphémisme. Mais cela ne plut pas du tout au postier. Il enleva délibérément ses lunettes, en pointa les branches dans ma direction :

« Nous avons ici le climat idéal, me déclara-t-il. Ni trop froid, ni trop frais.

– C'est vrai, dis-je. Je vous remercie. »

Ces dernières années, il y a eu dans la vie indienne des changements quantitatifs visibles, allant tous dans le sens de l'européanisation. Cela concerne les petites villes, les grandes, bien sûr, ayant été depuis longtemps occidentalisées. Les temples qui auparavant étaient éclairés par de simples ampoules électriques et des lampes à huile de coco, ont maintenant des tubes fluorescents qui vacillent au plafond. Des projecteurs pourpres, verts, et ambre sont utilisés pour illuminer des bassins, des divinités, et des portails. Le système de sonorisation est, de nos jours, un fléau pour les oreilles, même dans les temples. Et il est impossible d'assister à un concert ou à un récital de danse, sans découvrir qu'il y a plusieurs haut-parleurs dont le bruit détruit complètement la qualité de la musique. Dans une petite ville, un kilomètre avant d'arriver au cinéma, vous entendez le son rauque des amplis installés à l'entrée.

Cette année, au sud de l'Inde, moins d'hommes sont torse nu, en *dhotis* et sandales et plus portent chemise, pantalon et chaussures. Il y a également une lente suppression des services qui permettent au touriste occidental de faire la différence, en voyage, entre l'agrément et l'inconfort ; ce sont les restaurants dans les gares (car il n'y a pas de wagons-restaurants dans les trains) et les douches dans les compartiments de première classe. Il y a quelques années, ils marchaient ; ils ont depuis été supprimés. Désormais que vous suffoquiez dans la poussière et la suie de votre compartiment, ou que vous soyez noyé dans votre sueur, les chemins de fer s'en moquent.

Une fois, je fus retenu pendant quarante-huit heures dans un camp de concentration établi par le gouvernement de Ceylan sur le sol indien. « Camp de tri » était l'euphémisme qui le désignait. On me dit que j'étais soupçonné d'être un espion international... On considéra que mon étonnement et mon indignation avaient une sincérité presque convaincante, preuve par conséquent de ma culpabilité.

« Mais, pour qui suis-je censé faire de l'espionnage ? » demandai-je, misérablement.

Le directeur haussa les épaules.

« Espionner pour l'international », dit-il.

Plus encore que les insectes ou que les hurlements de chiens parias à l'extérieur des rouleaux de fil de fer barbelé, me gênait le fait qu'au centre du camp (qui, à cette époque, abritait quelque vingt mille personnes), il y avait dans une haute tour un haut-parleur qui, à tout instant de la journée, faisait rugir de la musique de film indienne. Heureusement, elle s'arrêtait à dix heures tous les soirs. Je ne sortis de cet enfer qu'en faisant tellement de tapage qu'on me traîna devant le docteur du camp, qui décréta que j'étais un déséquilibré dangereux. En me relâchant, on espérait que je serais repris ailleurs, et que la responsabilité retomberait sur d'autres épaules.

« Ils le prendront à Talaimannar, dit le docteur, le pauvre homme est tout à fait fou. »

Dans des endroits comme l'hôtel Métropole à Mysore, ou au North Coorg Club de Mercara, on rencontre encore de-ci de-là des vestiges de l'ancienne vie coloniale : des fantômes, sous la forme d'Anglais incroyablement bronzés, en jodhpurs et bottes, parlant de leur chance et de leurs prouesses à la chasse. Mais ces visions sont extrêmement rares dans un pays qui veut effacer leur existence.

La jeune génération en Inde s'applique

à oublier un certain nombre de choses, y compris ce dont elle ferait mieux de se souvenir. Il semblerait qu'il n'y ait aucune bonne raison pour se débarrasser de l'héritage le plus ancien du pays, la religion hindouiste, ou encore de la plus récente de ses acquisitions, la tradition d'indépendance. Celle-ci, du moins en ce qui concerne les masses analphabètes, est inséparable de l'état d'esprit religieux qui rendit possible la victoire politique, et aussi de la légende qui, se développant autour du personnage de Gandhi, éleva celui-ci dans leur esprit au rang d'un dieu.

Les jeunes intellectuels, politiquement engagés, ne trouvent pas cela du tout à leur goût ; dans leurs articles et leurs discours, ils ont repris sans cesse les attaques contre Gandhi, accusé d'être un « traître » pour le peuple indien. Il est évident que leur motivation est la haine. Mais que haïssent-ils?

D'abord, inconsciemment, ils ne peuvent accepter leur propre incapacité à continuer d'avoir des croyances religieuses. Ensuite, comme ils appartiennent au groupe qui n'a pas la foi, ils sont forcés de haïr le passé, en particulier les atavismes que révèlent les mécanismes de l'esprit humain, l'irrationalité et l'implication subjective dans les phénomènes extérieurs. Les flots de mots empoisonnés qu'ils déversent sont essentiellement à l'intention des adolescents : c'est là un groupe d'âge souvent susceptible de trouver dans la démagogie présente plus d'attrait que dans le bon sens.

Il y a dans chaque ville quelques-uns au moins de ces adolescents éclairés. Ceux qui se trouvent ici à cap Comorin furent horrifiés lorsque, par un stratagème, je les conduisis chez un homme de leur village qui affirmait que son frère était ensorcelé. (Ils n'avaient pas imaginé, me dirent-ils plus tard, qu'un Américain pût croire à de telles bêtises.) Selon cet homme, Subramaniam, son frère était peintre et avait été nommé directeur artistique d'un important studio de cinéma à Madras. Pour appuyer son histoire, il apporta une liasse de dessins très professionnels, pour des décors de film.

« Alors mon frère a eu des mots avec un homme très jaloux dans le studio, raconta Subramaniam, et cet homme lui a jeté un sort. Il a perdu ses esprits. Mais à la fin de l'année, il les recouvrera. »

Le frère apparut bientôt dans la cour : c'était un homme barbu, au regard vide, qui portait, drapée sur la tête et les épaules, une volumineuse serviette de toilette. Il passa près de nous, et disparut par une porte.

« Un docteur de l'esprit le soigne... »

Les jeunes gens modernes s'agitaient, malheureux. Il leur était insupportable qu'un

Américain dût être le témoin de révélations aussi honteuses, provenant de l'un des leurs.

Mais ces jeunes gens, qui éprouvaient la nécessité de ridiculiser le pauvre Subramaniam, ne parvinrent pas à comprendre pourquoi je ris lorsque, la conversation portant sur les vaches, je m'aperçus qu'ils avaient tous brusquement une expression de respect, proche de la béatitude. Car le culte des vaches est une des facettes de l'hindouisme populaire qui n'a pas encore été totalement dépassée par l'incroyance du XXe siècle. Certes, il a pris de nouvelles formes rituelles. Le culte collectif des vaches se fait maintenant souvent dans de vastes stades modernes de béton, avec une distribution de prix pour les propriétaires des plus beaux spécimens bovins, mais l'aspect religieux de la célébration est encore évident. Les vaches sont décorées de guirlandes de bijoux, nourries de bananes et de sucre de canne, par des gens qui attendent en ligne pendant des heures d'avoir ce rare privilège. Lorsque les animaux rassasiés ne peuvent plus rien avaler, ils se couchent ou se promènent, tandis que des centaines de jeunes filles accomplissent des danses sacrées en leur honneur.

En Inde, la vache va où elle veut. Elle peut se coucher dans le temple, ou au contraire décider de se relever et d'aller s'allonger au milieu de la rue. Si elle est gênée par la proximité de la circulation qui défile à côté d'elle, elle peut se remettre lourdement sur ses jambes et descendre la rue jusqu'à la gare où, s'il lui prend l'envie de s'appuyer contre le guichet des billets, personne ne la dérangera. Sur les routes, elle sait, semble-t-il, que les conducteurs de camions et d'autobus la repéreront à plus d'un kilomètre, ralentiront jusqu'à l'arrêt complet, avant d'arriver près d'elle, et qu'elle n'a pas besoin par conséquent de se déplacer pour quitter l'ombre de tel figuier banian qu'elle a choisi pour se reposer. Son statut de supériorité dans le monde est reconnu par consentement général.

L'exposé le plus satisfaisant que j'aie jamais vu, quant au sentiment de l'hindouiste moyen envers cet animal haut placé, est un petit essai composé par un candidat à un poste dans un service public, et qui s'intitule simplement *la Vache.* Le fait qu'il ait été proposé pour évaluer le niveau de langue chez l'aspirant à ce poste, bien que touchant, est secondaire.

LA VACHE

> La vache est un animal merveilleux, c'est aussi un quadrupède et comme il est femelle, il donne du lait, mais cela que lorsqu'il a un enfant. Il est pareil à Dieu, sacré pour les hindouistes et utile à l'homme. Mais il a quatre pattes ensemble : deux sont devant et deux ensuite.

Tout son corps peut être utilisé pour l'usage. Le lait encore plus. Que ne peut-il faire? Du ghee, du beurre, de la crème, du lait caillé, du petit lait, du kova et le lait condensé, etc. Il est aussi utile au cordonnier, au jardinier et à l'humanité en général.

Seulement ses mouvements sont lents. C'est parce qu'il est d'une espèce amplitudineuse, et aussi son autre mouvement est beaucoup utile aux arbres, aux plantes et aussi pour faire du feu. C'est ce qu'on fait en confectionnant des gâteaux plats dans la main que l'on sèche au soleil.

C'est le seul animal qui libère ses nourritures après manger. Et ensuite, il mange par ses dents qui sont situées à l'intérieur de sa bouche. Il broute sans cesse dans les prairies.

Ses seules armes de défense et d'attaque sont ses cornes, spécialement quand il porte un enfant. Cela, en baissant la tête, grâce à quoi il met ses armes parallèlement au sol de la terre, et avance sur le champ avec une grande vélocité.

Il a aussi une queue, mais pas comme les autres animaux semblables. Il a des poils au bout de l'autre côté. Ceci fait peur aux mouches qui viennent sur tout son corps et qui le punissent sans cesse et sur lesquelles il donne des coups.

La paume des pieds est si douce au toucher que les herbes qu'il mange ne seraient pas écrasées. La nuit, il repose en descendant sur le sol et ensuite il ferme les yeux comme son parent le cheval ne le fait pas. Telle est la vache.

Les papillons de nuit et les insectes tourbillonnent autour de mon unique lampe à huile. De temps à autre, l'un d'eux s'élève et se consume en une vive flamme brillante. Sur le sol de béton, dans un cercle assez bien circonscrit autour de ma chaise, se trouvent des gouttes de sueur qui ont roulé le long de mon corps, pendant ces deux dernières heures. Les deux portes de la chambre et de la salle de bains sont fermées. Je travaille toutes les nuits dans la pièce de rangement où moins d'insectes sont attirés. Mais l'air est presque irrespirable avec la fumée froide des cigarettes et celle des bâtonnets de *bathi* qui brûlent pour décourager les bestioles ailées. Le journal d'aujourd'hui fait état d'une épidémie de peste bubonique à Bellary. Je ne cesse d'y penser et je me demande si la victoire presque certaine sur ces maladies en vaudra bien le prix : c'est-à-dire la suppression des croyances et des rites qui donnent un sens satisfaisant à la vie consciente, de la naissance à la mort. J'en doute. La sécurité est un faux dieu : commencez à lui faire des sacrifices, et vous êtes perdu.

NE PAS ÊTRE TRÈS MUSULMAN

A bord du Tarsus
Les Lignes maritimes turques
le 25 septembre 1953

Lorsque je leur fis part de mon intention d'aller à Istanbul avec Abdeslam, la réaction générale de mes amis fut qu'il y avait bien des choses plus intelligentes à faire que d'emmener en Turquie un musulman marocain. Je ne sais. Il se peut qu'il devienne un poids mort, mais je garde l'espoir qu'avec lui, toutes les portes nous seront ouvertes dans le pays. Il sait comment s'y prendre avec des musulmans, et il a le sens des convenances et du protocole musulmans. Il possède aussi un don d'intuition pour comprendre immédiatement une situation, tout en étant dépourvu de retenue et d'inhibition. Menteur au point de se convaincre lui-même, il est un virtuose du marchandage : payer le prix demandé lui gâche sa journée. Complètement illettré, il ignore le sens des pancartes ; s'il le connaissait, il n'en tiendrait d'ailleurs aucun compte car le respect de la loi lui fait totalement défaut. Si vous lui précisez que telle ou telle chose est interdite, il répond avec mépris : « Bah! un décret pour rien! » De toute évidence, il est mieux armé que moi pour profiter, en toute occasion et jusqu'au bout, du moindre événement. Moi, malheureusement, je sais lire les pancartes, je ne sais ni mentir ni marchander efficacement, et je préférerais renoncer à toute joie plutôt que de risquer avec quiconque un incident ou une réprimande.

Le premier signe que j'ai eu de la Turquie m'est venu cet après-midi pendant le thé, alors que le bateau quittait la baie de Naples. L'orchestre jouait un tango que je parvins enfin à reconnaître, après plusieurs reprises, comme étant *Indian Love Call,* et les falaises de Capri apparaissaient au couchant. Je jetai un coup d'œil sur le biscuit d'arrow-root que j'allais porter à ma bouche quand, suspendant mon geste, je l'examinai de plus près. C'était un banal petit biscuit pour le thé sur lequel étaient gravés les mots HAYD PARK. Tout en considérant cette friandise, je me souvins de ce que des amis m'avaient raconté sur les ravages amusants auxquels les Turcs aboutissent lorsqu'ils transcrivent phonétiquement des mots étrangers. Ces mots métamorphosés ressemblent à du charabia jusqu'à ce que vous les prononciez à voix haute et alors, aussi invraisemblable que cela paraisse, ils se transforment en un anglais, un français, voire un arabe, parfaitement compréhensible. SKOÇ

TUID ne ressemble à rien et devient soudain scotch tweed. De même TUALET, TRENÇKOT, OTOTEKNIK et SEKSOLOJI livrent leur message lorsqu'on les regarde attentivement. L'orthographe phonétique est le rappel constamment visible de la détermination de la Turquie à être « moderne ». Si le pays tourne le dos à l'Orient et à ses conceptions, ce n'est pas poussé par le désir, comme les autres pays islamiques, d'être un pays européen ou d'acquérir les techniques américaines, mais porté par une volonté consciente de se transformer de fond en comble, fût-ce au prix de sa destruction culturelle.

Tarabya, le Bosphore

Cet après-midi, le vent a soufflé en rafales et il a fait très froid. Dans la minuscule mer de Marmara, l'eau était agitée et sombre, ourlée d'écume. Le roulis du bateau était plus fort qu'au cours des trois jours passés au large en Méditerranée. Si la première vision d'Istanbul fut impressionnante, c'est parce que la courbe parfaite que l'arc-en-ciel peignait sur le ciel plombé empêchait de regarder l'alignement déprimant des cheminées d'usines, le long de la côte occidentale. Après une heure d'allées et venues dans le port, nous étions suffisamment près pour voir les flèches des minarets (et il y en a tant!) se détacher en noir sur les feux du couchant. Ce fut une introduction très poétique, et comme celles de la plupart des livres, elle n'eut que peu de rapport avec ce qui suivit. L'adjectif « poétique » n'est pas de ceux que vous choisiriez pour décrire le débarquement. La jetée était en fête : brillamment éclairée, les tentes claquant au vent, la promenade bondée de gens qui hurlaient, elle ressemblait à un restaurant élégant de bord de mer ou à l'un des plus grands aéroports latino-américains.

La douane fut, pendant environ une demi-heure, le condensé de toutes les confusions; lorsqu'enfin un inspecteur s'occupa de nous, nous eûmes la chance de pouvoir passer sans être fouillés. Les taxis stationnaient dans l'obscurité, de l'autre côté d'une immense mare d'eau, car il avait plu. Je m'étais décidé pour un hôtel à Istanbul même, plutôt qu'à Beyoğlu sur l'autre rive de la Corne d'Or, mais le chauffeur et l'homme qui était assis devant avec lui n'étaient pas disposés à m'y emmener. « Tous les hôtels sont à Beyoğlu », me dirent-ils avec insistance. Je savais à quoi m'en tenir et m'obstinai à mon tour. Nous fonçâmes dans le flot des voitures et prîmes le pont de Galata pour aller jusqu'à l'hôtel de mon choix. Malheureusement, sur le conseil d'amis, de retour en Italie, j'avais négligé de réserver une chambre. Aucune n'était disponible. Et d'aller d'hôtel en hôtel à Istanbul, puis de repasser le pont et de grimper la colline pour faire tous les établissements de Beyoğlu. Rien, rien à faire. Trois conférences internationales se déroulent en ce moment, et de plus ce sont les vacances en Turquie. Tout est plein. Même le *Tarsus,* dont nous venions de débarquer et un autre bateau dans le port, avaient repris du service ce soir comme hôtels. A dix heures et demie, j'acceptai la proposition de remonter le long du Bosphore, à vingt-cinq kilomètres de là, pour aller dans un endroit où l'on m'avait assuré par téléphone qu'il y avait de la place.

« Voulez-vous une chambre avec salle de bains? »

J'acquiesçai.

« Nous n'en n'avons pas, me dit-on.

– Alors une chambre sans salle de bains.

– Nous en avons une. »

Voilà. Laissant la ville derrière nous, le long de la route sombre, Abdeslam n'eut rien d'autre à faire qu'interroger les deux Turcs assis à l'avant de la voiture. De toute évidence, ils ne lui apparurent pas comme des musulmans bon teint, et il commença à tester leur connaissance du Coran. Je pense qu'ils répondaient assez bien mais Abdeslam n'avait que mépris. « Ils ne savent rien », déclara-t-il en maghrébin. Passant à l'anglais, il leur demanda : « Combien de fois par jour priez-vous? »

Ils se mirent à rire.

« Les gens peuvent dormir dans la mosquée? » poursuivit-il.

Le conducteur naviguait à travers les tournants de l'étroite route, mais son compagnon, qui parlait un anglais particulier, bien à lui, répondit à sa place :

« Pas dormir mosquée – chaque gens avoir maison, expliqua-t-il.

– Vous faites des péchés? poursuivit Abdeslam, acharné à découvrir des failles cachées dans le comportement de ces étrangers : du porc, du vin? »

L'autre haussa les épaules :

« Musulmans pas manger porc, pas boire vin, comme ça il y a cent ans. Maintenant différent.

– Différent! jamais, jamais hurla Abdeslam avec dureté. Vous n'êtes pas de bons musulmans ici. Les gens ne sont pas heureux. Vous avez mauvais gouvernement. Pas comme Égypte. Égypte a un bon gouvernement. Égypte musulmane à cent pour cent. »

L'autre était indigné. Il protesta :

« Tout le monde heureux. Heureux avec Égypte aussi pour la religion. Mais les Égyptes battre quelquefois les Égyptes, Arabes battre les Arabes. Pourquoi? Moi pas aimer Égypte. Moi aller en Égypte. Je demande mon chemin. Eux dire bakchich. Si demander Istanbul, dire je cherche mon chemin, eux vous emmener, mais pas dire bakchich. Avant, pas beaucoup gens bien vivre, beaucoup gens vivre mal. Maintenant, vous faire affaire, moi faire affaire. Vous prendre votre argent. Moi prendre mon argent. Avant, vous prendre argent de moi. Vous riche avec argent de moi. Avant, Turquie comme Égypte avec Farouk. »

Il s'arrêta pour bien nous imprégner de ses paroles, mais Abdeslam s'en désintéressa.

« Égypte très bon pays », rétorqua-t-il, et la conversation cessa jusqu'à notre arrivée. A l'hôtel, le camarade du conducteur décrivit une nouvelle idéologie fascinante, celle de la démocratie. Dès le début de l'entretien, j'avais sorti mon carnet et griffonné ses paroles, dans l'obscurité, à toute allure, au fur et à mesure qu'il parlait. Elles exprimaient les réactions du Turc moyen, sans instruction, à la nouvelle conception du pays. Ce n'est qu'en 1950 qu'eurent lieu les premières élections totalement démocratiques. (Y en a-t-il eu d'autres depuis ?) Pour Abdeslam, qui est un musulman traditionnel, l'idée même de démocratie n'a aucun sens. Il est impossible de la lui expliquer : il n'écoutera même pas. Si une idée n'est pas explicitement formulée dans le Coran, elle est fausse : elle émane directement de Satan ou passe par les Juifs, et il est inutile d'en discuter plus avant.

L'hôtel, construit au bord du Bosphore qui clapote en contrebas, ressemble à une immense boîte en bois. Au pied de la balustrade du grand escalier conduisant au hall d'entrée, se dressent de part et d'autre, deux statues de femmes, grandeur nature, en plomb recouvert d'un émail blanc qui prétend leur donner l'apparence du marbre. Les décorations de la salle à manger sont plus récentes, du début des années 20. De hautes peintures murales donnent l'impression que l'artiste a étudié les dessins de mode de Boutet de Monvel, femmes au cou allongé, à la taille basse, en chapeau cloche et jupe courte qui semblent pique-niquer sur les bords du Bosphore.

Nous étions les seules personnes à dîner car il était presque minuit. Abdeslam saisit cette excellente occasion pour se livrer à une harangue passionnée (moitié dans un mélange de maghrébin et d'arabe littéraire, moitié en anglais), ce qui provoqua, vers la fin du repas, un rassemblement de quatorze serveurs et aides qui écoutaient, massés autour de notre table. Puis quelqu'un eut l'idée d'aller chercher le chef. Il arriva, ruisselant de sueur et rayonnant. On l'avait fait venir parce qu'il savait mieux l'arabe que les autres, mais ne le parlait quand même pas très bien. « Un musulman à l'ancienne manière », expliqua le maître d'hôtel. Abdeslam le lança immédiatement sur le *chehade*, et il s'en sortit brillamment, récitant mot pour mot avec lui « Achhaddouanlaillahainallah... ». Le visage des plus jeunes exprimait une admiration sans mélange et un plaisir devant l'approbation que manifestait l'estimable étranger, mais aucun ne pouvait accomplir l'exploit du chef. Bientôt le gérant de l'hôtel arriva, sans doute pour voir ce qui se passait dans la salle à manger à une heure aussi tardive. Abdeslam demanda l'addition et trouva à redire quand il vit qu'elle était en caractères romains.

« En arabe, exigea-t-il. Vous êtes des musulmans? Alors, apportez l'addition en arabe. »

En s'excusant, le gérant expliqua qu'il était dangereux d'écrire en arabe et qu'on savait que parfois des gens étaient allés en prison pour l'avoir fait. Et il ajouta, pour que les choses soient bien claires, que tout homme qui voilait sa femme allait aussi en prison.

« Il ne faut pas être *très* musulman », dit-il.

Mais Abdeslam en avait assez entendu.

« Moi, très, très musulman », lança-t-il. Et nous quittâmes la pièce.

Les grands lits se dressent très haut audessus du sol et manquent de couvertures. J'ai étendu sur moi mon pardessus. Il fait froid et j'aimerais garder les fenêtres fermées, mais les odeurs mêlées émanant des douches-toilettes, derrière une petite cloison dans le coin, sont si fortes qu'il n'en est pas question. Les vents qui viennent de la mer Noire vont souffler sur moi toute la nuit. Nous sommes couchés, lorsque après un long silence, pendant lequel je le crois endormi, Abdeslam me lance :

« Ce Mustapha Kemal était une charogne! Il a détruit son pays, ce fils de chien! »

Comme je suis en train d'écrire, et que je ne sais pas très bien comment me situer dans ce débat philosophique, je lui réponds :

« Tu as raison. *Allah imsik bekhir.* »

Sirkeci,
le 29 septembre

Nous sommes installés à Sirkeci, du même côté qu'Istanbul, dans le premier hôtel où je voulais aller. Il y a une station de taxis au-dessous de la fenêtre. Dès le matin très tôt, on entend le vacarme continu des hommes qui hurlent et des klaxons actionnés, dans la lutte pour empêcher les taxis récemment arrivés de se faufiler devant ceux qui attendent en ligne. L'interdiction générale de se servir des klaxons, qui s'applique partout dans la ville, ne semble pas jouer ici. Les altercations sont vives et tout le monde y prend part. Les chauffeurs de taxi à Istanbul sont une race à part. C'est le seul groupe social qui essaie invariablement de profiter des visiteurs étrangers. Dans les bateaux, les restaurants et les cafés, les prix demandés au nouveau venu sont les mêmes que ceux que paient les Turcs. (Dans les bazars, pour acheter, on discute systématiquement les prix, cela va de soi.) Mais, les chauffeurs de taxi sont plus actifs et âpres au gain. Pour la forme, leur voiture est munie d'un compteur, mais ils ont une telle manière de l'utiliser qu'ils feraient aussi bien de s'en passer. Vous prenez un taxi dont le compteur marque dix-sept lires trente kurus, et si vous demandez au chauffeur de le remettre à zéro, il rit et n'en fait rien. Quand vous descendez, le compteur indique dix-huit lires quatre-vingts kurus. Vous donnez la différence : une lire et demie. Jamais de la vie! Il vous demandera deux lires et demie ou trois lires et demie, ou beaucoup plus encore, mais il n'acceptera pas ce qui, selon le compteur, paraît équitable. Comme la plupart des touristes paient ce qu'on leur demande et s'en vont, le chauffeur ne s'attend pas à une discussion, et il est prêt à donner libre cours à sa colère, si vous êtes récalcitrant. Il y a aussi le système du prix convenu à l'avance. Dans ce cas, le chauffeur roule aussi lentement que possible, en faisant des détours et en annonçant à la ronde dans les rues sa destination, pour prendre en cours de route des clients supplémentaires. A moins que vous vous imposiez, il laissera plusieurs personnes s'entasser sur vous jusqu'à ce qu'il n'y ait littéralement plus de place pour respirer.

Les rues sont étroites, tortueuses et souvent en pente. La circulation est très dense, avec de nombreux tramways et autobus. Il s'ensuit que les taxis filent comme des flèches, dès qu'ils ont devant eux une distance de quelques mètres et, pour contourner les obstacles, ils foncent sur la gauche avant que la circulation d'en face n'arrive sur eux. J'ai l'habitude de Paris et de Mexico, villes qui ont mauvaise réputation en ce qui concerne les taxis, mais je pense qu'Istanbul pourrait vraiment remporter le premier prix pour ce qui est des émotions fortes.

Un jour, notre chauffeur avait pris deux clients de plus et, heureusement, il les avait fait asseoir devant, à côté de lui, lorsqu'il avisa une jeune fille sur le trottoir et ralentit pour la faire monter. Un agent de police vit la manœuvre et n'approuva pas : une jeune fille avec cinq hommes, cela ne pouvait que causer des ennuis. Il siffla d'un air menaçant. Le chauffeur accéléra, fit une embardée sur la gauche, comme s'il n'avait jamais eu la moindre intention de s'arrêter pour embarquer la jeune fille. Il y eut un choc et nous fûmes projetés en avant. Nous descendîmes du taxi. Quant au chauffeur, nous le vîmes au milieu de la rue à côté de sa voiture cabossée, hurlant sur l'homme qu'il avait heurté, et arrêtant toute la circulation. Abdeslam releva son numéro dans l'espoir qu'il me convaincrait de le poursuivre en justice.

Comme il est interdit d'utiliser les klaxons, les chauffeurs de taxi avertissent de leur présence, en se penchant par la fenêtre de leur voiture et en frappant violemment sur l'extérieur de la portière. Le grincement des tramways et le fracas des énormes charrettes tirées par des chevaux permettent difficilement de savoir si l'interdiction des klaxons réduit vraiment le bruit. Les chauffeurs ont aussi la charmante habitude d'offrir des cigarettes au début de la course ; c'est une façon d'amadouer la victime pour tous les ennuis qui vont suivre. Parfois, ils chantent. Un matin, j'ai eu droit pour me divertir sur tout le trajet de Süleyimaniye à Taksim, à *Jezabel* et *Come On-a My House.* Dans ces cas-là, les signaux sur le côté de la voiture sont donnés bien en rythme.

Istanbul est une ville gaie ; il est difficile de lui trouver des aspects sinistres malgré tous les romans d'espionnage auxquels elle offre un si beau décor. Quelques-uns des bâtiments anciens sont en pierre, mais la plupart sont construits dans un bois qui semble n'avoir jamais été peint. Les coupoles et les minarets s'élèvent au-dessus du désordre de la ville comme d'immenses champignons gris sortis d'un vaste tas de cendres. Car le désordre est la note visuelle dominante d'Istanbul. Elle n'est pas négligée, mais désordonnée; elle n'est pas sale, mais seulement terne et grise. Et, de même que vous ne pouvez prétendre que cette ville est belle, vous ne pouvez non plus l'accuser d'être sans intérêt. Les collines abruptes et les vues du port rappellent un peu San Francisco; ses rues bondées rappellent Bombay. Ses moyens de transport font penser à Venise, car vous pouvez aller dans beaucoup d'endroits en bateaux qui ont de nombreux arrêts. (La traversée jusqu'à Üsküdar, en Asie, ne coûte que quelques sous.) Et puis les rues font étrangement penser à une Amérique presque disparue. J'ai plus d'une fois eu à l'esprit quelque ville ouvrière de la Nouvelle-Angleterre du temps de mon enfance. Ou encore une rangée de petites maisons rappelle une rue de Stapleton à Staten Island. Cette ville qui a pour esthétique l'invraisemblable et l'incongru, est une mine pour le photographe. Il n'y a pas de quartier indigène ou si vous préférez tout est indigène. Beyoğlu, le coin des soi-disant meilleurs établissements, se soucie aussi peu des apparences que les quartiers les plus modestes, de l'autre côté des ponts.

Vous flânez jusqu'à Karaköy, au bas de la colline. Au-dessus du port envahi de milliers de caïques, de bateaux à rames, de remorqueurs, de cargos et de bacs, s'étend un voile de fumée et de brume, à travers lequel se distingue le vague contour des dômes et des tours d'Aya Sofia, de Sultan-Ahmet, de Süleyimaniye; mais à gauche, tout à fait au-dessus, contre le ciel, il est une région pure où les montagnes d'Asie apparaissent étincelantes de neige. Au fur et à mesure que vous descendez les marches des ruelles qui conduisent jusqu'au bord de l'eau, vous êtes entouré de gens de plus en plus nombreux. A Karaköy même, pour avancer le long des trottoirs, il faut mobiliser une grande part de son attention. Vous penseriez que la population de cette ville d'un million deux cent cinquante mille habitants est tout entière dans la rue et qu'elle se rend au pont de Galata ou en revient. Selon les critères de l'Europe occidentale, la foule n'est pas bien habillée. L'impression de désordre vestimentaire qu'elle donne n'est pas nécessairement due à la pauvreté, mais plutôt à une conception différente de l'utilisation des vêtements. La masse n'est pas homogène, d'un point de vue ethnique. Les types de visages sont très différents, des Levantins aux Mongols, en passant par les Slaves, les deuxièmes appartenant essentiellement aux soldats venus d'Anatolie. Il semble qu'il n'y ait aucun élément commun si ce n'est la langue, pas même l'aspect minable, puisqu'il y a habituellement quelques personnes, hommes et femmes, qui savent comment s'habiller.

Le pont de Galata est à deux niveaux, l'inférieur étant un immense dock d'où partent les bateaux qui remontent la Corne d'Or et le Bosphore, longent les faubourgs du côté de l'Asie jusqu'aux îles de la mer de Marmara. Les bacs de toutes les tailles et de toutes les formes sont accrochés là au bord, comme des dytiques s'agrippant à une baguette, à la surface de l'eau. Lorsque traversant le pont, vous passez de l'autre côté, vous trouvez autant de monde et autant de circulation, mais les bâtiments sont plus vieux et les rues plus étroites, et vous commencez à réaliser que finalement vous êtes dans une ville orientale. Et si vous espérez voir un peu plus que les « sites à visiter », il vous faudra marcher pendant des kilomètres. La particularité d'Istanbul tient à un millier de détails disparates ; ce n'est qu'en les observant dans leur répétition et leurs variations que vous commencez à avoir une idée des ensembles qu'ils forment. D'où l'importance de marcher au hasard. La poussière est désagréable. Au bout de quelques heures, j'ai en général mal à la gorge. Je m'efforce de quitter les artères principales, où les chevaux et les carrioles passent bruyamment, pour m'en tenir aux ruelles trop étroites où l'on ne peut aller qu'à pied. Ces venelles débouchent parfois sur de petites places où des tapis sont tendus aux murs et des chaises placées à l'ombre d'une treille. Quelques Turcs assis boivent le café; les narguilés gargouillent. Si je m'arrête pour contempler la vue un instant, on ne manque jamais de me demander de prendre du café, de manger des noix et de fumer une pipe. Une répugnance irrationnelle à me laisser entraîner m'empêche d'accepter, mais Abdeslam l'a fait aujourd'hui, et c'est alors qu'il a découvert, à son grand regret, que le narguilé contenait du tabac et non pas du kif ou du haschisch comme il s'y attendait.

Le *cannabis sativa* et ses dérivés sont strictement interdits en Turquie, et la conséquence naturelle de cette prohibition est que l'alcool, au lieu d'être mal vu comme dans les autres pays musulmans, est consommé librement. Comme il s'agit d'un monopole d'État, on le trouve dans tous les débits de tabac. Ce fait n'est pas un simple détail; d'un point de vue social, il est de première importance puisque les effets psychologiques de ces deux substances sont diamétralement opposés. L'alcool trouble la personnalité en levant les inhibitions. Le buveur ressent, du moins pour un temps, un sentiment de participation. Le kif ne supprime aucune inhibition; au contraire, il les renforce, pousse l'individu à l'isolement jusque dans le tréfonds de sa personnalité, l'engageant à la contemplation et à l'inaction. On peut s'attendre à ce qu'il y ait une étroite relation entre la culture d'une société donnée et les moyens que ses membres utilisent pour parvenir au soulagement et à l'euphorie. Pour le judaïsme et le christianisme, ces moyens ont toujours été l'alcool; pour l'islam, c'est le cannabis. Le premier a un effet dynamique, le second statique. Si une nation souhaite, même à tort, s'occidentaliser, il lui faut avant tout abandonner le cannabis. Le reste suivra, comme allant plus ou moins de soi. Inversement, dans un pays occidental, si toute une portion de la population désire, en manière de protestation (comme cela fut le cas aux États-Unis), s'abstraire de façon radicale de la société qui l'entoure, le moyen le plus sûr et le plus rapide est de remplacer l'alcool par le cannabis.

Le 2 octobre

Au cours de notre promenade aujourd'hui, nous avons découvert la vieille tour pour les incendies sur le sommet de la colline, derrière Süleyimaniye, et comme il n'y avait aucune pancarte sur la porte pour en interdire l'accès, nous sommes entrés et avons commencé à grimper les cent quatre-vingts marches en bois branlantes de l'escalier en colimaçon qui mène au haut de la tour (Abdeslam les a comptées). Arrivés presque au sommet, nous avons entendu des airs de musique indienne : une radio captait New Delhi. Au même moment, une grande quantité d'eau est tombée sur nous à travers les fentes. Nous avons décidé de battre en retraite, mais le garçon qui lavait les escaliers nous a aperçus alors et a insisté pour que nous poursuivions notre ascension et que nous nous asseyions un moment. La vue était magnifique : c'est le meilleur endroit pour voir la ville. Un feu de bois brûlait dans un brasero, et nous avons pris du thé, en écoutant des chansons d'Anatolie qui bientôt ont empli l'atmosphère. Le vent soufflait derrière les nombreuses fenêtres, et la ville au-dessous, que la distance rendait silencieuse, s'étalait de toutes parts en un paysage ondulé, avec ses tuiles roses sous le soleil d'automne.

Ensuite, nous avons cherché Pandeli, un restaurant dont j'avais entendu parler mais que je n'avais pas encore découvert. Cette fois, nous avons fini par le trouver : un petit bâtiment délabré, serré entre une boutique de harnais et un magasin de fruits en gros, peu engageant mais confortable, et offrant la meilleure nourriture que nous ayons jamais mangée à Istanbul : *pirinç, çorba, beyendeli kebap, barbunya fasulya* et autres bonnes choses. Au milieu du repas, probablement en mâchant le *taze makarna*, je me suis mordu la langue. Le désagrément de la souffrance ne fut pas moindre lorsque j'ai entendu Abdeslam remarquer, sans éprouver la moindre sympathie : « Si tu gardais, comme tout le monde, la bouche ouverte quand tu mâches, il ne t'arriverait pas des accidents comme celui-ci. » Pandeli est le seul restaurant turc qui n'exhibe pas une immense vitrine réfrigérée, pleine de nourriture. On vous y conduit habituellement en vous demandant de choisir ce que vous voulez manger. A la lumière de l'éclairage fluorescent, la nourriture paraît blafarde et peu tentante, la viande tout particulièrement, hachée en d'étranges petits morceaux. Il y a en général, pendant le repas, une radio qui joue du vieux jazz, et parfois des airs turcs ou syriens. Bien que le thé soit bon, il ne l'est pas au point de mériter d'être servi comme du nectar, dans des verres infiniment petits que l'on peut vider en une gorgée. J'en commande souvent plusieurs à la fois, ce qui jette le trouble. Lorsque vous demandez de l'eau, on vous apporte une minuscule bouteille coiffée d'aluminium. Comme elle est gratuite, je la soupçonne d'être tout simplement de l'eau du robinet; mais peut-être suis-je injuste.

Dans la soirée, nous sommes allés dans le quartier réservé, très terne de Beyoğlu, juste derrière le consulat général britannique. La rue était envahie d'hommes et de jeunes gens. Dans la porte d'entrée de chaque maison, était découpée une petite ouverture carrée, semblable à celle par laquelle on refusait l'accès aux débits clandestins américains, et dans l'encadrement de chacune, se détachait une tête de femme contre la pâle lumière jaune, à l'intérieur.

Les Turcs sont les seuls musulmans que je connaisse qui semblent s'être débarrassés du sentiment curieux (celui apparemment de tous les adeptes de la Vraie Foi), qu'il existe une différence inévitable et irrémédiable entre les non-musulmans et eux. Subjectivement du moins, ils ont réussi à combler le fossé créé par leur religion, l'abîme qui isole l'islam du reste du monde. Il s'ensuit que le visiteur ressent un lien spécifique, plus que la simple sympathie à sens unique du voyageur bien disposé pour les tenants d'une autre culture; eux-mêmes, de façon touchante, sont désireux de comprendre et de plaire, au point qu'ils ne prennent souvent pas la peine d'écouter attentivement et comprennent alors tout de travers. Mais leur bonne volonté ne faiblit jamais, et au bout du compte, cela compense le fait d'avoir un petit déjeuner quand vous n'en avez pas commandé un, ou encore d'être envoyé dans la direction opposée à celle où vous vouliez aller. Il existe bien sûr la barrière linguistique. Il faut vraiment savoir le turc pour vivre à Istanbul, et comme mon ignorance des langues altaïques est totale, je souffre. Il y a neuf chances sur dix, lorsque je donne un ordre, pour qu'il soit exécuté tout de travers, même si je tombe sur une femme de chambre qui parle le français et qui m'assure le plus calmement du monde que tous les autres employés sont idiots. Dans mon guide, l'hôtel est considéré comme un établissement « de luxe », de la catégorie la plus élevée. Juste après les hôtels « de luxe », viennent ceux de « première classe », décrits dans une rhétorique mystérieuse, particulière au guide : « Ces hôtels ont un certain luxe, mais sont quand même confortables, avec toutes les commodités. » Pour avoir vu les halls d'entrée de plusieurs des hôtels ainsi classés, envahis de divans éventrés et de landaus abandonnés, je me félicite d'être dans ma suite « de luxe », avec son téléphone blanc qui me permet de voir les cafards courir sur l'instrument avant de l'approcher de mes lèvres. Au moins les insectes sont discrets et meurent complaisamment sous un faible nuage de DDT. Une chance que je sois ici : dans un hôtel de première classe, mes deux bombes insecticides n'auraient jamais suffi.

Le 6 octobre

Sainte-Sophie? Aya Sofya maintenant : ce n'est pas une mosquée vivante, mais morte, comme celles de Kairouan qui ne sont plus utilisées depuis qu'elles ont été profanées par les infidèles qui y sont entrés. Les journaux grecs se sont livrés à des campagnes de propagande, visant à revenir en arrière et à refaire de Aya Sofya le tabernacle de l'Église orthodoxe. Ce projet était évidemment voué à l'échec; après l'avoir utilisée comme mosquée pendant cinq siècles, les musulmans n'apprécieraient guère de la voir retourner aux mains des chrétiens. C'est pourquoi elle n'est plus maintenant qu'un musée qui ne possède rien d'autre que son architecture. Sultan-Ahmet, la mosquée qui se trouve juste de l'autre côté du parc, est plus à mon goût; mais on ne peut comparer un cadavre et un organisme vivant. Sultan-Ahmet est toujours un lieu de culte : l'imam est autorisé à porter la coiffe classique, et la lourde syllabe finale du nom d'Allah résonne dans les airs sous la haute coupole; de jeunes garçons *dahven* [1] dans les coins, en apprenant par cœur les sourates du Coran. Lorsque les touristes butent sur les hommes allongés à terre pour leur prière, ou

1. *Dahven :* balancer le buste d'avant en arrière, tout en restant dans la position assise.

utilisent sans retenue leur cellule photo-électrique et leur Rolleiflex, personne n'y prête attention. Pour Abdeslam, cette incroyable irruption dans leur intimité correspondait à un manque de respect envers l'islam, et allumait en lui les feux du ressentiment. (Dans son pays, aucun infidèle ne peut mettre les pieds dans une mosquée.) Au fur et à mesure de ses promenades, ses cris d'indignation se faisaient de plus en plus bruyants. Il commença par entreprendre les jeunes garçons en leur disant que c'était un grand malheur pour eux de vivre dans un pays où le péché était largement répandu. Ceux-ci le regardèrent, ahuris, et retournèrent à leurs litanies. Alors, d'une voix plus forte, il se mit à critiquer l'accoutrement des fidèles qui portaient chaussettes et pantoufles et, sur la tête, des bérets ou des casquettes, la visière rabattue par-derrière. Il savait bien que le port du tarbouche était interdit par la loi, mais sa haine à l'encontre de Kemal Ataturk, qui grandissait d'heure en heure depuis son arrivée, était devenue trop forte, je pense, pour qu'il pût la réprimer davantage. Le grand moment arriva à l'entrée de l'imam. Abdeslam s'approcha de cet homme vénérable en lui faisant force salaams, qui lui furent retournés avec enthousiasme. Puis tous deux se retirèrent dans une pièce privée où ils restèrent environ dix minutes. Quand Abdeslam reparut, il avait les larmes aux yeux, et arborait une expression de triomphe.

« Ah, tu vois? s'écria-t-il, quand nous sortîmes dans la rue. Ce pauvre homme est très, très malheureux. Ils ne font qu'un seul jour de ramadan par an. »

Même moi, j'étais quelque peu choqué d'apprendre que le mois traditionnel avait été raccourci à un jour.

« C'est un pays maudit, poursuivit-il. Quand nous aurons le pouvoir, nous l'arroserons d'essence, et nous y mettrons le feu et nous brûlerons tout le monde. Qu'il soit damné à jamais! Et tous ces chiens qui y vivent, qu'ils soient jetés dans les feux de la géhenne. Ah! si nous autres musulmans pouvions retrouver le pouvoir, pour un jour seulement! Qu'Allah précipite le jour où nous envahirons la Turquie et où nous renverserons le gouvernement et tous les travaux de Satan! »

L'imam, semble-t-il, avait été ravi au-delà de toute espérance de voir un jeune homme posséder encore le respect de la religion; il s'était plaint amèrement de ce que les jeunes de Turquie fussent perdus à la spiritualité.

J'ai déjeuné aujourd'hui avec une femme qui vit ici depuis de nombreuses années. En tant qu'Occidentale, elle pensait qu'il était important de noter, à propos de la Turquie, qu'à partir de l'emprise d'une dictature impitoyable, le pays avait évolué vers une démocratie moderne, au lieu d'avoir connu le processus inverse habituel. Même Ataturk avait été freiné par ses fidèles dans son entreprise iconoclaste, car ce qu'il voulait était adapter à la Turquie ce qu'il avait vu survenir en Russie. La religion pour lui était un opium, dans quelque pays que ce fût. Il fit en sorte de lui porter un coup décisif, qui pourrait bien s'avérer fatal. L'année dernière, un Américain, membre des Témoins de Jéhovah, vint en Turquie, et selon la coutume des membres de sa secte, distribua des brochures dans la rue. Pas longtemps. La police arriva, l'arrêta, le mit en prison et l'expulsa bientôt. Des mesures, souligna la femme, qui n'avaient rien à voir avec la propagande chrétienne diffusée par l'Américain; s'il avait distribué des tracts en faveur de la lecture du Coran, sa punition, très vraisemblablement, aurait été encore plus sévère.

Le 10 octobre

Au début du XVIe siècle, Sélim-le-Féroce prit au shah de Perse une des pièces de mobilier les plus fantastiques que j'aie jamais vues. Ce trophée était le trône du pauvre shah, un meuble simple mais massif, fait d'or ciselé, et décoré de centaines d'émeraudes énormes. Je suis allé le voir aujourd'hui au palais de Topkapi. Il y avait un lit assorti, en or également, serti d'émeraudes. Après avoir regardé un moment, Abdeslam est sorti en courant de la pièce où se trouvaient ces objets incroyables, jusque dans la cour, d'où il n'y eut pas moyen de le faire revenir.

« Trop de richesse porte tort aux yeux », expliqua-t-il.

Je ne pouvais être d'accord avec lui; je trouvais cela superbe. J'essayai de lui faire dire la raison exacte de sa fuite soudaine, mais il éprouva de la difficulté à me donner une explication rationnelle de son comportement :

« Tu sais que l'or et les bijoux sont des péchés », commença-t-il.

Pour le faire poursuivre, j'acquiesçai.

« Et si tu regardes pendant longtemps des choses qui sont des péchés, tu peux devenir fou. Tu sais ça. Et je ne veux pas devenir fou. »

Je lui répondis que j'étais prêt à prendre ce risque, et retournai en voir davantage.

Le 16 octobre

J'ai entièrement passé ces quelques derniers jours dans les souks. J'ai découvert cet endroit purement par hasard, car dans mes promenades à travers la ville je ne suis aucun plan. Vous grimpez une côte interminable; quelle que soit la rue que vous preniez, elle grouille d'acheteurs et de vendeurs qui occupent, de chaque côté, toute la place entre les échoppes. Marcher sur la marchandise ne se fait pas, mais de temps en temps, on ne peut l'éviter.

Les souks se trouvent tous dans une seule vaste fourmilière, une ville dans la ville, dont les avenues et les rues, certaines larges, d'autres étroites, ressemblent aux corridors biscornus d'un rêve. Ils abritent sous leur toit plus de cinq mille échoppes, à ce qu'on m'a assuré. Je ne me suis pas demandé si ce chiffre était vraisemblable, et je ne suis pas passé par les quarante-deux portes d'entrée; je n'ai exploré qu'un petit nombre de leurs galeries souterraines. D'un point de vue visuel, il manque aux échoppes individuelles la couleur et la vie des *kissarias* de Fez et de Marrakech, et il n'y a pas de colonnes carthaginoises peintes, comme celles qui décorent les souks de Tunis. Le charme de cet ensemble réside dans son ampleur, et, en partie, dans sa pénombre et son remue-ménage. Au centre d'un espace ouvert, au croisement de deux couloirs, se dresse une construction bizarre qui n'est pas sans rappeler, par la forme et la taille, les guérites pour la circulation, dans la Cinquième Avenue à New York, dans les années 20. Au rez-de-chaussée se trouve une minuscule cuisine. Si vous montez l'escalier extérieur tout de guingois, vous arrivez à un très petit restaurant avec ses quatre tables minuscules. Là, vous vous installez et mangez, en regardant le long des galeries, par-dessus la tête des passants. C'est un endroit sorti de *l'Amérique* de Kafka.

Dans les souks, les échoppes d'antiquités sont réputées. Comme on pourrait s'y attendre, les touristes sont considérés comme des proies faibles et sans défense, et il n'en vient jamais assez. Le long des galeries, des tribus entières de commerçants attendent de les voir apparaître. Ces hommes ont des frères, des pères, des oncles et des cousins, qui tous gèrent leur boutique, et le touriste passe d'un membre de la famille à un autre, sans qu'aucun d'entre eux manifeste le moindre regret. J'ai entendu le propriétaire d'une échoppe, un homme barbu, affirmer solennellement à une Américaine crédule que le parfum ambré qu'elle venait d'acheter, était fabriqué en pressant des perles d'ambre semblables à celles du collier qu'elle était en train de regarder. Et il n'aurait pas été plus véridique s'il lui avait dit qu'il était fait à partir d'ambre gris; l'ambre que j'ai senti ici n'a jamais vu de cachalot, et il est fait presque entièrement avec du benjoin.

Si vous vous arrêtez devant la vitrine d'un marchand d'antiquités, vous êtes perdu. Vous

vous rendez compte brusquement que des mains s'agrippent à vos vêtements, vous tirent doucement vers la porte, et que des voix mielleuses s'exercent, dans toutes les langues européennes les plus courantes, l'une après l'autre, à vous accueillir. A moins d'une résistance physique, vous vous trouvez propulsé de force à l'intérieur. Et lorsque vous êtes en face de vos ravisseurs et d'un assortiment d'argenterie ancienne et de soieries, ils commencent à vous travailler au corps pour de bon, en utilisant tous les clichés les plus classiques des boniments des vendeurs orientaux. « Votre visage est si beau que je veux que vous preniez ma marchandise. » « Nous avons besoin d'argent aujourd'hui et, de toute la journée, vous êtes le premier client. » Une main grasse fait tomber les cendres d'une cigarette. « A moins de faire affaire avec vous, je ne dormirai pas de toute la nuit. Je suis vieux. Vous voulez me rendre malade! » « Achetez au moins quelque chose, n'importe quoi. Achetez ce qu'il y a de meilleur marché dans le magasin, si vous voulez, mais achetez quelque chose... » Si vous en ressortez sans avoir fait d'achat, vous avez gagné. La connaissance du turc n'est pas nécessaire ici dans le bazar. Si vous préférez éviter le français, l'anglais ou l'allemand, vous verrez que les musulmans aiment qu'on leur parle en arabe, tandis que les Juifs parlent un espagnol vernaculaire dérivé de l'andalou.

Je suis sorti aujourd'hui des souks par une petite rue que je n'avais pas encore découverte. Elle descendait jusqu'à la mosquée de Rustampaşa. Les boutiques conféraient à la rue un air étrange : de l'extérieur, elles se ressemblaient toutes. A y regarder de plus près, j'ai vu qu'elles vendaient toutes le même assortiment, étonnamment varié, d'objets invraisemblables. J'ai voulu examiner ces marchandises, et comme Abdeslam avait parlé d'acheter des chaussures à semelles de caoutchouc, nous avons choisi d'entrer dans une boutique au hasard. Pendant qu'il essayait des tennis et des sandales, j'ai fait partiellement l'inventaire des objets qui se trouvaient dans cette grande pièce sombre. Sur les étagères et les comptoirs, étaient exposés des ballons, des chapelets musulmans, des ceinturons, des becs à anche pour hautbois, des boutons de porte, des dés de toutes les tailles et de toutes les couleurs, des narguilés, des bracelets de montre en faux serpent, des cisailles, des pantoufles en cuir non tanné dur comme de la pierre, des robinets en cuivre pour éviers de cuisine, des porte-cigarettes en imitation ivoire de vingt-cinq centimètres de long, des valises en papier mâché, des tambourins, des selles, un assortiment de médailles pour militaires et de jetons de jeu en plastique. Au plafond pendaient des étuis à revolver, des luths et des fermetures Éclair qui ressemblaient à des bandes de papier tue-mouches. Des échelles étaient appuyées contre les murs et, au sol, il y avait des chaises longues en toile rayée, d'énormes cantines avec sur les côtés des vues de La Mecque, et un grand tas de copeaux de bois au sommet duquel étaient nichés, très confortablement installés, six chats au statut privilégié. Abdeslam n'a pas acheté de chaussures et le propriétaire de la boutique a commencé à m'observer, moi et mon carnet, avec une suspicion non dissimulée, ayant décrété peut-être que j'étais membre de la police secrète, à la recherche d'objets volés.

Le 19 octobre

Dans ce jeu largement répandu qui consiste à refuser d'être soi-même, on peut retirer des bénéfices matériels. Mais ces bénéfices valent-ils bien la peine en regard du vide inévitable que produit une telle destruction? La question s'impose chaque fois que les croyances traditionnelles d'un peuple sont systématiquement modifiées par le gouvernement. Des mots qui tendent à rationaliser comme « progrès », « modernisation » ou « démocratie » ne signifient rien, car même s'ils sont utilisés avec sincérité, le fait d'imposer de tels concepts d'en haut, par la force, efface toute la valeur qu'ils pourraient détenir autrement. Il ne fait pas de doute qu'en étant devenus des musulmans indifférents, la jeune génération en Turquie s'est rapprochée de l'idée que nous avons de ce que doit être un peuple au XXe siècle. L'impuissance devant le *« mektoub »* (c'est écrit) n'existe plus et elle se trouve remplacée par la croyance passionnée en la capacité de l'homme à changer son destin. C'est là le plus grand pas qui ait été franchi; une fois fait, tout malheureusement peut arriver.

Abdeslam n'est pas un homme heureux. Il voit que son monde, qu'il estime bon, est assailli de toutes parts et s'écroule lentement sous ses yeux. Il n'a pas les moyens de me comprendre si je lui explique qu'à notre époque, ce qu'il considère comme la religion s'appelle de la superstition, et qu'elle est devenue de nos jours une tentative désespérée d'intégrer la métaphysique et la science. Il faudra bien trouver quelque chose pour remplacer la sagesse élémentaire disparue, mais cette découverte n'est pas pour bientôt : ni Abdeslam ni moi ne la connaîtrons.

LE RIF, EN MUSIQUE

Un élément unique et très important de la culture populaire marocaine est sa musique. Dans un pays comme celui-ci où l'analphabétisme presque total est la norme, la production d'une littérature écrite est bien sûr négligeable. Par ailleurs, comme les Noirs d'Afrique occidentale, les Marocains ont un sens hautement développé et merveilleux du rythme, qui se manifeste dans les arts jumeaux, comme la musique et la danse. L'islam pourtant ne considère pas favorablement la danse, quelle qu'elle soit, et c'est ainsi que, depuis l'arrivée des conquérants musulmans, cet art ne fut plus encouragé, alors qu'il est le mode d'expression religieuse naturel de la population indigène. En même temps, l'analphabétisme qui, à travers les siècles, empêcha l'essor d'une littérature, favorisa le développement de la musique; toute l'histoire et la mythologie de ce peuple sont tissées de chants. Les musiciens et les chanteurs occupèrent la place des chroniqueurs et des poètes, et tout au long du chapitre le plus récent de l'histoire du pays – la guerre d'indépendance et la mise en place du régime pré-démocratique actuel –, chaque phase de la lutte fut encore célébrée par d'innombrables chants.

Les Berbères de l'époque néolithique avaient déjà leur musique et l'ont conservée. C'est un art de percussion, comportant des juxtapositions compliquées de rythmes, sur une gamme limitée (parfois pas plus de trois tons consécutifs), et une façon unique de vocaliser. Comme la plupart des Africains, les Berbères ont développé une musique qui fait appel à la participation collective et dont les effets psychologiques visaient le plus souvent à provoquer l'hypnose. Lorsque les Arabes envahirent le pays, ils introduisirent une musique d'un genre très différent, qui s'adresse à l'individu, et qui cherche par des moyens sensoriels à induire un état de spéculation philosophique. Au cœur du paysage hostile du Maroc, ils construisirent des villes aux remparts élevés, où ils se retranchèrent, et d'où ils envoyèrent des soldats poursuivre leur conquête vers le sud, au Soudan, et vers le nord, en Europe. Avec l'importation d'un grand nombre d'esclaves noirs, la culture urbaine cessa d'être purement arabe. (L'enfant né d'une union entre une esclave et son maître était tenu pour légitime.) Dans les plaines centrales et au pied des montagnes au nord, la musique berbère emprunte de multiples éléments à la musique arabe, tandis que dans le pré-Sahara, elle tient de celle des Noirs ; elle n'est, dans les deux cas, qu'une production hybride. C'est seulement dans les régions qui restèrent généralement inaccessibles aux non-Berbères – en gros, les montagnes et les hauts-plateaux – que la musique berbère demeura inchangée, comme un art purement autochtone.

En essayant d'enregistrer la musique marocaine, ma tâche fut de rassembler, en l'espace des six mois que la Fondation Rockefeller m'avait accordés pour le projet, des exemples de tous les genres de musique pris parmi les principaux, à l'intérieur de ce pays. Cela requérait l'étroite coopération du gouvernement marocain, comme chacun s'accordait à le reconnaître. Mais de quel service précisément ? Nul ne le savait. Le matériel devant être celui des Archives de la Bibliothèque du Congrès à Washington, l'ambassade américaine à Rabat accepta de me soutenir dans mes efforts pour trouver un fonctionnaire susceptible de m'accorder la permission nécessaire, car il me fallait l'assurance que j'aurais le droit de me déplacer librement à travers les parties inexplorées du pays et, une fois dans ces régions, il me fallait avoir le pouvoir de persuader les autorités locales de trouver pour moi, dans chaque tribu, les musiciens et de les réunir.

Nous entrâmes en contact avec différents ministères dont certains affirmèrent être en mesure d'accorder cette permission, mais aucun n'était prêt à approuver officiellement le projet. Cette entreprise ne connaissait probablement aucun précédent et personne ne voulait prendre la responsabilité d'en créer un. En désespoir de cause, grâce à des relations personnelles, je parvins à produire un document muni de timbres et de signatures officielles, auquel était agrafée ma photographie. Ce papier me permit de me mettre à l'ouvrage. C'était alors le début du mois de juillet. En octobre, alors que j'y travaillais depuis plus de trois mois, je reçus du ministère des Affaires étrangères un avis m'informant que mon projet était inopportun et que je n'avais pas l'autorisation de l'entreprendre. L'ambassade américaine me conseilla de poursuivre mon travail. Vers décembre, le gouvernement marocain avait pris conscience de ce qui se passait. On m'informa brièvement qu'aucun enregistrement ne pouvait être fait au Maroc, si ce n'est avec la permission spéciale du ministère de l'Intérieur. J'avais alors pratiquement réalisé mon plan, et la neige commençait de bloquer les cols de montagnes. C'est pourquoi le coup ne fut pas trop dur à supporter. Cependant, à partir de ce moment-là, il ne me fut plus possible de faire le moindre enregistrement nécessitant la coopération du gouvernement, ce qui priva la collection d'un certain nombre de musiques tribales du sud-est marocain. Mais j'avais déjà plus de deux cent cinquante sélections pour le reste du pays, un ensemble aussi diversifié que ce que l'on aurait pu trouver dans n'importe quelle contrée à l'ouest de l'Inde.

Christopher est un Canadien posé, qui possède une Volkswagen, et prend tout son temps. Mohammed Larbi, assistant et homme de bon contact, avait passé dans sa jeunesse un an comme accompagnateur dans une expédition à travers le Sahara jusqu'au Nigeria. Nous nous mîmes en route tous les trois depuis Tanger, pour suivre quatre itinéraires vaguement circulaires, de cinq semaines chacun : le sud-ouest, le nord, l'Atlas et le pré-Sahara. Entre chaque voyage, nous reprenions des forces à Tanger. Les pages qui suivent furent écrites au jour le jour au cours du deuxième séjour que nous fîmes, pour la plus grande part, dans les montagnes du Rif, dans ce qui avait été le Protectorat espagnol.

Al Hoceima
Le 29 août 1959

La route vers Ketama suit l'arête du Rif occidental. On voit sur des kilomètres, à la fois du côté du versant méditerranéen et du côté sud, des montagnes et toujours des montagnes, énormes, couvertes d'oliviers, de chênes, d'arbustes et pour finir de cèdres géants. Deux ou trois heures avant d'arriver à Ketama, nous avions dépassé de larges équipes d'ouvriers qui réparaient la route; elle en avait sérieusement besoin. Nous devions préparer notre repas dans une petite pinède située au-dessus d'un village, entre Bab Taza et Ketama, mais lorsque nous arrivâmes au milieu des arbres, partout où nous portions notre regard, des ouvriers étaient couchés à l'ombre sur les aiguilles de pins séchées, en train de dormir ou de fumer du kif; c'est pourquoi nous installâmes notre équipement au soleil et dans le vent, un peu en contrebas de la crête où se trouvait la pinède. Le vent ne cessait d'éteindre la flamme du Butagaz, mais nous finîmes par manger. Christopher but son habituel rosé Chaudsoleil, et Mohammed Larbi et moi, du Pepsi-Cola chaud, car il n'y avait plus d'eau dans le thermos que nous avions rempli à Xauen. Il s'avéra que nous n'eûmes pas d'autre eau potable pendant trois semaines. Au cours du repas, Mohammed Larbi voulut absolument se distraire avec la radio ; il essaya d'avoir Damas sur dix-neuf mètres pour écouter les nouvelles. Quand enfin il y parvint, naturellement, il ne put rien comprendre puisqu'elles étaient en arabe syrien, mais cela lui était égal. C'étaient les nouvelles : elles parlaient de Kassem et accablaient les Français, ce qu'il était assez facile de comprendre, même pour moi. Mohammed Larbi avait fumé du kif toute la matinée et il était un peu exalté. Nous pliâmes bagage et reprîmes la route.

Il était environ quatre heures et demie, lorsque nous arrivâmes en vue de la large plaine de Ketama qu'on appelle Llano Amarillo. Le nom est bien adapté, du moins en été, quand elle est jaune et desséchée. De-ci, de-là, éparpillé sur une distance qui confine à l'infini, il y avait un troupeau de gros bétail ou de moutons. On aurait dit qu'ils avaient été placés là exprès pour donner une échelle des lieux. Au début, vous ne voyiez rien qu'une étendue jaune, avec les grands cèdres sur les côtés. Puis vous distinguiez de petits points noirs qui étaient les moutons les plus proches, puis à droite, des pointes d'épingles qui étaient les vaches, plus petites que les moutons puis encore, bien plus loin à gauche, des points presque invisibles qui correspondaient à un autre troupeau.

Le *parador* de Ketama, qui comptait une

vingtaine de chambres, paraissait complètement abandonné, mais il y avait une chaise sur la large terrasse de devant et la porte était ouverte. J'entrai pour me renseigner sur les dortoirs. L'intérieur aussi semblait désert. La salle à manger était meublée, mais les autres pièces avaient été vidées. Lorsqu'ils rejetèrent le Protectorat, les Espagnols emportèrent la génératrice de la ville de Ketama, et depuis, tous les alentours sont privés d'électricité. A la réception, il n'y avait pas le moindre signe de vie, ni feuille de papier ni registre en vue, rien que les clefs accrochées au mur sur trois rangées. J'appelai : *« Hay alguien? »* et n'obtins aucune réponse. Finalement, derrière la grande porte de ce qui avait été le bar, j'aperçus une paire de jambes, posées sur un canapé défoncé, et je passai la tête. Un jeune homme était allongé, les yeux ouverts, mais il ne me regardait pas : il fixait le plafond. Lorsqu'il finit par me voir, il se redressa lentement et s'étira un peu, sans daigner répondre à mes « excusez-moi » et mes « bonjour » répétés. J'en conclus que ce devait être un client et je repartis vers le hall d'entrée, mais l'instant d'après, il me suivit et ne me demanda pas alors ce qu'il pouvait faire pour moi, mais ce qui se passait.

Quand il comprit que je voulais des chambres, il se détourna, écœuré.

« Il n'y a pas de chambre, dit-il.

– Aucune?

– Aucune.

– Est-ce que l'hôtel est ouvert?

– L'hôtel est ouvert, mais il n'y a pas de chambre. Demain, il y en aura, si vous voulez.

– Et ce soir, où vais-je dormir? »

Il se retourna et me regarda, l'air vague. Trop de kif, c'était facile à voir. Il ne cessait de se gratter voluptueusement à l'entre-jambes. Il bâilla et se dirigea vers le bar.

– Vous ne pourriez pas dresser un lit de camp, n'importe où? dis-je, en le rattrapant. Mais il continua de marcher. Je sortis pour aller à la voiture et rendre compte de la situation. Christopher et Mohammed Larbi retournèrent dans l'hôtel avec moi; ils n'en croyaient pas un mot.

L'homme qui se grattait était déjà retourné à son divan délabré, et s'installait dans une position confortable. Je décidai de sortir sur la terrasse. Je ne voulais plus le voir. Mohammed Larbi inspecta le hall d'entrée principal et les escaliers. Christopher arriva et dit qu'il y avait plein de chambres, que le jeune homme avait fini par se réveiller et que, tout compte fait, nous pouvions rester. Les contremaîtres des différentes équipes de construction de la route avaient réquisitionné plusieurs chambres (pour lesquelles ils ne payaient pas), mais il en restait plus d'une douzaine qui étaient disponibles.

L'homme était le gérant, le portier, le serveur, le plongeur et le comptable. Il y avait en outre un cuisinier, qui avait l'air d'un fou, et une vieille indigène qui faisait les lits et nettoyait le sol, mais c'était là tout le personnel. Le cuisinier actionnait aussi une petite génératrice dans le garage ; plus tard, il nous emmena l'admirer.

On avait arraché les boutons de porte des chambres, de sorte que si votre porte se refermait brusquement, il vous fallait taper à grands coups jusqu'à ce que le gérant vous entende et monte l'escalier avec un morceau de fer qu'il avait bricolé, et qu'il enfonçait dans le trou laissé par le bouton pour ouvrir la serrure, et vous laisser entrer ou sortir, selon le côté de la porte où vous vous trouviez. C'était vrai aussi des uniques toilettes de l'hôtel, mais cela n'avait aucune importance, parce que l'endroit était si sale que vous n'y alliez pas de toute manière. La cuvette était pleine à ras bords et les gens s'étaient mis à faire par terre. En 1950, j'avais passé une nuit dans cette salle de bains. On m'avait dressé un lit à côté de la baignoire, et accroché une pancarte sur laquelle il était gribouillé que la salle de bains était hors service, ce qui n'avait pas empêché un flot régulier de touristes français de frapper à grands coups avec indignation, tout au long de la nuit. Certains avaient essayé de défoncer la porte, mais le verrou était résistant. Alors, en passant la tête dans cette pièce nauséabonde, je me souvins de cette nuit interminable, du bruit des cars qui se vidaient sous ma fenêtre à cinq heures du matin, des appels du clairon dans la caserne au-dessous dans la forêt de cèdres, et du gavage des dindes dans les cageots entreposés sur la terrasse.

Nous voulions descendre sur Laazib Ketama aussi vite que possible, pour voir le caïd ou le calife avant la fermeture des bureaux du gouvernement ; aussi, après avoir laissé nos bagages dans les chambres, nous repartîmes en cahotant sur le sol irrégulier du large Tirak d'El Ouahada. Des centaines d'habitants du Rif, à dos de cheval, de mulet et d'âne, grimpaient, les femmes marchant derrière. Nous les recouvrions de couches de poussière blanche ; il n'y avait pas moyen de l'éviter. Ils se montraient cependant d'humeur agréable, riaient et faisaient signe de la main.

A un endroit, depuis la route, votre regard plongeait directement dans un ravin profond dont les flancs étaient entièrement recouverts de culture de kif. Ketama est le centre du kif pour toute l'Afrique du Nord, et probablement maintenant pour le monde entier. C'est la seule région où l'on a légalement le droit de le faire pousser, et ce parce que le roi a accepté que la culture continue jusqu'à ce que d'autres récoltes soient réalisables sur cette terre. Actuellement, la seule possible est celle du kif, et bien que tout Marocain puisse en avoir quelques plants dans son jardin, le seul kif vraiment bon est celui de Ketama. C'est pourquoi, il en pousse sur des kilomètres et des kilomètres, dans un sol pierreux, sur les flancs des pentes abruptes, et il en sera ainsi avec le gouvernement actuel jusqu'à ce que d'autres moyens de subsistance soient trouvés pour les habitants.

En ce moment, la situation par rapport au kif est ridicule. Des tonnes de drogue sont cultivées chaque année et expédiées dans toutes les directions. C'est légal. Mais si quelqu'un est pris en train d'en vendre, il est immédiatement condamné à une lourde amende ou à la prison. Aucune pénalisation n'intervient pour qui en possède, mais l'attitude officielle vis-à-vis de ceux qui en fument dans les lieux publics diffère dans chaque ville, selon les autorités locales. A Marrakech, au mois d'août, j'en ai vu en vente libre. A Fez, je n'ai vu qu'un seul homme âgé fumer une *sebsi.* A Tanger et à Tétouan, des nuages de fumée de kif sortent des cafés. A Rabat, à Essaouira, à Oujda, rien. Dans certaines villes, il est facile d'en obtenir : il est bon marché et de bonne qualité. Dans d'autres, il vaut mieux ne pas essayer. Ces conditions, bien sûr, sont loin d'être immuables. La ville dans laquelle, il y a deux mois, vous trouviez du kif à chaque coin de rue, est brusquement vide, tandis que dans une autre ville, où auparavant la surveillance était stricte, on peut voir dans la rue des hommes tirer sur leur pipe, ouvertement, devant le poste de police. D'une façon générale, sur le versant sud du Grand Atlas, le kif est un luxe très recherché, tandis qu'à l'extrême nord, parmi les Djebala par exemple, le villageois moyen de plus de quatorze ans a son petit *mottui* rempli et sa *sebsi* dans la poche.

Nous arrêtâmes la voiture et nous descendîmes le long d'un chemin escarpé pour examiner ce phénomène. Aucun d'entre nous auparavant n'avait vu autant de kif. Nous aurions pu en remplir l'arrière de la voiture et personne ne l'aurait su. Mohammed Larbi en caressa une tige avec amour et murmura : « C'est partout comme des diamants verts. *Fíjate.* » Un vieil homme qui passait près de nous d'un pas tranquille vint s'asseoir au bord de la route pour nous observer avec curiosité. Mohammed Larbi lui cria en maghrébin : « Est-ce que ce kif est à toi? » Il était clair qu'il allait ensuite lui demander de lui en donner. Mais le vieux ne comprit pas. Il se contenta de nous fixer du regard. « Ils sont comme des ânes! » grogna Mohammed Larbi. Il ne manquait jamais de s'en prendre aux gens du Rif, qui ne parlaient que le tarifcht : si un Marocain ne comprend pas au moins un peu le maghrébin, il prend cela pour une offense personnelle. Lorsque nous retournâmes à la voiture, il sortit son énorme vessie de mouton, pleine de trois livres d'un kif graisseux, vert et fort, qu'il préparait lui-même, et roula une cigarette avec du papier.

« Il faut que je fume, s'écria-t-il, très énervé. Je ne peux pas voir tout ce kif et ne pas en avoir en moi. »

Il continua de fumer jusqu'à notre arrivée à Laazib Ketama.

La majorité des membres des tribus étaient déjà partis (c'était jour de marché), mais il y avait encore plusieurs centaines d'hommes, étendus sur des tapis ou des sacs sous les cèdres, dans les trois grandes cours où se tenait le souk. Les marchands enroulaient des pièces de tissu et empaquetaient du sucre, des jouets et des couteaux dans d'énormes ballots. La poussière qui dansait dans l'air constituait, au contact des derniers rayons du soleil, des flammèches d'or aveuglantes qui passaient devant les yeux. Nous éternuâmes à plusieurs reprises en nous frayant un chemin à travers le marché qui se vidait. Lorsque nous demandâmes le bureau du calife, les visages des gens prirent l'air ahuri habituel, mais nous le trouvâmes et parvînmes même à y entrer. J'avais oublié la courte guerre de 1958, qui opposa les habitants du Rif aux forces gouvernementales de Rabat, mais le souvenir m'en revint bien assez vite. On me dit que comme nous étions dans une zone militaire, il nous faudrait consulter le commandant, si nous voulions l'autorisation d'enregistrer de la musique. Certes, le commandant avait été là toute la journée à Laazib Ketama, mais il venait de partir, et qui sait où il se trouvait à présent ? On construisait un pont juste en contrebas du village et il était peut-être allé voir. Nous descendîmes la piste. Chercher quelqu'un au milieu d'un tel chaos semblait une tâche désespérée. De toute manière, c'était déjà le crépuscule, et nous avions encore plus d'une vingtaine de kilomètres de piste difficile à parcourir, pour remonter jusqu'au *parador.* Alors, nous fîmes marche arrière, culbutâmes presque par-dessus une petite falaise, et nous nous dirigeâmes vers Llano Amarillo.

Comme le calife nous avait aussi suggéré de nous arrêter à la caserne qui se trouvait sur le chemin du retour au *parador,* nous bifurquâmes vers une maison de bois à trois étages, ressemblant à un luxueux hôtel de station de ski, où nous fûmes accueillis par une douzaine de jeunes Marocains en uniforme, qui ouvrirent de grands yeux et pointèrent immédiatement leur mitraillette sur nous, au cas où il s'avérerait qu'il fallait nous capturer. Un sergent leur donna l'ordre de se retirer et nous dit que le commandant serait là vers huit heures.

Le calife de Laazib Ketama avait aussi parlé d'un village situé une trentaine de kilomètres plus loin, où se trouvaient des joueurs de *rhaita.* Cette nouvelle ne m'avait pas particulièrement enthousiasmé, car j'avais déjà enregistré bon nombre de morceaux de *rhaita,* y compris de l'excellente musique de Beni Aros, la capitale des musiciens djebala. Le *rhaita* des Djebala n'est pas notablement différent de celui du Rif, si ce n'est peut-être que la manière de jouer des musiciens du Rif révèle un sens du rythme plus aigu. Ce que je recherchais était le *zamar,* instrument à deux anches, monté sur deux cornes de taureau. Le calife m'avait affirmé que les Beni Uriaghel, dans le Rif central, m'en fourniraient. J'avais manifesté un intérêt poli pour son offre de *rhaita,* à défaut de quelque chose de mieux, et j'étais prêt à consacrer une journée à enregistrer cette musique. Cela dépendrait de la bonne volonté dont le commandant ferait preuve pour réunir les musiciens. Je ne voulais perdre ni mon temps ni mon énergie à le persuader, même si cela revenait à renoncer à tout enregistrement dans la région de Ketama. J'étais impatient de pousser plus à l'est, là où se trouve la vraie musique du Rif.

Nous retournâmes à l'hôtel. L'obscurité de la montagne s'abattait sur la vallée. Le vent sifflait dans les chambres, les portes grinçaient et claquaient. De minute en minute, j'avais de moins en moins envie de trouver le commandant. Nous nous rendîmes à ma chambre et allumâmes la petite ampoule électrique dont la lumière vacillait au-dessus du lit. Christopher et Mohammed Larbi ont l'habitude de se retrouver dans ma chambre parce que j'y ai tout l'équipement : les deux magnétophones, la radio, la nourriture, la boisson et le feu. Ils n'ont guère de raison, l'un ou l'autre, d'aller dans leur chambre, sinon pour dormir. Lors de notre visite nocturne au garage, nous apprîmes que la génératrice ne fournissait au *parador* qu'un courant de deux cent vingt volts, et je compris tout de suite qu'il ne serait pas possible de faire marcher les magnétophones, pour étudier les bandes enregistrées ou pour notre amusement. C'était une mauvaise nouvelle. La nuit allait être froide et inconfortable, une fois couchés dans ces lits peu engageants. Il nous fallait une raison de veiller.

Ketama est à environ deux mille mètres, une altitude assez élevée pour le Rif. Après le coucher du soleil, le froid de la montagne était descendu à travers la forêt. Les cantonniers mangeaient des sardines dans leur chambre. A l'heure du dîner, il faisait froid dans le *comedor* vide. Le repas fini, nous montâmes faire du café. Mohammed Larbi apporta la bouteille de kummel de Budapest, et Christopher nous tendit la livre de *majoun* qu'on lui avait vendue à Xauen. Nous bûmes tous du kummel, mais seul Mohammed Larbi mangea du *majoun*. Si l'on se sent bien, le *majoun* peut aiguiser le plaisir, sinon, il n'y a aucune raison d'approfondir un état dépressif.

Il m'apparut brusquement que les lumières allaient peut-être s'éteindre et que nous n'avions pas de bougie. J'allai voir le gérant. Il essuyait la vaisselle dans la cuisine avec le cuisinier qui fumait du kif dans une très longue *sebsi*. J'avais raison, me dit-il, les lumières allaient s'éteindre dans vingt minutes, à dix heures, et il n'y avait pas de bougie dans le *parador*. Je ne le crus pas. Je répliquai qu'il devait bien y en avoir au moins une quelque part.

« Il n'y a pas de bougie, dit-il, d'un ton ferme.

– Vous n'en avez pas un seul bout?

– Pas un seul, répondit-il, en essuyant la vaisselle, pas un. »

C'était ouvertement de la provocation. J'avais vu comment ça s'était passé quand j'avais essayé d'avoir des chambres. Christopher était arrivé à en avoir, moi pas, et il le savait. Il recommençait son incompréhensible petit jeu. Je restai là. Finalement, je lançai :

« Je ne comprends pas cet hôtel. »

Alors, il posa son plat et se retourna pour me regarder en face.

« Señor, dit-il posément, ne savez-vous pas que c'est le plus mauvais hôtel du monde?

– Quoi? »

Il répéta lentement :

« C'est le plus mauvais hôtel du monde.

– Non, je ne le savais pas, dis-je, à qui appartient-il?

– A un pauvre bougre qui vit près d'ici. »

Il échangea avec le cuisinier des regards mystérieux, amusés. Je ne trouvai rien à répondre, sinon que j'avais cru comprendre que l'hôtel était géré par le gouvernement. Autrefois, c'était la famille ou la religion qu'il fallait critiquer, si au cours de relations personnelles, on voulait trouver le moyen de mettre un Marocain en colère; de nos jours, on obtient la même réaction en ridiculisant le gouvernement puisque, en fin de compte, ce sont les Marocains qui en sont responsables. Mais ni l'un ni l'autre ne saisit le caractère insultant de ma remarque.

« Non, non et non, dirent-ils en riant, seulement un *pobre desgraciado.* »

Je montai raconter tout cela : ce fut accueilli d'un gros rire. Christopher se leva et quitta la pièce. Une minute ou deux plus tard, il revenait avec trois bougies neuves et deux à moitié consumées. La lumière dura jusqu'à environ dix heures et demie. Nous allâmes nous coucher. Le matin, il y eut un brouillard aveuglant et il faisait toujours froid. J'avais une toux sèche et je pensai que j'allais tomber malade. Christopher et Mohammed Larbi arrivèrent et firent du café. Je leur dis que je ne voulais pas de musique de Ketama; nous partions immédiatement pour Al Hoceima. Quand je descendis payer la note, le gérant, pour la première fois, avait l'air presque réveillé. Je repris la monnaie, et par curiosité, je lui tendis un pourboire de deux cents francs, décidé, s'il jetait les pièces par terre, à les ramasser et à m'en aller. Mais son visage s'anima brusquement.

« Je deviens fou ici, confia-t-il. Comment puis-je faire quoi que ce soit? Il n'y a rien, tout est cassé, pas d'argent, personne à part les cantonniers. N'importe qui deviendrait fou. »

Je hochai la tête en signe de sympathie.

« Je vais bientôt partir, c'est sûr, poursuivit-il. Je n'ai pas l'habitude d'endroits pareils. Je suis de Tétouan.

– Ah bon!

– Je suis ici depuis presque deux mois, mais la semaine prochaine, je pars.

– On peut dire que c'est une bonne chose pour vous. »

Je ne pensais pas qu'il partirait vraiment, bien que sur le moment il ait eu l'air suffisamment véhément pour passer la porte, descendre la grand-route et ne jamais plus revenir. Certains Marocains peuvent parvenir à se mettre dans un pareil état de bouleversement avec une rapidité surprenante.

« Pour sûr, je vais m'en aller. Il faut être fou pour vivre ici. *Ma hadou.* »

Je lui dis au revoir et il me souhaita bonne chance.

La route à l'est de Ketama était extrêmement mauvaise : un sol irrégulier de petits cailloux pointus et, tous les quelques mètres, des virages sans parapet. Parfois, le brouillard était si épais qu'on ne voyait que la chaussée boueuse à moins d'un mètre en avant. Nous nous traînâmes sur la route. Le brouillard se dissipa. Il y avait des villages à nos pieds dans les vallées. La terre était d'un gris blanchâtre ainsi que les énormes maisons carrées en torchis. L'architecture traditionnelle du Rif, inchangée. Le paysage échappait au temps.

Nous prîmes de l'essence à Targuist. C'était le dernier refuge de ce pauvre Abd el-Krim; les Français l'avaient capturé à cet endroit, en 1926. Beaucoup de Juifs y habitent et parlent l'espagnol, et la ville moderne est une monstrueuse excroissance, avec de longues rues sales où le vent s'engouffre, vous fouettant le visage de nuages de poussière et de saleté, qui picotent la peau. Le village musulman, de l'autre côté de la grand-route avait un aspect plus attrayant, mais se révéla inabordable en voiture. Au-delà de Targuist, le ciel était sombre, un grand vent soufflait et le paysage devenait à chaque kilomètre plus aride et plus désolé. Finalement, il plut, mais l'orage passa juste à temps pour que nous puissions déjeuner près d'un petit pont où la poussière portée par le vent était moins incisive (car dans cette vallée, il n'avait pas plu), et où l'on pouvait laisser brûler la flamme du Butagaz.

Nous arrivâmes à Al Hoceima vers quatre heures et demie. La mer était comme du plomb. La ville avait quelque chose de fou : un classique village de pêcheurs espagnol, mais vu comme dans un cauchemar. Il y plane une vague atmosphère menaçante de désastre, l'impression d'être coupé du monde comme dans une colonie pénitentiaire. C'est cela, une colonie pénitentiaire. Elle se lit sur le visage des quelques Espagnols assis dans les cafés minables. La plupart des Spanioline sont partis. Ceux qui restent ne sont guère prêts à admettre que la seule raison pour laquelle ils sont toujours là, est qu'il leur est impossible d'aller ailleurs. Les Marocains se sont emparés d'Al Hoceima – de tout, sauf de l'hôtel España. Je suis dans une chambre luxueuse, avec une salle de douche carrelée; de l'eau chaude coule des robinets, ce qui paraît incroyable; c'est le premier bon hôtel depuis Tanger. La température ne cesse de baisser et soudain, il fait nuit. Au dîner, le gros serveur espagnol est la principale source d'amusement : il est totalement soûl et trébuche en apportant les plats. Mohammed Larbi se moque de lui assez violemment tout au long du repas.

Ce matin, nous sommes allés voir le gouverneur. Il est amical, parle en tarifcht à ses assistants. Dans les bureaux du gouvernement du sud, ils sont censés utiliser le français. Il dit que nous devons aller au fort d'Ajdir demain soir. Là, le caïd d'Einzoren nous verra et prendra les choses en main. Nous avons accepté. Le ciel est encore sombre et l'air est lourd.

Le 31 août,
quatre heures du matin

Le caïd d'Einzoren se trouve être un plaisant jeune homme de Rabat qui n'a pas plus de vingt ans. Il s'amuse énormément ici dans le Rif, nous a-t-il confié, parce qu'il a une amie à Einzoren, « cent pour cent espagnole », du nom de Josefina. Au milieu de notre séance d'enregistrement, il nous a invités à dîner avec Josefina. Nous avons accepté, mais nous étions à une table séparée où nous avons mangé les mets qu'il avait commandés à notre intention, tandis qu'il était à une autre table avec Josefina et sa famille.

Nous avions installé notre matériel d'enregistrement dans un bâtiment municipal vide, au milieu de la plaza principale. L'endroit ressemblait à une école désaffectée. A notre arrivée, nous nous aperçûmes qu'une des pièces était déjà remplie de femmes et de jeunes filles, environ trois douzaines, qui chantaient et frappaient légèrement sur leur tambourin. Elles étaient assises sur des chaises à dossier droit, la tête et les épaules entièrement cachées sous des serviettes de bain qu'elles portaient comme des vêtements... Une immense foule muette d'hommes et de jeunes gens se tenait à l'extérieur sur la plaza, se pressant contre le bâtiment, essayant de jeter un coup d'œil par-dessus les rebords élevés des fenêtres. De temps à autre, quelqu'un chuchotait : je leur étais reconnaissant d'être silencieux.

La tribu était celle des Beni Uriaghel, mais malgré cela, il n'y avait pas de *zamar*. Ce fut une grande déception. J'interrogeai le caïd sur la possibilité d'en trouver un. Il s'y connaissait encore moins que moi; il n'avait jamais soupçonné l'existence d'un tel instrument. Même les musiciens secouèrent la tête; les Beni Uriaghel n'en jouaient pas, dirent-ils. Pas même dans le pays, en dehors d'Einzoren? Ils se mirent à rire parce qu'ils étaient tous des paysans venus des montagnes alentour, et avaient été appelés au village pour participer au « festival ».

Personne ne m'avait dit que les jeunes filles allaient chanter par équipes dans un concours, et que chaque village serait représenté par deux séries de duettistes rivales, si bien que je n'étais pas préparé à découvrir l'aspect étrange de la pièce où elles se trouvaient. Elles étaient assises deux par deux, les têtes suffisamment rapprochées pour que chaque groupe de deux puisse être totalement recouvert d'une seule grande serviette de bain. Les voix étaient dirigées vers le sol, par les plis du tissu, et comme le chant n'était accompagné d'aucun geste ni d'aucun mouvement de la tête, il était impossible de savoir laquelle chantait et laquelle restait simplement assise. Le chant était étonnamment répétitif, même pour de la musique berbère. J'étais cependant ennuyé de voir qu'il était constamment gâché, pendant l'exécution, par des murmures, des chuchotements, des remarques à voix basse, interférences que le micro enregistrerait inévitablement. Mais il n'y avait aucun moyen de capter l'œil de qui que ce soit, puisque les yeux étaient cachés. Même les femmes plus âgées, qui exécutaient les battements de tambours, avaient le visage couvert. La première des chansons choisies se poursuivit sans fin, une strophe après l'autre, les plus vieilles femmes tapant sur les peaux de leur *bendir* en forme de disque, de façon presque inaudible, à contretemps, arbitrairement. Je profitai de la longueur du morceau pour abandonner la commande des appareils et aller chuchoter à l'oreille du caïd installé, rayonnant, dans un fauteuil honorifique, flanqué de ses subordonnés accroupis par terre autour de lui :

« Pourquoi parlent-elles tant? » lui demandai-je.

Il sourit.

« Elles sont en train d'inventer ce qu'elles vont chanter ensuite », me dit-il.

J'étais content d'apprendre que les textes étaient improvisés et retournai à mes amplis et à mes écouteurs pour attendre la fin du chant. Quand les jeunes filles eurent chanté pendant encore trente-cinq minutes et que la bande fut terminée, je traversai la pièce sur la pointe des pieds, pour retourner encore une fois vers le caïd et m'enquérir :

« Tous les morceaux vont-ils être aussi longs?

– Oh! Elles continuent jusqu'à ce que je les arrête, toute la nuit, si vous voulez.

– La même chanson?

– Oh, oui. Elle est sur moi. Voulez-vous qu'elles en chantent une autre? »

Je lui expliquai que je n'enregistrais plus et il demanda une pause. Je pus ensuite contrôler la longueur des chants choisis.

Bientôt, la nouvelle arriva que le groupe de *rhaita* était assis dans un café, quelque part en bordure de la ville, attendant un moyen de transport ; Christopher, accompagné d'un cicérone, partit le chercher en voiture. Le café était en réalité dans un village situé à une vingtaine de kilomètres. A son arrivée, les hommes jouaient de la musique, et quand il leur dit de monter dans la voiture, ils continuèrent de le faire. Ils jouèrent tout le long du chemin jusqu'à Einzoren et entrèrent dans le bâtiment où je me trouvais sans avoir jamais arrêté leur morceau. Je les laissai finir et les fis sortir ensuite sur la place publique. Mohammed Larbi transporta le micro dehors et l'installa au milieu du grand cercle que formaient les spectateurs. Le *rhaita,* un super hautbois dont le son strident, déchiqueté, est fait précisément pour être écouté de loin, n'est pas un instrument d'intérieur.

Pendant que nous étions au restaurant, les hommes et les femmes s'arrangèrent pour se retrouver sur la place publique et entreprendre une *fraja.* Cela n'aurait pas pu se passer dans les régions du Maroc où la culture arabe s'est imposée à la population ; mais dans le Rif, on ne considère pas comme déplacé que les deux sexes prennent part ensemble aux amusements. Même ici, les hommes ne dansaient pas : ils jouaient, chantaient et criaient, pendant que les femmes dansaient. J'entendis le tapage depuis le restaurant et accourus pour essayer de l'enregistrer, mais dès qu'ils virent ce que je faisais, ils se turent. Il y avait un groupe d'excellents musiciens venus d'un village appelé Tazourakht. Leur musique était à la fois plus primitive et avait un rythme plus précis que celle des autres, et je manifestai ouvertement ma préférence, en leur demandant de rejouer. Ce qui ne se révéla pas une très bonne idée, car ils étaient les seuls hommes à appartenir à une autre tribu, les Beni Bouayache. Il apparut, vers deux heures du matin, que la séance d'enregistrement, qui s'était déroulée depuis la tombée du jour, allait dégénérer en folle nuit. Je proposai au caïd d'arrêter, mais il n'en voyait pas la raison. Vers trois heures moins vingt, nous débranchâmes les appareils pour les remballer.

« Nous allons continuer jusqu'à demain », dit le caïd, déclinant notre offre de le ramener à Al Hoceima. Au fur et à mesure que nous nous éloignions, le bruit des réjouissances s'amplifiait.

Le 31 août

La nuit dernière nous a vraiment suffi. Il nous faut aller vers l'est. Mais le gouverneur a fait une exception pour nous être agréable et organisé, pour demain soir, une autre séance à Ismoren, un village dans les montagnes à l'ouest. Aujourd'hui, j'ai réussi à attirer dans ma chambre les deux bonnes indigènes de l'hôtel, pour qu'elles m'aident à identifier seize morceaux de musique que j'avais enregistrés en 1956. Je savais que c'était de la musique du Rif, mais je voulais savoir précisément de quelle tribu provenait chaque morceau, de manière à me faire une meilleure idée de ce que valait chaque genre de musique, étant donné les efforts qu'il me faudrait faire pour l'enregistrer. Les jeunes filles refusèrent d'entrer dans ma chambre sans chaperon. Elles trouvèrent un garçon de treize ans pour les accompagner. Ce qui fut une chance parce que le garçon parlait un peu le maghrébin, tandis qu'elles ne savaient que le tarifcht et quelques mots d'espagnol. Je jouais un morceau et elles écoutaient un moment avant de pouvoir en reconnaître l'origine. Seuls deux morceaux provoquèrent chez elles une hésitation, puis elles tombèrent bientôt d'accord. Il me manque encore des échantillons de musique des Beni Bouifrour, des Beni Touzine, des Aït Ulixxek, des Gzennaia et des Temsaman. Les jeunes filles furent ravies de la petite somme que je leur donnai; en quittant la pièce, elles insistèrent pour emporter du linge sale à laver.

Nador, le 6 septembre

Le lendemain au crépuscule, nous allâmes jusqu'à Ismoren, comme convenu. Le paysage me rappelait le Mexique central. De la route jusqu'au village, la piste était une longue côte qui grimpait régulièrement le long d'une large plaine inclinée. Le caïd n'était pas chez lui : il y avait eu un malentendu et il était à Al Hoceima. Les villageois nous invitèrent à entrer chez lui, disant que les musiciens étaient prêts à jouer, dès que nous souhaiterions les voir commencer. C'était une maison espagnole avec de grandes pièces, peu éclairées et à peine meublées. Il y avait dans les coins de grands tas d'amandes qui atteignaient presque le plafond. L'odeur rance qui s'en dégageait, donnait à cet endroit des airs de ferme abandonnée. Une faible lumière électrique tremblait et vacillait. Je demandai à Mohammed Larbi de vérifier le courant, que je soupçonnais être continu. Malheureusement, c'est bien ce qu'il en était et je fis savoir, qu'en dépit de tous les préparatifs, il ne serait pas possible d'enregistrer à Ismoren. Il y eut sur tous les visages de l'incrédulité, puis de la déception.

« Restez cette nuit, nous dirent-ils, et demain peut-être la force électrique sera meilleure. »

Je les remerciai et leur dis que ce n'était

pas possible, mais Mohammed Larbi, exaspéré par leur ignorance, se lança dans un monologue pour leur expliquer ce qu'était l'électricité. Personne n'écoutait. Des hommes commencèrent à taper sur des tambours, dehors sur la terrasse, et quelqu'un, qui paraissait être le maître d'école, fut désigné pour servir le thé. Il m'invita à présider et m'installa derrière le vaste bureau du caïd. Lorsqu'ils m'y virent assis, ils se mirent à rire. Un homme d'un certain âge remarqua « il fait un bon caïd », et ils en tombèrent tous d'accord. J'ouvris trois paquets de cigarettes et les fis passer. Tout le monde regardait le matériel avec envie, souhaitant beaucoup le voir installé. Nous prîmes du thé, du thé et encore du thé et finalement, nous partîmes pour Al Hoceima, au son bruyant du *bendir,* deux hommes courant devant nous le long des chemins bordés de cactus pour nous montrer la sortie du village.

Et c'est ainsi que chaque matin, je continuai d'aller dans les bureaux du gouvernement pour étudier les cartes murales détaillées et essayer de localiser les tribus avec lesquelles j'espérais entrer en contact. Le premier jour, je repérai qu'un fonctionnaire regardait subrepticement nos fiches de police; elles étaient apparemment satisfaisantes. Le gouverneur et ses assistants avaient commencé par faire preuve d'une extrême cordialité, mais quand la nouveauté de nous voir se fut épuisée, leur attitude changea. Il leur semblait que notre insistance à voir certaines tribus plutôt que d'autres était arbitraire et difficile à accepter, et ils en avaient assez de téléphoner pour organiser des rencontres qui tournaient court. Cela les occupait chaque jour pendant deux heures. C'était l'électricité qui nous manquait tout le temps. On nous avait fourni un transformateur, mais pas de génératrice, et Einzoren était bien le seul village de la région à être équipé du courant alternatif.

Un soir, de retour pour dîner dans le *comedor* de l'hôtel España, un soldat, qui avait l'air d'un tueur, était attablé avec Mohammed Larbi... Nous nous assîmes avec eux ; il était soûl et voulait faire une conférence politique. Mohammed Larbi et lui sortirent. A trois heures du matin, il y eut un grand raffut dans les couloirs. Mohammed Larbi cherchait son chemin jusqu'à sa chambre, avec l'aide de diverses recrues trouvées dans la rue, le gardien de nuit de l'hôtel l'en empêchant avec force paroles. Le lendemain, qui avait été fixé comme jour du départ, il fut malade à pleurer. Il réussit à charger la voiture et s'affala ensuite à l'arrière avec les bagages, pour ne plus rien dire. Le temps continuait d'être menaçant et tragique. Au sud de Temsaman, les montagnes, même par temps normal, ressemblent à des dessins imaginaires d'une autre planète. Sous le ciel noir, et avec les effets étonnants de lumière qui se répandaient à travers des vallées insoupçonnées, elles formaient un spectacle inquiétant. Mohammed Larbi gémissait de temps à autre.

La piste était exécrable, mais heureusement, de toute la journée, nous ne croisâmes aucune autre voiture, du moins pas jusqu'à une heure avancée de l'après-midi, quand nous parvînmes dans la plaine qui mène à Laazib Midar, là où une vraie route commence soudain. Mon idée était de trouver dans les parages un endroit où nous pourrions rester, après avoir vu le gouverneur de Nador (puisque nous étions alors dans la province de Nador, et qu'il nous fallait nous rendre jusqu'à la capitale pour avoir la permission de travailler). Mais Laazib Midar n'était qu'une sorte de poste frontière, une agglomération faite de petites maisons en torchis, alignées le long de la route. Nous la traversâmes sans nous arrêter.

Du siège arrière de la voiture, Mohammed Larbi se mit une fois de plus à se lamenter : « Aïe, *yimma habiba!* Aïe, quelle malchance! » Je lui dis que personne ne l'avait forcé à boire. « Mais si, se plaignit-il. C'est bien ce qui est arrivé. On m'a forcé. » Peu compatissant, j'éclatai de rire. Personne ne peut fumer autant de kif que Mohammed

Larbi et être aussi capable de boire. Je pensais qu'il était temps qu'il l'apprenne, dans la mesure où il fumait régulièrement depuis l'âge de onze ans et qu'il en a maintenant vingt-cinq.

« Mais c'était à la caserne, et il y avait huit soldats, et ils ont dit que si je ne buvais pas, c'est que j'étais une femme. C'est *b'd drah* ou pas?

– C'est bien triste », dis-je, et il se tut.

Il faisait nuit noire et la pluie tombait doucement quand nous arrivâmes à Nador. Après avoir parcouru les rues boueuses en tous sens, nous nous arrêtâmes devant une épicerie pour demander un hôtel. Un Espagnol, sur le pas de la porte, nous dit qu'il n'y en avait pas et qu'il nous fallait aller jusqu'à Melilla. Ce qui était totalement hors de question, puisque Melilla, bien que située au Maroc, est une ville espagnole depuis quatre cent cinquante ans. Même si Christopher et Mohammed Larbi avaient eu des visas espagnols, ce qui n'était pas le cas, nous n'aurions jamais pu faire passer le matériel à la frontière. Je répondis que nous devions coûte que coûte rester à Nador. L'Espagnol reprit :

« Voyez Paco Gonzalez à la pompe à essence. Il se peut qu'il vous loge. C'est un Européen en tout cas. »

Un petit garçon marocain qui nous écoutait s'écria :

« L'hôtel Mokhtar est bien! »

Le mot « hôtel » attira mon attention et nous nous mîmes en quête. En moins d'une heure, nous le découvrîmes. Il était au-dessus d'un café maure. En haut de la porte, était marqué en caractères biscornus : H. MOKHTAR. L'endroit me rappelle un peu les bains turcs qui existaient, il y a trente ans, dans la casbah d'Alger. Il est tenu par une volée de femmes rifaines inquisitrices. Je sais qu'elles sont très nombreuses, mais je n'ai pas réussi à les distinguer les unes des autres. Après nous avoir distribué trois chambres, uniformément tristes, elles vinrent toutes, à tour de rôle, inspecter nos bagages et notre matériel; puis elles tinrent apparemment une conférence, à l'issue de laquelle elles mirent une « cuisine » à notre disposition. La pièce était jonchée d'ordures, mais il y avait deux grilles où l'on pouvait faire des feux avec du charbon, si on en possédait. Il y avait aussi un évier qui était bouché et plein, je suis sûr, des eaux de vaisselle de l'année dernière. Nous jetâmes les ordures par la fenêtre, sur les fleurs du patio (il n'y avait pas d'autre endroit où les mettre) et nous nous installâmes. Nous sommes maintenant habitués à respirer la puanteur des latrines, mais la première nuit, nous en étions très incommodés. J'ouvris violemment la fenêtre et m'aperçus que l'air au dehors était pire. L'odeur à l'intérieur était celle de vieilles urines, mais la brise qui entrait par la fenêtre apportait les lourds effluves d'excréments humains récents. Il était impossible pour le moment de déterminer comment cela se pouvait. Cependant, je fermai la fenêtre, allumai plusieurs bâtonnets de *bathi* et nous entreprîmes de préparer à manger.

Le lendemain matin, à la lumière du jour, je compris. L'hôtel Mokhtar est construit en bordure de la ville. A cent cinquante mètres au-delà environ, la terre est couverte de tranchées d'un mètre de profondeur. Ce sont les toilettes de la ville : à tout moment de la journée, on peut voir une douzaine ou plus d'hommes, de femmes, d'enfants accroupis dans les tranchées. Jusqu'en 1955, Nador n'était qu'un de ces villages pauvres marocains qui abritaient quelques Espagnols. Il devint brusquement la capitale d'une province nouvellement définie. Les Espagnols y ont encore plusieurs milliers d'hommes, postés pour « protéger » Melilla, que Rabat revendique plus ou moins ouvertement, et récupérera sans aucun doute tôt ou tard. Et c'est pourquoi, tout aussi naturellement, les Marocains y ont cantonné le même nombre de soldats, et quelques milliers en plus, pour défendre Nador. Il y a beaucoup plus de gens qu'il ne devrait. Il faut prendre de l'eau à la pompe dans la rue, dans des seaux et des bidons d'huile. La nourriture se paie cher, et toutes les denrées sont rares. La ville est couverte de poussière et entourée d'ordures, sauf à l'est, où les eaux peu profondes de la Mar Chica clapotent contre la boue, dérangeant les poissons morts qui, de façon inexplicable, flottent en grand nombre. La Mar Chica est une mer intérieure inutile, d'une profondeur moyenne de deux mètres environ, juste assez pour qu'un homme s'y noie. A l'horizon, blanche et scintillante, se trouve la barre de sable où commence la Méditerranée, et vers laquelle on regarde pensif, en imaginant la brise, sentant le propre, qui doit souffler là-bas. Nador est une prison. La présence d'un vaste boulevard bordé de palmiers et de fleurs, conduisant sur moins d'un kilomètre du bâtiment administratif au rivage mort de la Mar Chica, rend l'endroit plus insupportable encore. En bas de cette artère, s'élève un édifice monstrueux, construit comme un immense juke-box, posé sur des pilotis qui le maintiennent au-dessus de l'eau. C'est le restaurant principal de la ville, où nous déjeunons tous les jours. Le *paseo* est bordé de cafés et de bancs en béton. Lorsque les bancs sont occupés par les centaines de soldats espagnols et marocains qui errent, l'air désespéré, à travers les rues, il ne reste plus aux nouveaux venus que les chaises, installées sous les palmiers par les propriétaires des cafés. C'est là qu'ils s'assoient et regardent le boulevard, sans rien commander. Le soir, c'est un peu moins déprimant car l'artère n'est pas éclairée du tout et son apparence minable ne se voit pas. De plus, après la tombée de la nuit, les deux populations militaires sont enfermées dans leur caserne respective.

Tard dans la matinée, nous nous rendîmes au bureau du gouverneur. Celui-ci était à Meknès avec le roi, mais son *katib*, un homme volubile, était resté et c'est lui qui s'occupa de nous.

« Voyons. Vous voulez voir la tribu des Beni Bouifrour. Vous les verrez demain sans faute. Allez maintenant à Segangan. »

Cela semblait trop facile. Il s'aperçut de mon hésitation.

« Vous pouvez encore attraper le calife avant qu'il sorte pour l'apéritif. Attendez, je vais lui téléphoner. Il vous attendra. »

Et comme j'affichais une expression de doute :

« Sur mon ordre, il attendra. Allez-y. »

Pour débarrasser le plancher, me dis-je. Quand nous reviendrons, celui-ci sera parti, et j'aurai perdu toute la journée. Peut-être même deux jours. Mon doute dut se voir encore davantage car le secrétaire prit une voix dramatique :

« Je téléphone sur-le-champ. Regardez. J'ai la main sur le téléphone. Dès que vous passerez la porte, je parlerai au calife. Vous pouvez avoir la certitude que je tiendrai parole. »

Je compris que plus je l'écouterais continuer dans cette voie, moins j'allais croire ce qu'il disait. Il semblait qu'il n'y eût rien d'autre à faire que de nous mettre en route immédiatement pour Segangan.

Mais le *katib* avait bel et bien téléphoné et le calife de Segangan, lorsque nous eûmes trouvé le quartier général où se trouvait son bureau, se montra agréable et sans réticence. Il ferma son bureau et nous accompagna à pied dans la rue. En nous promenant sous les acacias, il dit :

« Nous avons beaucoup de jardins agréables ici à Segangan. (Il prononçait Azrheung-ng'n, à la manière rifaine.) Il ne vous reste plus qu'à choisir le jardin que vous préférez pour enregistrer.

– N'avez-vous pas une pièce quelque part? Ce serait plus calme et, en outre, j'ai besoin de brancher mon matériel sur le courant électrique.

– Les jardins sont mieux que les pièces, et nous avons notre électricien qui fera tout ce que vous lui demanderez. »

Nous inspectâmes les bosquets et les berceaux de verdure, les fontaines, les coins et les recoins. Je lui expliquai que peu m'importait où ça se passerait pourvu que les bruits extérieurs soient réduits au minimum, et que pour cette raison il était peut-être préférable de rester à l'intérieur.

– Pas du tout, s'écria le calife. Je ferai détourner toute la circulation pendant l'enregistrement.

– Mais alors, les gens en ville sauront qu'il se passe quelque chose, et ils viendront pour savoir ce que c'est, et il y aura plus de bruit que jamais!

– Non, non, dit-il pour me rassurer. La circulation des piétons ne sera pas permise non plus. »

Il était clair que toutes ces mesures attireraient directement l'attention sur nous, car elles ne seraient jamais totalement mises en application. Mais ces propositions excessives correspondaient au désir du calife de paraître amical, et je cessai de faire des objections, décidé à parler au *katib,* dès mon retour à Nador. Nous trouvâmes un endroit où enregistrer, un coin de parc retiré, ombreux comme un fourré, et silencieux malgré le chant des coqs au loin. La séance fut prévue pour le lendemain matin. De retour à Nador, j'allai trouver le *katib,* mais il avait quitté son bureau pour la journée. Nous serons à la merci du calife bien intentionné.

Le 7 septembre

Mon angoisse était inutile. Quand nous sommes arrivés à Segangan ce matin, on nous a emmenés dans un autre jardin, à l'extérieur de la ville. L'électricien du calife avait déjà installé le câble, et tout marchait parfaitement.

Chez les Berbères, non seulement dans le Rif, mais beaucoup plus au sud dans le Grand Atlas, le troubadour professionnel existe encore. La catégorie sociale dans laquelle on le situe n'est pas exactement celle d'un membre reconnu de la communauté, mais il n'est pas non plus un paria. Il est respecté en tant que musicien, mais comme travailleur itinérant, il se prête naturellement aux soupçons. Les gens du Rif se plaisent à faire un rapprochement entre les *imdyazen* (comme on appelle les ménestrels, aussi bien ici que dans l'Atlas), et les *gitanos* d'Espagne; seulement, comme ils le soulignent, les *imdyazen* vivent dans des maisons comme tout le monde, et non pas comme les bohémiens dans des campements à l'extérieur des villes. Si vous demandez pourquoi il en est ainsi, ils répondront habituellement : « Parce que nous sommes du même sang, eux et nous ». A Segangan, j'ai rencontré pour la première fois les *imdyazen.* Leur cheikh ressemblait à un figurant engagé pour un film de pirates, un homme énorme, rude, avenant, un bandana autour de la tête à la place du turban. Lui, enfin, avait un *zamar*. Même Mohammed Larbi n'en avait jamais vu. Nous l'examinâmes en détail, et fîmes des photographies sous tous les angles. Il se compose de deux tuyaux à anche distincts, attachés ensemble, avec chacun son embout et ses trous; fixée à l'extrémité de chaque anche, se trouve une grosse corne de bélier. On peut en jouer avec ou sans les cornes qui se détachent facilement. Hier, le calife empressé m'a promis deux *zamars* et ce matin encore, il m'a laissé croire, pendant la première demi-heure, qu'un deuxième joueur était attendu. Mais lorsque j'ai commencé à m'inquiéter de son arrivée, et à poser des questions auprès de quelques-unes des personnalités, il y eut des échanges de regards pleins de sous-entendus, et la langue passa brusquement du maghrébin au tarifcht. Je m'aperçus alors que j'étais grossier : on ne souligne pas un mensonge. Pour une raison toute personnelle, le cheikh ne voulait pas d'un autre *zamar*, et c'est tout. Lui-même était un virtuose de cet instrument, et il en jouait de toutes les manières possibles et imaginables : debout, assis, en dansant, avec et sans les cornes, accompagné de tambours et de chœurs ou en solo. Il insista pour en jouer même quand je lui demandai de ne pas le faire. Pendant deux heures, ma principale difficulté fut de l'arrêter, car il couvrait le son des autres instruments, à tel point que l'effet sonore comportait un risque de monotonie. Je l'installai finalement à une dizaine de mètres des autres musiciens. Il continua à jouer, les joues gonflées comme des ballons, assis tout seul sous un oranger, heureusement sans se rendre compte que sa musique n'était pas enregistrée.

Une des raisons principales pour lesquelles je voulais supprimer le *zamar* était la présence, parmi les joueurs, d'un admirable musicien nommé Boujemaa ben Mimoun, un des rares musiciens en Afrique du Nord qui ait une compréhension de ce que peut être l'expression personnelle en matière d'interprétation. Son instrument était le *qsbah,* longue flûte à anche, au registre bas, courante dans le Sahara du Sud algérien mais qui, en général, dans la plus grande partie du Maroc, n'est pas utilisée. J'avais essayé d'avoir un solo de *qsbah* depuis que j'avais trouvé un groupe de musiciens rhmara à Tétouan. Les Rhmara avaient accepté, mais leur technique était quelconque et la sonorité pas du tout ce que j'avais espéré. A nouveau, j'avais essayé à Einzoren, et avais obtenu de bons résultats musicalement, mais cette fois encore, ce n'était pas dans une octave basse, registre des plus difficile à obtenir, en raison du contrôle de la respiration qu'il exige.

Lorsque je pris Mimoun à part, pour lui demander s'il voulait bien jouer en solo, il fut indécis. Il souhaitait me faire plaisir, mais il dit :

« Comment va-t-on savoir ce que dit le *qsbah*, s'il n'y a pas quelqu'un pour chanter les paroles? »

Le cheikh nous vit conférer et s'approcha pour s'enquérir de ce que nous disions. Quand il comprit ma requête, il proclama immédiatement que la chose était impossible. Ben Mimoun se dépêcha de se ranger à son avis. Je continuai d'enregistrer, mais je soumis en cachette mes difficultés au caïd du village où avaient été recrutés les *imdyazen*. Il était assis, en train de fumer du kif avec d'autres notables, sur une petite pergola proche. Il semblait penser qu'il était possible qu'un *qsbah* joue en solo si c'était vraiment nécessaire. Je lui certifiai que ça l'était, que le gouvernement américain le voulait. Après un certain temps passé en discussions, au cours desquelles Mohammed Larbi distribua à chacun de grandes quantités de kif, l'expérience put se faire. Le cheikh sauva la face en précisant qu'il y aurait deux versions de chaque morceau, une en solo de *qsbah*, l'autre avec le texte chanté. Je fus ravi du résultat. Les solos représentent ce qu'il y a de mieux dans la collection. L'un d'eux, appelé *Reh dial Beni Bouhiya*, est particulièrement beau. Dans un paysage immense et désolé, il est émouvant de trouver un chamelier solitaire, assis près de son feu, la nuit, pendant que les chameaux dorment, et d'écouter longtemps les cadences plaintives et hésitantes du *qsbah.* Cette musique, plus que toute autre parmi celles que je connais, exprime pleinement l'essence de la solitude. *Reh dial Beni Bouhiya* est un parfait exemple du genre. Ben Mimoun paraissait malheureux en jouant parce qu'il y avait une tension dans l'air, due à la désapprobation générale de ma manière d'agir. Cependant, tout le monde resta assis en silence jusqu'à ce qu'il eût fini.

Après quoi, ils se remirent à la musique d'ensemble et à la danse. Le kif avait non seulement affiné leur sens du rythme mais aiguisé aussi leur appétit et je vis que nous étions arrivés à la fin de la séance. Tandis que les joueurs de tambours sautaient frénétiquement, trébuchant presque sur le câble du microphone, un homme grand, à l'épais turban, s'approcha du micro et se mit à hurler.

« C'est une dédicace », expliqua le caïd.

Il y eut d'abord les louanges du sultan Mohammed Khamiss, ainsi que de ses deux fils le prince Moulay Hassan et le prince Moulay Abdallah. Puis ce fut le tour de mon ami, le gouverneur de la province d'Al Hoceima (parce que pendant les révoltes du Rif, en 1958, il trouva une solution qui convint à presque tout le monde), et pour finir, marquée d'un immense enthousiasme, suivit une glorification des combattants algériens qui furent assassinés par les Français d'à côté, qu'Allah leur vienne en aide. (Les tambours et les cris, les cornes de taureau pointées vers le ciel, émettant des sons sauvages.) Nous bûmes bien trop de thé, et rentrâmes à Nador trop tard pour aller manger dans le restaurant sur pilotis, en forme de juke-box, et nous ouvrîmes des boîtes de haricots que nous mangeâmes dans la crasse et la puanteur de ma chambre.

Le 10 septembre

Mohammed Larbi est encore assez malade depuis son expérience d'Al Hoceima : son foie ne fonctionne pas très bien et il essaie de le guérir en doublant la quantité de kif qu'il fume. Le remède n'est d'aucun secours. Il comporte cependant un avantage : dans le couloir, la puanteur de l'urine est quelque peu tempérée par l'odeur, puissante mais plus propre, du kif qui brûle, surtout si Mohammed laisse sa porte ouverte, habitude que j'essaie d'encourager. Il est allongé sur sont lit dans sa chambre, toute la journée, dans un état de stupeur intense, planant quelque part au-dessus de la stratosphère, la radio constamment branchée sur Le Caire ou Damas. Nous préparons le petit déjeuner et le dîner dans ma chambre, qui ressemble progressivement à un étalage dans un *joteya* marocain, les objets les plus divers recouvrant toute la superficie du plancher. La seule manière pour moi de sortir du lit est d'enjamber le montant et d'atterrir devant le lavabo. Tous les jours, plusieurs de ces femmes aux yeux brillants, les propriétaires de l'hôtel, viennent regarder, heureuses, et disent :

« Nous n'avons pas à faire la chambre, aujourd'hui non plus? »

Le lit n'a encore jamais été fait, le sol jamais balayé; je ne veux personne dans la chambre.

Ce matin, l'état de Mohammed Larbi lui a rappelé l'époque où sa belle-mère essayait de l'empoisonner. C'est une de ses histoires préférées, qu'il raconte souvent et de façon pittoresque. Il semble qu'il s'agisse pour lui d'une expérience traumatisante, ce qui n'est guère surprenant. Elle eut pour conséquence qu'il quitta la maison et se cacha de sa famille pendant plus de cinq ans. Ce n'est qu'incidemment qu'il épousa deux anciennes prostituées pendant cette période : c'étaient les seules femmes qu'il connût personnellement. Toutes les autres étaient des empoisonneuses potentielles. Elles le sont toujours à ses yeux. Ses invectives contre les femmes sont à faire dresser les cheveux sur la tête.

Il paraît que sa mère quitta son père lorsque celui-ci prit une quatrième épouse, car, bien qu'elle se fût accommodée des deux autres, elle refusa de vivre sous le même toit que la dernière venue. Aussi, elle plia bagage et retourna à Tcharhanem, où elle possédait une petite cahute de terre sèche et rien d'autre qu'une litière de paille et quelques poteries. Mohammed Larbi resta avec son père et les autres épouses. La nouvelle femme, qui était très jeune, essaya de coucher avec lui en l'absence du père, et comme c'était un jeune homme d'une parfaite moralité, il refusa, indigné. La jeune femme fut alors gagnée par la peur de ce qu'il pourrait raconter, et elle décida de se débarrasser de lui. Peu après, elle fit comme si quelque chose n'allait pas dans le déjeuner et qu'il lui fallût le préparer à nouveau. Il était quatre heures de l'après-midi quand elle apparut avec le repas de Mohammed Larbi. Elle comptait, à juste titre, sur le fait qu'il aurait plus faim que d'habitude. Mais, tandis qu'il engloutissait son repas, il aperçut un petit morceau de fil qui sortait de la viande, au milieu du tajine. Il tira dessus sans succès, et finalement mordit dans la viande. Ce n'est qu'alors qu'il comprit ce que pouvait signifier ce bout de ficelle, et déchirant la viande avec ses doigts, il découvrit qu'une petite poche contenant différentes poudres et autres ingrédients, avait été cousue à l'intérieur du plus gros morceau. Il s'aperçut aussi qu'il avait déjà mangé une certaine quantité de ce qui était contenu dans la poche. Il ne dit mot, se faufila à quatre pattes hors de la maison, et partit en courant pour ne plus jamais retourner chez lui jusqu'à ce jour, tout en s'arrangeant par la suite pour convaincre son père de se débarrasser de cette femme. « Les autres ingrédients » contenus dans la nourriture, étaient, de son propre aveu malgré ses réticences, en plus de l'assortiment de poisons, « des ongles en poudre et des poils coupés menu – des poils pubiens, affirmait-il – avec des morceaux d'excréments de différents petits animaux.

– Lesquels? je voulais le savoir.

– Des chauves-souris, des lézards, des souris, des hiboux... Est-ce que je sais ce que les femmes veulent faire manger aux hommes? » s'écria-t-il, blessé.

Au bout d'un mois, sa peau commença à tomber et son bras devint rouge bleuâtre. C'est courant. Il m'est déjà arrivé parfois d'en voir. C'est bon signe aussi; cela signifie que le poison « sort ». De l'avis général, s'il reste, on ne peut pas faire grand-chose pour trouver un antidote. Les poisons sont fournis par des professionnels. Larache est un endroit réputé où aller si vous avez envie de pratiquer de la magie sur quelqu'un. Vous êtes sûr d'y trouver quelque chose d'efficace.

Au Maroc tous les hommes ont horreur du *tseuheur*. La plupart d'entre eux, comme Mohammed Larbi, refuseront de manger de la nourriture qui a été touchée par une femme musulmane, à moins qu'elle soit sa mère ou sa sœur, ou encore sa femme, s'il lui fait confiance. Mais très souvent, c'est de sa femme qu'il doit se méfier le plus. Elle a recours au *tseuheur* pour le rendre malléable et influençable. Cela peut prendre de nombreux mois, ou même plusieurs années, mais les poisons sont sûrs. C'est souvent le système nerveux central qui est atteint. Ils peuvent provoquer la cécité, la paralysie, la débilité ou la démence, bien que la femme probablement, à ce moment-là, soit partie dans une autre région du pays. Si le mari meurt, il n'y a pas d'enquête. Son heure est venue, et c'est tout. Même si la pratique de la magie est un crime condamnable, dans le cas peu vraisemblable où l'on peut le prouver, des centaines de milliers d'hommes vivent chaque jour dans cette hantise. Heureusement, Mohammed Larbi est sûr de sa femme actuelle : il la bat régulièrement et elle a très peur de lui.

« Elle n'essaiera jamais de me donner du *tseuheur*, proclame-t-il. Je la tuerai avant qu'elle s'y mette. »

Cette histoire est toujours la même, pour l'essentiel, mais chaque fois qu'il la raconte, j'en retire quelques détails supplémentaires.

« C'est pour ça que je ne peux plus boire, se plaint-il. C'est le *tseuheur* qui est toujours là, et qui transforme la boisson en poison.

– C'est le kif », lui dis-je.

Le 13 septembre

La toux qui avait commencé à Ketama me poursuit. L'air sec d'Al Hoceima m'avait aidé à la tenir un peu à distance; les conditions de vie ici à l'hôtel Mokhtar semblent l'aggraver. Mais il est trop tard maintenant. Nous sommes restés ici trop longtemps et je me sens fiévreux.

Le 15 septembre

Deux jours ont passé. Je suis encore alité mais je me sens mieux. Christopher est dégoûté de la situation et Mohammed Larbi est dans un état avancé de décomposition. L'idée de retourner à Midar me tourmente moins que la certitude qu'il nous faudra ensuite revenir ici à Nador. Dans le seau d'eau noirâtre que nous ont donné les femmes de l'hôtel, et où je puise pour remplir les bouteilles de vin vides en ajoutant des comprimés d'Halazone pour avoir un peu d'eau à boire, se trouve enfoui, dans la vase du fond, un grand chiffon d'une crasse indescriptible. Je ne m'en suis aperçu que ce matin, une fois toute l'eau bue. A ce moment-là, ce que j'ai souhaité le plus au monde était de m'enfuir d'ici. Pendant le déjeuner, j'ai lancé à tout hasard :

« Qu'est-ce que vous diriez de partir bientôt, plus à l'est? »

Christopher a pensé que c'était une bonne idée, ainsi que Mohammed Larbi. J'ai renoncé à Temsaman, aux Beni Touzine et aux Ait Ulixxek.

Oujda, le 17 septembre

Même le temps semblait meilleur quand nous avons quitté Nador pour nous diriger rapidement vers la frontière algérienne. Nous avons passé l'oued Moulouya, desséché, assagi, et les terres cultivées, riches et plates, au nord du pays Zegzel où habitent les Beni Snassen. Il commençait à faire nuit quand nous avons traversé Berkane, ville nouvelle et superbe. Elle était pleine de gens, de palmiers et de lumières fluorescentes. Après Nador, c'était comme Hong-kong, mais nous avons décidé de ne pas nous arrêter, parce que nous voulions arriver à Oujda à temps pour dîner à l'hôtel – c'est-à-dire si l'hôtel est toujours ouvert.

Vers sept heures, nous vîmes les lumières

de Martimprey légèrement en contrebas, à peut-être trente kilomètres devant nous. Tandis que nous regardions toujours à travers la plaine, trois fusées explosèrent au-dessus de nous et retombèrent lentement à terre. Des faisceaux lumineux très puissants se mirent à tourner, projetés depuis les montagnes d'Algérie. Il y avait une déviation avant Martimprey : nous dûmes aller sur la route de Saïdia, juste au sud de la ville. Cela nous évita d'avoir éventuellement des difficultés avec les autorités, car Martimprey est littéralement sur la frontière, et n'est guère plus, en ce moment, qu'un quartier général militaire. Il y avait un peu de circulation sur la route. Toutes les dix minutes, nous croisions une voiture qui roulait dans notre direction. Devant nous, un conducteur nerveux refusa obstinément de se laisser dépasser. Mais quand Christopher ralentit pour le laisser prendre de la distance, il ralentit aussi : il n'y avait pas moyen d'éviter d'être derrière lui. Exaspéré, Christopher finit par freiner sur le bord de la route et par s'arrêter, en disant :

« De toute façon, j'aimerais voir un peu de cette guerre. Regardons-la un moment. »

Les fusées rouges illuminaient les flancs des montagnes à l'est et les faisceaux bleus des projecteurs se coupaient selon des angles variés. Le silence était total : il n'y avait même pas de criquets. Mais l'autre voiture s'arrêta aussi, peut-être cent cinquante mètres plus loin, et nous vîmes bientôt une silhouette s'approcher. Mohammed Larbi chuchota :

« S'il pose des questions, il faut lui répondre. Il a un pistolet.

– Comment le sais-tu? » lui demandai-je, mais il ne répondit pas.

Christopher avait éteint les phares et la route était toute noire, aussi nous ne pûmes voir le visage de l'homme, jusqu'à ce qu'il fût tout près de nous.

« *Vous êtes en panne* *? » demanda-t-il, en passant la tête par la portière avant, comme un inspecteur des douanes. Dans le reflet de la lampe du tableau de bord, je vis qu'il était jeune et bien mis. Il passa en revue rapidement l'intérieur de la voiture, en tournant lentement la tête d'un côté et de l'autre. Les projecteurs continuaient de se déplacer dans le ciel. Nous lui dîmes que nous ne faisions que regarder, comme si nous nous trouvions dans une boutique où nous ne voulions rien acheter.

« Ah bon, dit-il aussitôt, je pensais que vous aviez peut-être des ennuis. »

Nous le remerciâmes.

« Je vous en prie », dit-il, d'un ton léger, et il disparut à nouveau dans l'obscurité.

Nous l'entendîmes, une minute ou deux plus tard, fermer la portière de sa voiture, mais sans mettre le moteur en marche. Nous attendîmes encore environ dix minutes, puis Christopher alluma les phares et le moteur. L'autre voiture en fit autant, démarra et resta devant nous tout le long de la route jusqu'à Oujda. Avant d'arriver au centre de la ville, elle tourna dans une rue adjacente et disparut.

J'avais craint qu'avec la fermeture de la frontière algérienne, l'hôtel Terminus n'ayant plus de *raison d'être* *, il n'existât plus. Il est ouvert, comme d'habitude, mais les prix ont grimpé et la nourriture s'est dégradée. Ce que cette dernière a perdu en qualité, le service l'a gagné en prétention. Le dîner était servi dehors, sous les palmiers, autour d'un grand bassin circulaire. Le bruit des bouchons qui sautaient ponctuait les conversations en français. Il y eut soudain une forte explosion. Le sol sous mes pieds trembla un peu. Personne ne semblait l'avoir remarqué. Le débit monotone, relâché des mots et les rires continuèrent comme avant. En moins d'une minute, il y eut une autre explosion, moins forte mais d'une certaine puissance. Quand le serveur arriva, je l'interrogeai :

« Ce sont les bombardements dans le secteur de Tlemcen, dit-il. Un *engagement* *. Cela dure depuis deux nuits. Parfois, c'est calme pendant environ une semaine, parfois, c'est très actif. »

Il y eut, pendant le dessert, une longue

succession de tirs de mitraillette à moins d'un kilomètre de là, à Oujda même.

« Qu'est-ce que c'est? » demandai-je.

Le visage du serveur resta impassible :

« Je n'ai rien entendu », dit-il.

Il se passe toutes sortes de choses à Oujda actuellement, et personne ne pose la moindre question.

C'était la nuit où De Gaulle devait faire à la radio son offre de « paix » tant attendue au FLN. Par simple curiosité, nous montâmes l'écouter immédiatement après le repas. Tandis que le Général faisait résonner avec ferveur chacune de ses syllabes, le bruit sourd des explosions continuait de retentir à l'extérieur, parfois comme un tonnerre proche, parfois de façon très reconnaissable, comme des bombes. Mohammed Larbi était tranquillement installé, bourrant de kif des cigarettes vides, les tassant avant de les fermer à un bout.

« Qu'est-ce qu'il dit? demandait-il de temps en temps. (Car il n'avait jamais appris le français.) Et, chaque fois qu'il posait la question, je lui répondais vivement :

– *Reh* (du vent!). »

Tous les deux, nous dérangions Christopher. Il n'a jamais farouchement pris parti dans le conflit algérien, car il est désireux de reconnaître aux Français un minimum de bonne volonté. Pour ne pas l'empêcher d'écouter, j'allai sur le balcon où j'entendais les bombes à la place des mots. Il n'y avait aucune hypocrisie dans le bruit qu'elles faisaient, aucune différence entre ce qu'elles disaient et ce qu'elles voulaient dire, qui était : mort aux Algériens. Je me demandai combien de millions de musulmans en Afrique du Nord étaient, à ce moment précis, en train d'écouter les mots de la radio, et j'imaginai les qualificatifs de mépris et de haine qui leur venaient alors à la bouche en écoutant. *« Zbil! Jiffa! Kharra! Ouild d'l qhaba! Innal dinou! El khannez! »* Quand le Général eut fini son monologue, Christopher dit tristement : « J'espère seulement qu'ils le croient. » Je ne pensais pas qu'il y avait le moindre danger qu'ils le fassent, c'est pourquoi je me tus. Les bruits du front continuèrent de se faire entendre jusqu'à plus de minuit. Je me sentis à nouveau fiévreux et il me fallut aller à la recherche de mon thermomètre. Il indiqua un peu plus de 39 degrés centigrades. En multipliant par 1,8 et en ajoutant 32, ça fait 102,2. Mon Dieu, je suis malade!

« Il faut que j'aille me coucher », déclarai-je.

Le 18 septembre

Hier matin, je suis resté au lit. Vers trois heures de l'après-midi, je me suis levé assez longtemps pour aller en voiture au bureau du gouverneur. Lui aussi était à Meknès avec le roi, et son *katib* se montra poli mais peu coopératif. Sa juridiction s'étendait bien jusque chez les Beni Snassen, il en convenait, mais à la vérité, les Beni Snassen ne faisaient absolument pas de musique. En fait, déclara-t-il, ils louent les musiciens aux Beni Uriaghel, lorsqu'ils veulent de la musique. Rien d'autre.

« Et à Figuig? proposai-je.

– Il n'y a pas de musique à Figuig, dit-il calmement. Vous pouvez y aller. Mais vous n'y trouverez aucune musique. Je vous le garantis. »

Je compris qu'il s'arrangerait pour que nous n'en ayons pas. Je commençais à sentir monter la colère et je me dis qu'il était plus prudent de sortir rapidement de son bureau. Je le remerciai et retournai me coucher. Ce *katib* correspond à un type qui n'est pas rare, celui du jeune Marocain, à moitié instruit, pour qui le progrès matériel a pris une telle valeur de symbole qu'il serait prêt à sacrifier la religion, la culture, le bonheur et même la vie de ses compatriotes pour en avoir, ne serait-ce qu'une petite part. Peu d'entre eux sont aussi francs dans leur conviction que ce fonctionnaire de Fez qui me déclara :

« Je déteste toutes les musiques populaires, et en particulier celle de chez nous, ici au Maroc. On dirait des bruits de sauvages.

Pourquoi vous aider à exporter ce que nous essayons de détruire? Vous recherchez de la musique tribale. Il n'y a plus de tribus. Nous les avons dissoutes. Alors, ce mot ne veut plus rien dire. Et, de toute façon, il n'y a jamais eu de musique tribale, seulement du bruit. Non, monsieur, je ne suis pas d'accord avec votre projet. »

En réalité, la politique du gouvernement est beaucoup moins extrême que l'opinion de cet homme. La musique n'a pas été trop modifiée : seuls les chants l'ont été, qui sont maintenant gagnés par des sentiments patriotiques. Pratiquement, toutes les grandes fêtes officielles sont accompagnées par des groupes de musiciens populaires venus de tout le pays. Le gouvernement leur paie le voyage et les frais de déplacement, et ils jouent pour des auditoires immenses. La conséquence est qu'ils ont un style de plus en plus commercial, et que les formules prolongées disparaissent au profit de versions tronquées, dépourvues de tout sens musical.

Oujda, le 20 septembre

Je suis resté au lit ces trois derniers jours, fiévreux et déprimé, et j'ai perdu les Beni Snassen ainsi que tous les autres. Maintenant la seule musique du Rif possible, est celle des

Gzennaia. Ils habitent dans la province de Taza, et il sera probablement difficile d'aller jusqu'à eux, en raison des routes.

Il semble qu'on n'entende plus les bruits du front dans la journée, mais le soir, peu après la tombée de la nuit, les bombardements commencent et se poursuivent pendant trois ou quatre heures. Mohammed Larbi refuse de sortir de l'hôtel : il affirme qu'Oujda est un endroit dangereux, de nos jours. Il y a quotidiennement des embuscades et des exécutions. Je soupçonne la plupart des explosions que nous entendons dans la journée d'être des feux d'artifice pour célébrer le début du mouloud, mais je reconnais qu'il est difficile d'expliquer ainsi certains de ces bruits. De toute manière, la ville est trop près de la frontière pour être paisible. Tout ce que je demande est d'aller assez bien pour pouvoir partir pour Taza.

Taza, le 22 septembre

Hier matin, je n'avais plus de fièvre du tout; aussi, bien qu'un peu chancelant, je me suis levé, j'ai fait mes bagages, et nous avons repris la route une fois de plus. Le matin était frais, ensoleillé, lorsque nous sommes partis. Quand nous parvînmes au désert, au-delà d'El-Ayoun, les ondes de chaleur commencèrent cependant à danser à l'horizon. Nous mangeâmes dans un champ de blé, à l'extérieur de Taourirt. Les passants s'arrêtaient sous les tamaris et s'asseyaient pour nous observer. Quand nous retournâmes à la voiture, il y eut une bagarre entre plusieurs d'entre eux, pour s'emparer des boîtes de conserve et des bouteilles vides que nous avions laissées.

Lorsque nous arrivâmes à Taza, c'était presque la tombée de la nuit et j'étais à nouveau prêt à me coucher. Mais, comme les bâtiments du gouvernement n'étaient pas encore fermés, je décidai d'essayer de voir le gouverneur tant que je tenais encore debout et que je marchais. J'avais l'impression que la fièvre était revenue. De là, j'allai directement à l'hôtel me coucher et je ne me suis pas relevé depuis. C'est pourquoi c'était tout aussi bien d'être resté debout une heure de plus pour voir le *katib*. Le gouverneur, et cela n'avait rien d'étonnant, était à Meknès avec le roi.

Le *katib* était un jeune intellectuel qui portait d'épaisses lunettes. Il me fit comprendre qu'il pensait que mon projet était une absurdité, mais il n'exprima pas ouvertement sa désapprobation. Il alla même jusqu'à faire le geste de téléphoner à un subalterne, à Aknoul, là-haut dans les montagnes.

« Ah oui, ah bon! dit-il bientôt, il est mort l'année dernière. Ah oui! Quel dommage. Et Tizi Ouzli? ajouta-t-il, tandis que je lui faisais des gestes et lui parlais en aparté. Rien là non plus. Ah bon! »

Il écouta un instant, commenta de temps en temps, par monosyllabes, et finalement remercia son informateur avant de raccrocher.

« Le dernier cheikh à Aknoul est mort l'année dernière. Il était vieux. Il n'y a pas de musique dans la région. A Tizi Ouzli, les gens ne viendront pas. Quand le roi a traversé la ville, les femmes ont refusé de sortir de chez elles pour chanter. Alors, vous voyez. »

Il sourit, tendit les bras, les paumes ouvertes.

« Ce ne sera pas possible avec les Gzennaia. »

Je restai assis à le regarder pendant qu'il parlait, sachant déjà ce qu'il allait me dire, laissant des bribes de pensée traverser mon esprit fatigué. Comme ils se méfient des gens du Rif et les redoutent! Mais comme celui-ci est naïf d'admettre aussi ouvertement que leur aliénation est si grande! Les femmes ont-elles été punies? Et je me souvins d'une remarque que m'avait faite une fois un homme du Rif :

« En Amérique vous avez les Nègres, et au Maroc ils nous ont.

– C'est la fin du Rif », dis-je tristement à Christopher.

Le jeune *katib* indiqua la carte murale, derrière son bureau :

« En revanche, dans le Moyen Atlas, je

peux vous organiser quelque chose. En très peu de jours, si vous voulez. Chez les Aït Ouaraine.

– Oui, j'aimerais beaucoup, lui dis-je.

– Venez, je vous prie, demain matin, à dix heures.

– Merci. »

Je suis revenu à l'hôtel Guillaume Tell et je me suis couché. La chambre n'est pas faite ici non plus, mais il y a beaucoup de place et les repas sont servis sur un plateau, alors ça n'a pas d'importance. Hier, Christopher et Mohammed Larbi ont pris contact dans la rue avec un groupe de musiciens professionnels qui ont accepté d'être enregistrés aujourd'hui. Leur ensemble comporte trois *rhaitas,* quatre *tbola* (que l'on bat avec des baguettes), et huit fusils. Le prix demandé pour commencer était élevé; puis, on a appris que s'il ne devait pas y avoir de coup de fusil pendant le concert, le coût serait diminué de moitié. L'accord conclu stipula que seuls joueraient les *rhaita* et les *tbola.*

Une consommation excessive de kif a donné à Mohammed Larbi des troubles hépatiques chroniques graves; il se sent mal la plupart du temps. Hier soir, il est sorti faire une promenade après le dîner. Au bout d'une heure, il est rentré, plus décidé que d'habitude dans sa manière de parler et nous a annoncé :

« J'en ai fini avec le kif. »

Christopher a ri en se moquant de lui. Pour appuyer ses paroles, Mohammed Larbi a lancé sur mon lit sa *naboula*, bourrée de kif, et aussi sa pipe chérie, en disant :

« Prends tout ça. Tu peux le garder. Je ne veux plus le revoir. »

Mais ce matin, avant le petit déjeuner, il est allé acheter un litre de whisky qu'il a goûté avant le café. Quand il est ensuite venu dans ma chambre, pour emballer le matériel d'enregistrement, il avait la bouteille sur lui et Christopher l'a plaisanté très fort.

« O chnou brhitsi? s'est-il écrié, indigné. Je ne fume plus de kif. Tu ne veux pas que ma pauvre tête reste vide? »

Ce qui a amusé Christopher et m'a déprimé. Je prévois des difficultés avec un Mohammed Larbi devenu belliqueux. Le kif maintient calme et végétatif; l'alcool pousse à casser les vitrines. Dans le cas de Mohammed Larbi, c'est souvent une bagarre avec un agent de police. Je l'ai observé avec appréhension quand il s'est préparé à sortir.

C'était la première fois qu'un enregistrement était fait en mon absence. Mais tout s'est bien passé, a dit Christopher à leur retour. Il y avait eu une légère altercation au moment de payer, parce qu'en dépit de l'accord selon lequel les hommes ne devaient pas tirer, ils n'avaient pu résister à participer, de sorte qu'à trois moments distincts au cours de la musique, ils avaient déchargé leur fusil, tous les huit ensemble. A la fin, ils avaient présenté la facture pour vingt-quatre cartouches que Mohammed Larbi, alors bien remonté par le White Label, refusa résolument de payer.

« Bon, très bien. Au revoir », ont-ils dit, en s'en allant heureusement jouer à un mariage, dans un village voisin.

Le 22 septembre

Le whisky a fait son œuvre, mais d'une façon que je n'avais pas prévue. Ce soir, quand la bouteille a été presque vide, Mohammed Larbi a passé deux heures à essayer de téléphoner à sa femme, à Tanger. Il a finalement obtenu que le propriétaire de l'épicerie, à côté de chez lui, aille la chercher et il a eu avec elle une conversation orageuse pendant cinq minutes. De l'endroit où j'étais, de l'autre côté de l'hôtel, je l'entendais beugler. Quand il est arrivé dans ma chambre, il avait l'air d'un fou.

« J'ai entendu la voix de ma femme, hurlait-il. Il faut que je la voie. Il y a peut-être quelqu'un avec elle. Je pars ce soir. J'y serai demain soir.

– Tu quittes ton travail?

– C'est ma *femme,* s'est-il écrié encore plus

fort, comme si je n'avais pas compris. Il faut bien que j'y aille, non?

– Tu vas me laisser, au lit, malade? »

Il n'hésita qu'un instant :

« Christopher sait comment prendre soin de toi. D'ailleurs, tu n'es pas malade. Tu as juste de la fièvre. Je vais te donner le numéro de l'épicier et tu m'appelleras quand tu seras à Fez. Je te revois dans huit à dix jours. A Fez.

– Très bien », lui ai-je dit, sans avoir l'intention de le rappeler.

S'il doit boire du whisky, de toute manière, mieux vaut ne pas l'avoir avec nous.

Et ainsi, j'ai maintenant dans mes affaires une livre au moins de très bon kif. Dans deux ou trois jours, je devrais être suffisamment rétabli pour monter jusqu'à Tahala et trouver les Aït Ouaraine. Le Rif est fini et je n'ai réussi à enregistrer que dans deux endroits.

LE BAPTÊME DE LA SOLITUDE

Lorsque vous arrivez au Sahara, pour la première ou la dixième fois, vous remarquez immédiatement la paix qui y règne. Un silence absolu, incroyable, prédomine à l'extérieur des villes. Et à l'intérieur, même dans des lieux agités comme les marchés, l'air a quelque chose d'assourdi, comme si le calme était une force consciente qui, refusant l'intrusion du bruit, le réduit et le dissipe aussitôt. Et puis, il y a le ciel, à côté duquel tous les autres ciels ne sont que de pâles essais. Solide, et lumineux, il est toujours le point central du paysage. Au couchant, l'ombre incurvée, précise, de la terre monte rapidement de l'horizon, y découpant une zone claire et une zone sombre. Quand toute la clarté du jour a disparu, et que l'espace est rempli d'étoiles, le ciel est toujours d'un bleu brûlant, intense, très foncé au zénith, et plus clair en direction de la terre, si bien que la nuit ne devient jamais vraiment noire.

Vous franchissez la porte du fort ou de la ville, vous dépassez les chameaux couchés à l'extérieur, et vous montez dans les dunes, ou bien vous vous éloignez vers la plaine dure, pierreuse, et vous restez un moment, seul. Bientôt, soit vous frissonnez et retournez en toute hâte à l'intérieur des murs, soit vous restez là, et vous vous laissez gagner par quelque chose de très particulier, que ceux qui vivent dans cette région connaissent, et que les Français appellent *le baptême de la solitude* *. C'est une sensation unique, qui n'a rien à voir avec le sentiment d'être seul, car il présuppose une mémoire. Ici, dans ce paysage entièrement minéral, éclairé par les étoiles comme par des feux, même la mémoire disparaît; il ne reste que votre respiration et les battements de votre cœur. Un processus de réintégration de soi étrange, qui n'a rien d'agréable, commence en vous, et vous avez le choix entre le combattre et tenir à rester la personne que vous avez toujours été, ou bien lui laisser libre cours. Car personne, après un certain temps au Sahara, n'est plus tout à fait le même.

Avant la guerre d'indépendance, en Algérie, sous le régime militaire français, il y avait, parmi les Européens vivant au Sahara, un sentiment remarquable d'amitié et de sympathie. Il est inutile d'insister sur le fait que la contrepartie de cet agréable état de choses, était l'exercice d'une sorte de contrôle colonial des plus sévère sur les Algériens, régime qui se développa en un règne de la terreur. Mais, du point de vue d'un Européen, l'endroit était idéal. Cette vaste région était tout entière comme une petite communauté rurale vierge, où chacun respectait les droits de l'autre. Chaque fois que vous y habitiez un certain temps puis en partiez, vous étiez frappé par l'indifférence et le caractère impersonnel du monde extérieur. Si au cours de vos voyages au Sahara, vous aviez oublié quelque chose, vous étiez sûr de le retrouver plus tard à votre retour : l'idée de se l'approprier n'aurait traversé l'esprit de personne. Vous pouviez vous promener où vous vouliez, dans les étendues désertiques ou dans les sombres ruelles des villes, personne ne vous aurait ennuyé.

A cette époque, aucun des prolétaires errants, indigents, indésirables, n'était venu du nord de l'Algérie, parce que rien ne l'y attirait. Presque tout le monde possédait une parcelle de terre dans l'oasis et vivait en l'exploitant. A l'ombre des palmiers dattiers, poussaient le blé, l'orge et l'avoine qui fournissaient la base de l'alimentation. En général, deux ou trois boutiquiers arabes ou noirs vendaient un certain nombre d'articles tels le sucre, le thé, les bougies, les allumettes, des combustibles, et des cotonnades européennes bon marché. Dans les villes plus importantes, il y avait parfois une boutique tenue par un Européen, mais les marchandises étaient les mêmes, parce que les clients étaient, en fait, tous des indigènes. Les seuls Européens qui vivaient au Sahara étaient presque sans exception des militaires et des ecclésiastiques.

En règle générale, les militaires et leurs aides étaient amicaux, agréables à fréquenter, aimant montrer aux visiteurs tout ce qui valait la peine d'être vu dans leur secteur. Ce qui était une chance pour le voyageur, souvent à leur merci. Il arrivait de dépendre d'eux pour la nourriture et le logement puisque dans les plus petits endroits, il n'y avait pas d'hôtel. En général, il dépendait d'eux pour le contact avec l'extérieur, car tout ce qu'il voulait obtenir, comme les cigarettes et le vin, devait être apporté par camion depuis un poste militaire. Le courrier passait également par ce poste. De plus, la décision qui consistait à l'autoriser à se déplacer librement dans la région était dans les mains des militaires. Le pouvoir d'accorder ces privilèges se trouvait conféré, en fait, à un seul lieutenant isolé qui vivait à trois cents kilomètres de son compatriote le plus proche, qui mangeait mal (ce qui pour tout Français est une malédiction), et qui souhaitait qu'il n'y ait jamais eu ni chameaux, ni palmiers dattiers, ni étrangers trop curieux. Et pourtant, il était rare de rencontrer un commandant indifférent ou égoïste. Il y avait toutes chances qu'il vous invite à prendre un verre ou à dîner, qu'il vous montre les curiosités qu'il avait amassées pendant ses années dans le bled, qu'il vous demande de l'accompagner dans ses tournées d'inspection ou même de passer une quinzaine de jours dans le désert avec lui et son *peloton* * de plusieurs douzaines de méharistes pour faire des relevés topographiques. Alors, on vous attribuait un chameau, non pas une bête de trait qui marche à l'amble, conduit par quelqu'un qui avance à côté, une baguette à la main, mais un animal rapide, entraîné, qui obéit au moindre mouvement des rênes.

Plus extraordinaires encore étaient les Pères Blancs, intelligents et bien élevés. Il n'y avait pas le moindre soupçon de résignation dans leur désir de passer le reste de leur vie dans des bases lointaines, habillés comme des musulmans, parlant l'arabe, vivant à la manière dure et peu confortable des habitants du désert. Ils ne faisaient pas de convertis et ne s'attendaient pas à en faire.

« Nous ne sommes là que pour montrer aux musulmans que les chrétiens sont dignes de respect », expliquaient-ils.

On entendait les musulmans dire que les chrétiens étaient peut-être les maîtres de la terre, mais que eux étaient les maîtres du ciel. Pour les militaires, il suffisait que les *indigènes* * reconnaissent la suprématie européenne. De toute évidence, cela ne pouvait satisfaire les Pères Blancs. Ils tenaient à prouver aux habitants que le Nazaréen avait été capable de mener une vie tout aussi exemplaire que le plus ardent fidèle de Mahomet. Il est vrai que le mode de vie austère des Pères Blancs inspirait à beaucoup de musulmans un respect pour leur personne, sinon pour la civilisation qu'ils représentaient. Et à la suite des années passées dans le désert au milieu de ses habitants, les Pères avaient acquis un certain fatalisme sain et peu orthodoxe, complément excellent à leur bagage spirituel, et qui était grandement nécessaire pour s'entendre avec les hommes parmi lesquels ils avaient décidé de vivre.

Avec une superficie bien supérieure à celle des États-Unis, le Sahara est un continent – une ossature, si vous préférez – une entité séparée du reste de l'Afrique qui l'entoure. Il a ses chaînes de montagnes, ses rivières, ses lacs et ses forêts, pour la plupart à l'état de vestige. Les chaînes de montagnes ont été réduites à des bosses pierreuses gigantesques qui s'élèvent au-dessus de la campagne environnante comme les montagnes sur la lune. Certaines rivières se manifestent comme telles, un jour par an peut-être, d'autres beaucoup moins souvent. Les lacs sont des blocs solides de sel, les forêts sont pétrifiées depuis longtemps. Mais les contours physiques du paysage varient autant que n'importe où ailleurs. On y trouve des plaines, des collines, des vallées, des gorges, des terres vallonnées, des pics montagneux et des cratères volcaniques, tout cela sans terre ni végétation. Cependant, les seules parties monotones à regarder sont des régions comme le Tanezrouft, au sud de Reggane, une bande de terrain d'environ sept cents kilomètres, totalement plate, semée de gravier, sans le moindre signe de vie ou la plus petite ondulation, rien qui puisse modifier la ligne implacable de l'horizon qui s'étend de toutes parts. Après un certain temps passé ici, la vue même d'un simple caillou éveille une émotion chez le voyageur; il a envie de crier : « Terre! ».

On ne connaît pas de période historique où le Sahara n'ait pas été habité par l'homme. La plupart des autres formes importantes de vie animale que le Sahara abritait autrefois se sont éteintes. Si nous acceptons les preuves qu'apportent les dessins des grottes, nous pouvons croire avec certitude que les girafes, les hippopotames et les rhinocéros occupaient jadis cette région. Le lion a disparu d'Afrique du Nord à notre époque, de même que l'autruche. De temps en temps, on découvre encore un crocodile dans quelque mare cachée et lointaine d'oasis, mais l'événement est si rare que lorsqu'il survient, c'est toute une affaire. Le chameau, bien sûr, n'est pas du tout d'origine africaine, mais une importation d'Asie, introduite approximativement vers la fin de l'Empire romain, environ au moment où les derniers éléphants furent tués. Bon nombre de troupeaux d'éléphants sauvages qui se déplaçaient sur les étendues, au nord du désert, furent capturés et dressés pour les besoins de l'armée carthaginoise, mais ce sont les Romains qui finalement détruisirent l'espèce en fournissant de l'ivoire au marché européen.

Heureusement pour l'homme, qui semble s'obstiner à continuer de vivre dans un environnement qui devient pour lui de plus en plus inhospitalier, les gazelles sont encore nombreuses et il existe, de façon assez paradoxale, différentes espèces de poissons bons à consommer dans les points d'eau, souvent profonds de plus de trente mètres, dans tout le Sahara. Certaines espèces qui abondent dans les puits artésiens sont aveugles, ayant toujours vécu au fond des lacs souterrains.

Une affirmation souvent répétée, même erronée, est longue à disparaître de la circulation. Ainsi, il existe une idée fausse, courante qui veut que le Sahara soit une vaste étendue de sable où les Arabes circulent régulièrement en caravanes entre deux villes aux dômes blancs. Ce serait une généralisation plus proche de la vérité de dire que c'est une région de montagnes déchiquetées, de vallées dénudées, de déserts de pierre plats, clairsemés de villages de terre sèche où vivent des Noirs. Le sable, selon les données fournies par le service géographique de l'armée française, ne couvre qu'un dixième environ de la superficie du Sahara, et les Arabes, dont la plupart sont des nomades, représentent une petite partie de la population. La grande majorité des habitants sont des Berbères, venus d'Afrique du Nord et/ou des Noirs, venus d'Afrique occidentale. Mais les Noirs actuels ne sont pas ceux qui, à l'origine, peuplèrent le désert. Ces derniers n'ont jamais vu d'un bon œil les visées colonialistes des Arabes et des Berbères islamisés qui collaboraient avec eux; pendant des siècles, ils ont constamment battu en retraite vers le sud-est, jusqu'à ce qu'il ne reste plus que quelques vestiges de leur société, dans la région connue maintenant comme le Tibesti. Ils ont été remplacés par les Soudanais plus dociles, importés du sud comme esclaves, pour exploiter les séries d'oasis constamment en expansion.

Au Sahara, l'oasis, c'est-à-dire la forêt de palmiers dattiers, est essentiellement l'affaire de l'homme et ne peut continuer d'exister que si le travail d'irrigation du terrain est poursuivi sans relâche. Lorsque les Arabes arrivèrent en Afrique, il y a douze siècles, ils entreprirent un projet de mise en valeur du pays qui, si les Européens le poursuivent avec l'aide du machinisme moderne, transformera une partie du Sahara en un immense jardin fertile. Partout où se manifestait un signe de végétation, l'eau était là, à peu de profondeur : il suffisait simplement de l'amener à la surface. Les Arabes se mirent au travail, creusant des puits, construisant des réservoirs, élaborant des réseaux de canaux à la surface du sol et des systèmes de galeries souterraines profondément enfouies dans la terre.

Pour réaliser tous ces importants projets, les colonisateurs, récemment arrivés, avaient besoin de beaucoup d'ouvriers capables de supporter le climat et la malaria toujours endémique dans les oasis. Les esclaves soudanais étaient, semblait-il, la solution idéale au problème, et ils arrivèrent pour constituer la majeure partie de la population permanente du désert. Chaque tribu arabe voyageait dans les oasis qu'elle contrôlait, ramassant les produits naturels.

Les fils d'Allah n'avaient ni l'habitude, ni l'intention de vivre là. Leur dicton est qu'« on ne vit pas au Sahara si l'on peut vivre ailleurs ». L'esclavage a, bien sûr, été aboli officiellement par les Français, donc récemment, à notre époque. Dans le processus qui fit passer Tombouctou de son statut de capitale du Sahara à la condition abjecte qu'elle connaît actuellement, le principal facteur est probablement la fermeture du marché des esclaves. Mais le Sahara, qui a commencé comme un pays noir, en est toujours un et le restera sûrement encore longtemps.

Les oasis, ces superbes plantations de palmiers, sont la vie même du désert : sans elles, il serait impensable d'y vivre. Là où se trouvent des êtres humains, une oasis n'est pas loin. Parfois la ville est entourée d'arbres, mais elle est habituellement construite à l'extérieur, pour qu'aucun sol fertile ne soit gaspillé et transformé en de simples zones d'habitation. La taille d'une oasis s'évalue en nombre d'arbres qu'elle contient, et non pas en nombre de mètres carrés de superficie, de même que les impôts se calculent selon le nombre d'arbres chargés de dattes et non pas en fonction de l'étendue des terres. La prospérité d'une région est directement proportionnelle au nombre et à la taille des oasis. Celle de Figuig, par exemple, a plus de deux cent mille palmiers, et celle de Timimoun a soixante kilomètres de long, avec des systèmes d'irrigation d'une étonnante complexité.

Se promener dans une oasis saharienne est un peu marcher dans un éden bien tenu. Les allées sont propres, bordées de chaque côté de murs de boue tassée à la main, qui ne sont pas trop élevés de manière à laisser voir la mêlée de verdure qu'ils abritent. Au-dessous des hauts palmiers aux branches qui se balancent, se trouvent des arbres plus petits :

les grenadiers, les orangers, les figuiers, les amandiers. Au-dessous encore, dans des carrés proprets, entourés d'étroites rigoles d'eau courante, poussent les légumes et le blé. Aussi loin que vous soyez de la ville, vous avez partout la même impression d'ordre et de propreté, la même obstination à utiliser chaque pouce carré de terrain. Lorsque vous arrivez en bordure de l'oasis, vous découvrez toujours qu'elle est en cours d'agrandissement. Des lopins de terre plantés de jeunes palmiers s'étendent dans le désert étincelant. Ils sont encore inutiles, mais dans peu d'années, ils commenceront à porter des fruits, et bientôt ce coin, gonflé de soleil, fera partie de la ceinture verte des jardins.

De nombreux oiseaux vivent dans les oasis, mais ni leur chant ni leur plumage ne sont appréciés des habitants. Les oiseaux mangent les jeunes pousses et déterrent les graines aussitôt plantées, et pratiquement tous les hommes et tous les garçons ont des frondes. Il y a quelques années, j'ai voyagé au Sahara avec un perroquet; partout, les indigènes regardaient le pauvre oiseau de travers et, à Timimoun, une délégation de trois hommes d'âge mûr arriva à l'hôtel, un après-midi, pour me prévenir de ne plus laisser la cage sur la fenêtre; sinon, ils ne pourraient pas répondre du destin de l'oiseau.

« Personne n'aime les oiseaux ici », dirent-ils d'un air entendu.

C'est l'usage dans l'oasis de construire de petites maisons d'été. Ces bâtiments comportent souvent dans l'architecture un élément de jeu et de fantaisie qui les rend fascinants. Ce sont de petits palais miniatures, en terre sèche. Les hommes y prennent le thé avec leur famille, à la tombée du jour, y passent la nuit quand il fait particulièrement chaud en ville, ou invitent leurs amis à écouter un peu de musique et à faire des parties de *ronda*, le jeu de cartes préféré en Afrique du Nord. Si quelqu'un vous invite à aller le voir dans sa maison d'été, vous vous apercevrez que l'expérience vaut toujours la longue marche qu'il est indispensable de faire pour y arriver. Il vous faudra boire au moins les trois verres de thé traditionnels, et il se peut que vous ayez à manger bon nombre d'amandes et à fumer du kif plus que vous ne le souhaitez, mais il fera frais, et vous aurez le gargouillis de l'eau et l'odeur de la menthe, et votre hôte sortira peut-être une flûte. Un hiver, je m'enquis du prix d'une de ces maisons qui m'avait particulièrement séduit. Avec le jardin et le bassin, elle revenait à vingt-cinq livres. L'ennui était que le propriétaire voulait garder le droit de cultiver la terre, parce qu'il était impensable pour lui qu'elle cessât d'être productive.

Au Sahara, comme ailleurs en Afrique du Nord, les pratiques religieuses populaires incluent souvent dans leur rituel des éléments de croyances pré-islamiques : le plus marquant est celui de l'institution de la danse religieuse qui persiste en dépit des continuelles tentatives de dissuasion de la part des musulmans instruits. Même dans les villages fortement religieux du Mzab, où le puritanisme est poussé jusqu'à un point excessif, les danses ne sont pas chose inconnue. A l'époque où j'y habitais, les enfants n'avaient pas le droit de rire en public, mais en revanche j'avais passé toute une nuit à regarder des hommes danser près d'un feu de branches de palmier jusqu'à les voir perdre conscience. Deux gardes costauds étaient nécessaires pour les empêcher de se jeter dans les flammes. Après avoir été retiré du feu plusieurs fois, chaque homme finissait par s'arrêter de faire des bonds fantastiques vers le ciel, chancelait et s'affaissait sur le sol. Il était immédiatement transporté à l'extérieur du cercle, recouvert d'une couverture, et un nouvel adepte prenait sa place. Il n'y avait ni musique ni chant, mais huit batteurs, chacun jouant sur un instrument de taille différente.

En d'autres endroits, la danse est semblable à l'*ahouache* berbère de l'Atlas marocain. Les participants forment un grand cercle et se tiennent par la main, en faisant alterner les hommes et les femmes. Les mouvements sont mesurés, jamais frénétiques, et bien que la transe soit constamment approchée, elle n'est jamais atteinte collectivement. Dans les séances auxquelles j'ai assisté, au centre se trouve une femme dont la tête et le cou sont cachés par une étoffe. Elle chante et danse et le chœur autour reprend en refrain. Tout se passe de façon très posée, à un timbre bas, mais l'irrationnel n'est jamais très loin, peut-être en raison de l'effet hypnotique que produisent les tambours et leurs battements lents et profonds.

Les Touareg, branche ancienne des Berbères kabyles d'Algérie, n'apprécièrent pas la « mission civilisatrice » des légions romaines et décidèrent de mettre des milliers de kilomètres de désert et plus entre eux et leurs soi-disant éducateurs. Ils descendirent droit vers le sud jusqu'à ce qu'ils finissent par arriver dans un pays qui semblait pouvoir leur offrir l'intimité qu'ils souhaitaient, et ils y sont restés à travers les siècles, étant leurs propres maîtres presque jusqu'à nos jours. A travers toutes les époques, au cours desquelles les Arabes dominèrent les régions avoisinantes, les Touareg maintinrent leur pouvoir sur le Hoggar, cet immense plateau au cœur même du Sahara. Cependant, leur haine traditionnelle des Arabes ne semble pas avoir été suffisamment forte pour les empêcher d'être en partie islamisés, bien que ce peuple ne soit pas tout à fait musulman. La femme, loin d'être un bien, d'une valeur légèrement supérieure à celle d'un mouton, occupe une place extrêmement importante dans la société targuie. Les successions se font uniquement par les femmes. Ici, ce sont les hommes qui sont voilés nuit et jour. Le voile est de fine gaze noire et se porte, comme ils l'expliquent, pour protéger l'âme. Mais, comme pour eux l'âme et le souffle sont identiques, il n'est guère difficile de trouver une raison physique, s'il en faut une. La sécheresse excessive de l'atmosphère cause souvent des troubles dans les voies nasales. Le voile conserve au souffle son humidité : il est une sorte de petite plante qui conditionne l'air et permet d'éloigner les mauvais esprits qui, autrement, manifesteraient leur présence en faisant saigner les narines, ce qui arrive souvent dans cette partie du monde.

Il n'est pas très juste de parler de ces gens fiers comme de Touareg. Le mot est le terme d'opprobre signifiant « âmes perdues », qui leur avait été donné par leurs ennemis traditionnels, les Arabes, et qui leur est resté à l'extérieur. Ils s'appellent *imochagh,* les hommes libres. De tous ceux qui parlent le berbère, ils sont les seuls à avoir inventé un système d'écriture pour leur langue. Personne ne sait depuis combien de temps ils ont un alphabet, mais c'est un vrai alphabet phonétique, presque aussi logique et bien organisé que l'alphabet romain, avec vingt-trois lettres simples et treize composées.

Malheureusement pour eux, les Touareg n'ont jamais réussi à s'entendre : une guerre intestine se poursuit entre eux sans discontinuer depuis des siècles. Jusqu'à ce que les militaires français y mettent fin, il était de pratique courante qu'une tribu entreprenne des expéditions de pillage à l'encontre d'une tribu voisine. Pendant ces déplacements, les femmes restaient fidèles à leur mari, le code moral targui strict imposant la mort comme punition de l'infidélité. Cependant, une femme mariée dont le mari était parti pouvait aller au cimetière la nuit, vêtue de ses plus beaux atours, pour s'allonger sur la tombe d'un de ses ancêtres, et invoquer un certain esprit appelé Idebni, qui toujours se manifestait sous l'apparence d'un des jeunes gens de la communauté. Si elle parvenait à gagner les faveurs d'Idebni, il lui donnait des nouvelles de son mari, sinon, il l'étranglait. Les femmes touareg, étant très intelligentes, s'arrangeaient toujours pour rapporter du cimetière des nouvelles de leur mari.

La première traversée du Sahara en moto fut réalisée en 1923. A cette époque, il fallait encore des mois pour aller, par exemple de Touggourt à Zinder, ou encore de Tafilet à

Gao. En 1934, j'étais à Erfoud, où je demandai une caravane pour Tombouctou. Oui, me dit-on, il y en avait une qui devait partir dans quelques semaines et qui en mettrait de seize à vingt pour faire le voyage. Comment reviendrais-je? La caravane se mettrait probablement en marche pour le retour à la même époque l'année suivante. Ils furent surpris de voir que l'information diminuait mon intérêt pour cette équipée. Comment pouvez-vous vous attendre à revenir plus rapidement?

Bien sûr, la meilleure manière de voyager au Sahara est à dos de chameau, surtout si vous êtes bon marcheur, puisqu'au bout de deux heures, vous êtes content de descendre et de marcher pendant quatre. Chaque jour qui suit vous amènera probablement à passer de plus en plus de temps à côté du chameau. Actuellement, si vous le souhaitez, vous pouvez quitter Alger le matin par avion et être facilement dans le désert le soir, mais le voyageur qui cède à la tentation, comme le lecteur d'une histoire policière qui saute des pages de son livre pour aller plus vite à la solution, se prive de la plus grande partie du plaisir qu'offre le voyage. Pour qui veut voir quelque chose, le moyen de locomotion pratique est le camion transsaharien, un compromis entre le chameau et l'avion.

Il n'y a actuellement que deux pistes à travers le désert (la piste Impériale à travers la Mauritanie n'étant pas ouverte au public) et je n'en recommanderai aucune aux conducteurs d'automobiles. Mais les camions sont spécialement construits pour la région. S'il arrive la moindre mésaventure, l'attente ne dépassera probablement pas vingt-quatre heures, puisque le camion est toujours attendu dans la ville suivante et qu'il y a toujours une grande provision d'eau à bord. Mais la voiture individuelle, en panne dans le Sahara, est exposée à des ennuis.

Vous pouvez habituellement aller au fort de n'importe quelle ville et téléphoner au poste suivant, pour demander de prévenir l'hôtelier de votre arrivée prochaine. Si les lignes ne marchent pas – et ce n'est pas rare – il n'y a aucun moyen de vous assurer une chambre à l'avance, sauf par courrier, ce qui est extrêmement lent. A moins d'emporter vos couvertures, ce peut être un sérieux inconvénient que d'arriver sans être prévu, car les hôtels sont petits, ne comportent souvent que cinq ou six chambres, et l'hiver, les nuits sont froides. La température tombe à plusieurs degrés au-dessous de zéro, et atteint son point le plus bas avant l'aube. La même cour qui peut avoisiner cinquante et un degrés lorsqu'elle est inondée de soleil à deux heures de l'après-midi, n'enregistrera que moins deux degrés le lendemain matin. C'est pourquoi il est bon de savoir que vous trouverez une chambre et un lit à votre prochaine halte. Il n'y a pas de chauffage dans les établissements, quels qu'ils soient, mais les épais murs de terre sèche conservent partiellement la chaleur de la journée. Malgré cela, en me réveillant, j'ai trouvé dans le verre à côté de mon lit une couche de glace sur l'eau.

Ces écarts extrêmes de température sont dus, bien sûr, à la sécheresse de l'atmosphère dont l'humidité relative est souvent inférieure à cinq pour cent. Si vous réfléchissez que le sol atteint une température de plus de soixante-dix-neuf degrés pendant l'été, vous comprendrez que la préoccupation principale qui préside aux plans des rues et des maisons est de les situer le plus possible à l'abri de la lumière. Les rues restent sombres parce qu'elles sont construites au-dessous et à l'intérieur des maisons, et les maisons n'ont pas de fenêtre dans l'épaisseur de leurs murs. Les Français ont introduit les fenêtres dans la plupart de leur architecture, mais elles ouvrent sur de larges galeries en voûte et ne laissent entrer ainsi que peu de lumière, tout en donnant de l'air. Le résultat est que dès que vous n'êtes pas au soleil, vous vivez dans les ténèbres de l'enfer.

Même au Sahara, il n'est pas d'endroit où la pluie ne soit jamais tombée, et sa venue est un événement célébré par des battements de tambours, des danses et des coups de fusil.

Les orages sont violents et imprévisibles. Si l'on pense à leurs effets désastreux, on peut s'étonner de voir ce peuple les accueillir avec des sentiments si peu mêlés. Des torrents d'eau dévalent les lits des rivières asséchées, chassant tout sur leur passage, isolant souvent des villes. Les toits des maisons s'effondrent ainsi que les murs. Une pluie prolongée détruirait toutes les villes du Sahara, car le *tob,* qui sert à tout construire, est plus fragile que notre torchis. Et en fait, il n'est pas rare de voir toute une partie d'un village abandonnée par ses habitants qui reconstruisent leur maison à proximité, laissant les murs et les fondations de leur ancienne habitation se dissoudre et retourner à la terre dont elle est faite.

En 1932, je décidai de passer l'hiver au Mzab, dans le Sud algérien. La vieille guimbarde d'autocar partit de Laghouat, le soir, sous une forte pluie. Pas très loin au sud, la piste traversait une bande de terrain plat, d'environ un kilomètre et demi de large, légèrement plus bas que le pays environnant. Alors que nous nous y trouvions, l'eau commença à monter autour de nous, et en un instant, le moteur rendit l'âme. Les passagers sautèrent de l'autocar et pataugèrent dans l'eau, qui bientôt leur arriva jusqu'à la taille : de toutes parts des formes indistinctes, blanches, en burnous, se déplaçaient lentement, comme des cigognes, à travers l'inondation. Elles recherchaient une voie peu profonde pour retourner à la terre sèche, sans la trouver. A la fin, ils me portèrent sur leur dos, moi le seul Européen du groupe, jusqu'à Laghouat, abandonnant là l'autocar et les bagages inondés sous la pluie. Lorsque j'arrivai à Ghardaïa, deux jours plus tard, la pluie – la première à tomber depuis sept ans – avait creusé une mare profonde à côté d'un parapet que les Français avaient construit le long de la piste. Une telle quantité d'eau accumulée en un seul endroit était pour les habitants une source de grande excitation. Il y eut pendant des jours une procession ininterrompue de femmes qui venaient en puiser dans des pots. Les enfants essayaient de marcher à la surface et deux petits se noyèrent. Dix jours plus tard, l'eau avait presque disparu. Une mousse épaisse, verte et luisante recouvrait ce qu'il en restait, mais les femmes continuaient à venir avec leurs pots, repoussant l'écume et recueillant ce qui y entrait. Pour une fois, elles rassemblaient autant d'eau qu'elles pouvaient en garder chez elles. D'habitude, c'était un produit cher qu'elles achetaient tous les matins aux vendeurs d'eau de la ville, qui l'apportaient de l'oasis.

Il existe probablement peu d'endroits à la surface du globe où l'on puisse avoir, en payant, moins de confort encore qu'au Sahara. Il est toujours possible d'avoir quelque chose de plat sur quoi s'allonger, de trouver des navets et du sable, des pâtes et de la confiture, quelques tendons appelés par euphémisme du poulet, et un morceau de bougie pour se déshabiller le soir. Dans la mesure où il est nécessaire de transporter sa nourriture et son fourneau, il ne vaut parfois pas la peine de se soucier des « repas » fournis dans les hôtels. Mais si l'on dépend entièrement de conserves, elles s'épuisent très vite. Peu à peu tout disparaît – le café, le thé, le sucre, les cigarettes – et le voyageur s'installe dans une vie dépourvue de tout ce superflu, pour n'utiliser qu'un tas de linge sale comme oreiller où poser la tête la nuit, et un burnous comme couverture. Alors, peut-être la question qu'il faut poser en bonne logique est-elle : pourquoi y aller? La réponse est que lorsqu'un homme y est allé et qu'il a subi le baptême de la solitude, il ne peut plus s'en passer. Une fois qu'il a été sous le charme de ce vaste pays lumineux et silencieux, aucun autre endroit n'est pour lui assez fort, aucun autre environnement ne peut provoquer la sensation suprêmement satisfaisante de se sentir exister au milieu de quelque chose qui a un caractère d'absolu. Il reviendra, quoi qu'il lui en coûte en confort et en argent, car l'absolu n'a pas de prix.

TOUS LES PERROQUETS PARLENT

Les perroquets sont des oiseaux amusants, décoratifs, qui vivent longtemps et sont fidèles dans leur affection, mais la qualité qui les distingue le plus des autres inventions divines est leur capacité à imiter les sons du langage humain. Nous avons le sentiment qu'un perroquet qui ne parle pas ou ne chante pas est incomplet. Pour on ne sait quelle raison, nous sommes fascinés de voir qu'une telle créature, couverte de plumes, au visage sénile et ridicule, parle une langue humaine, d'autant plus que les plus naïfs d'entre nous ont tendance à prendre au sérieux l'idée, venue de notre subconscient, qu'un perroquet est vraiment une personne (sous une fausse apparence, bien sûr), capable de penser et d'éprouver des sentiments humains.

En Amérique centrale et à Mexico, j'ai écouté pendant des heures, dans la cuisine, les domestiques indiens entrer en communication avec le perroquet, un monologue que les interjections lancées de temps en temps du perchoir transformaient miraculeusement en conversations. Et en interrogeant les Indiens, je découvris dans leurs réponses un thème récurrent : le perroquet peut être le refuge temporaire d'un esprit humain. Notre système rationnel de pensée nous interdit malheureusement de telles extravagances. Cependant, l'atavisme est là, faisant plus appel au sentiment qu'à la certitude.

D'autre part, l'Indien, sans instruction, simple, est pour le perroquet un compagnon et un mentor idéal. Les longues concertations sur ce qu'il faut mettre dans la soupe, ou quel rebozo porter à la fiesta représentent toute une éducation à laquelle peu d'entre nous ont le temps ou la patience de se consacrer. Il n'est pas surprenant que la plupart des perroquets, qui ont pénétré aux États-Unis, aient été dressés par des Latino-Américains de la campagne. Dans ces échanges, une relation continue avec un ou deux individus est tout aussi importante que le mot prononcé. Le perroquet n'est pas un oiseau sociable. Il manifeste habituellement une affection presque obsessionnelle pour un petit nombre de gens et pour tous les autres, soit de l'indifférence, soit de la haine. Ses rapports aux humains sont le simple prolongement de sa nature monogame. Il n'y a pas une grande différence entre être l'oiseau d'un seul homme et l'oiseau d'un seul oiseau.

Je me rappelle le jour où, pour la première fois, j'ai prêté attention aux perroquets. C'était au Costa Rica. Ma femme et moi étions partis à cheval avec les vaqueros toute la matinée et nous avions très soif. Dans une maison de gardien située entre les propriétés du ranch, nous demandâmes de l'eau à une femme. Après avoir bu tout notre soûl, nous être reposés et avoir bavardé avec elle, nous fûmes amenés dans un coin sombre et elle nous dit : *« Miren, qué graciosos! »* Il y avait là, perchées sur un bâton, sept petites créatures. Elle mit le bâton en pleine lumière et je vis que chacun des sept petits paquets à la peau gris-rose avait un bec, parfaitement dessiné, crochu, jaune et grand ouvert. Et en regardant de plus près, je vis des plumes minuscules, d'un vert brillant, qui sortaient des plis de la peau. Nous parlâmes du régime des jeunes perroquets et des soins à leur donner, et notre hôtesse, généreusement, nous en offrit un. Jane affirma qu'elle ne pouvait supporter l'idée de le séparer de sa famille, et nous repartîmes sans perroquet.

Mais, une semaine plus tard, en attendant un bateau le long d'une rivière, il nous fallut passer la nuit dans « l'hôtel » d'un hameau appelé Bebedero. Notre chambre était construite sur des pilotis au-dessus d'une immense masse de boue où se vautraient d'énormes porcs, et tremblait dangereusement lorsqu'ils se frottaient le dos contre les piliers de soutènement. Le bateau arriva avec quinze heures de retard, et nous n'avions rien à faire qu'à rester assis à attendre dans notre chambre étouffante. Rien, jusqu'à ce que le propriétaire apparût sur le pas de la porte, portant, perché sur un doigt, un perroquet adulte, nous demandant si nous voulions parler avec lui.

« Il parle? lui demandai-je.

– *Claro que sí.* Tous les perroquets parlent. »

Mon ignorance l'étonna, puis il ajouta :

« Bien sûr, pas l'espagnol. Il ne parle que sa langue. »

Il nous laissa l'oiseau. En effet, il parlait sa langue, une langue qu'aucun philologiste n'aurait pu rapprocher d'un dialecte quelconque. Son mot préféré, qu'il prononçait avec la plus grande tendresse, était : « budupple ». Après l'avoir dit plusieurs fois, avec une émotion grandissante, il baissait la tête en formant un angle de quatre-vingts degrés, et ajoutait pensivement : « Budupple mah? » puis se taisait un instant.

Naturellement, nous l'achetâmes. Le propriétaire le mit dans un sac de sucre en toile, et nous descendîmes la rivière avec lui. La courbe, juste en dessous de Bebedero, était encore visible lorsqu'il sortit du sac et grimpa, triomphant, sur mes genoux. Pendant le reste du voyage, qui dura deux jours jusqu'à San José, l'oiseau fut assez facile, à condition de lui laisser faire sans réserve tout ce qu'il voulait. A l'hôtel à San José, il mangea la lentille d'une lorgnette, un tube de pâte dentifrice, et la plus grande partie d'un roman russe. La plupart des perroquets mettent les choses en charpie et laissent les morceaux tomber n'importe où, mais celui-ci mangeait en fait tout ce qu'il détruisait. Nous étions persuadés que le verre qu'il avait avalé serait une catastrophe, mais les jours passèrent, l'un après l'autre, et Budupple semblait se porter mieux que jamais. A Puerto Limon, nous lui fîmes faire une cage. Malheureusement, le seul matériau possible était le fer-blanc, si bien que lorsque nous descendîmes du bateau à Puerto Barrios pour passer la douane, le prisonnier avait scié les barreaux et était sorti pour se poser sur le sommet de la cage. Les griffes fermement accrochées au toit, l'oiseau pouvait se pencher très loin et enfoncer son bec dans tout ce qui se présentait. Alors que nous faisions la queue pour nous soumettre aux multiples tracasseries officielles, une Française plantureuse se présenta à lui et il fourra sa tête sous ses jupes puis essaya, avec bec et ongles, de grimper le long de son mollet charnu. L'incident fournit une bonne distraction aux autres voyageurs.

Le lendemain matin, accompagnés de six porteurs à la file, nous courions à travers les rues afin d'attraper le train pour la capitale. A un moment, alors que je posais la cage à terre pour intervertir le poids des bagages, Budupple se laissa glisser au sol et alla, en se dandinant, vers un manguier. Je lui lançai la cage, et nous nous précipitâmes vers l'endroit où le train attendait. Nous montâmes, et il venait à peine de se mettre en marche, lorsqu'il y eut une bousculade sur le quai, et Budupple fut projeté sur notre siège par la fenêtre ouverte. L'Indien, qui était l'auteur de cette bêtise, eut juste le temps de dire : « Voilà votre perroquet », et en signe d'adieu, il agita victorieusement la cage cabossée. Le fer-blanc à Puerto Barrios a évidemment plus de valeur que la chair d'un perroquet.

Quelques jours plus tard, nous arrivâmes à Antigua, où nous laissâmes Budupple grimper au sommet d'un avocatier et y rester, dans le patio derrière la *pensión.* Je me suis souvent demandé s'il avait réussi à résister à l'iguane qui vivait là et qui régulièrement prélevait son dû de canards et de poulets.

Il semblerait qu'après une initiation aussi fâcheuse à l'art de garder des perroquets, j'aurais pu me contenter de vivre tranquillement de mes souvenirs. Mais je continuai de me demander ce qu'aurait été Budupple dans de meilleures conditions. Après tout, un perroquet n'est pas fait pour voyager continuellement. Et plus j'y réfléchissais, plus j'étais fermement décidé à essayer d'avoir un autre oiseau. Deux ans plus tard, je me trouvai à Acapulco, dans une maison dont le patio boisé semblait offrir un espace assez vaste pour tous les oiseaux et toutes les bêtes que j'aurais aimé avoir. Je commençai par un *cotorro* mexicain. Pour un observateur peu informé, un *cotorro* ressemble à un perroquet assez petit. Ses plumes ont le même vert, avec peut-être une nuance plus foncée, et il a les caractéristiques générales du perroquet, si ce n'est que le bec est plus petit, et que les plumes de la tête, qui seraient jaunes sur un *loro real* (le nom latino-américain de ce que nous appelons perroquet), sont oranges. Ni ce *cotorro* ni aucun de ceux que j'ai eus, n'ont appris à dire quoi que ce soit d'intelligible. Si vous imaginez l'enregistrement du klaxon en caoutchouc d'un taxi parisien d'autrefois, lancé à toute vitesse, vous aurez une bonne idée de ce que peut être leur conversation. Le seul signe d'intelligence dont ce *cotorro* faisait preuve était de m'accueillir, en faisant aussitôt son bruit de petit avertisseur de taxi, et en le répétant sans cesse. Après l'avoir remis en liberté, je sortis acheter un vrai perroquet.

Celui-là devint la coqueluche des serviteurs car, bien qu'il n'eût pas de répertoire linguistique à proprement parler, il savait danser le black bottom sur son perchoir et jouer correctement presque en entier, en imitant le son du clairon, une certaine marche militaire. La cuisine était son quartier général et, lorsque Rosa, Amparo et Antonio avaient le cafard, ils pouvaient l'acheter à coups de morceaux de bananes et de tortilla, pour le faire chanter. De temps à autre, le perroquet s'aventurait dans le patio et le long du *corredor* pour visiter le reste de la maison, mais il préférait l'obscurité et la fumée de la cuisine où il ne se passait pas cinq minutes sans qu'on vînt le chatouiller, le nourrir ou au moins lui parler.

L'adoption d'un autre psittacidé par la maisonnée (dans l'intérim, il y eut un tatou, un ocelot et un *tejón,* version tropicale du raton laveur) fut celle d'une perruche nommée Hitler. Elle mesurait dix centimètres et personne ne pouvait l'approcher. Elle arpentait la maison toute la journée, dans un perpétuel état de rage, grondant et parfois donnant des coups de bec sur les orteils nus des servantes. Sa voix était un crachotement et un cri perçant, et son espagnol ne dépassa jamais les deux mots *periquito burro* (stupide perruche) qui ponctuaient toujours la fin de ses diatribes. Tremblante d'émotion, elle les prononçait d'une façon qui rappelait le « j'ai dit » de l'orateur classique. Ce n'était pas une créature intéressante parce que sa personnalité était tout d'une pièce, mais je m'étais attaché à elle. Elle avait une énergie incroyable. Lorsque je partis, elle fut la seule de toute la ménagerie que j'emmenai.

J'avais observé, pendant un certain temps, un ara impressionnant qui habitait en haut de la rue. Il était d'un rouge magnifique, garni de bleu et de jaune, et possédait une voix assez forte pour hurler des ordres dans une fonderie. J'avais l'habitude, l'après-midi, d'aller étudier ses capacités vocales. Au bout de quelque temps, j'étais décidé à l'avoir, bien que je fusse convaincu que les quelques mots reconnaissables qu'il était capable de hurler ne devaient leur intelligibilité qu'au hasard. Il était peu probable qu'on lui eût jamais parlé du gâteau oriental connu sous le nom de baklava, ou de la bataille de Balaklava, et encore moins qu'il eût surpris des conversations sur le livre d'images surréalistes de Max Ernst, *la Femme cent têtes,* dans lequel le personnage principal est un monstre du nom de Loplop. Ces mots, cependant, figuraient en première place dans ses monologues. Parfois, il lançait le mot espagnol *agua,* en accentuant chaque syllabe, de façon égale et lugubre, mais là encore, je pense que c'était fortuitement. En tout cas, il fut bientôt dans mon patio, mettant toute la maisonnée, y compris les autres oiseaux, dans un état d'irritabilité forcenée. Tous les matins, à cinq heures, il grimpait au sommet du citronnier, le point le plus haut dans les alentours, agitait ses ailes coupées avec un bruit de draps de lit qui claquent au vent, et libérait cette voix incroyable. Rien n'aurait pu le faire descendre, si ce n'est peut-être le revolver de l'agent de police qui habitait trois maisons plus loin et qui, un matin, arriva de bonne heure, l'arme à la main, prêt à passer à l'acte si je l'avais laissé entrer dans le patio.

« Je ne peux plus le supporter, señor », expliqua-t-il.

(Il partit avec les deux pesos que je lui donnai pour acheter de la tequila.)

Les psittacidés ont, de façon encore discernable, un certain rapport avec le lézard : c'est particulièrement frappant chez l'ara, l'oiseau le plus invraisemblable et le plus étrange de toute la famille. Chaque fois que j'observais Loplop de près, je pensais aux perroquets géants dont on a trouvé les fossiles, récemment, au Brésil. Tous les aras ont quelque chose d'antédiluvien. A l'air libre, lorsqu'ils volent en groupes, accomplissant des ellipses, ils ressemblent à tous les autres grands oiseaux aux vives couleurs. Mais lorsque la perte du bout des ailes et des plumes de la queue les réduit à se dandiner, à ramper, à grimper et à retomber par terre, ils semblent étrangement naturels, comme s'ils avaient peut-être le souvenir atavique d'un temps où ils n'avaient pas ces accessoires et se déplaçaient comme ils le font maintenant, en captivité.

Le mot de « captivité » ne convient pas vraiment, puisqu'en Amérique latine, personne ne met les aras en cage. Ils sont toujours en liberté, soit sur des perchoirs, soit sur un arbre proche, et il semble qu'il ne leur viendrait jamais l'idée de s'échapper. Les seuls aras que j'aie vus enchaînés, ou mis en cage, appartenaient à des Américains : ils étaient méchants et avaient mauvais caractère, et les propriétaires en faisaient part avec une certaine fierté. Le perroquet, bien que moins farouche dans son amour pour la liberté et le mouvement, déteste aussi être emprisonné. Il aime sa cage (pourvu que le plancher soit propre), mais il veut que la porte reste ouverte, pour qu'il puisse entrer et sortir comme il lui plaît. Cela n'a aucun intérêt d'avoir un perroquet si c'est pour le garder en cage.

Loplop était têtu et irrémédiablement gourmand. Il avait son bol de *café con leche* très sucré dans un coin de la cage, et quoi qu'on lui donnât à manger, il l'y trempait avant de le dévorer. Les suppléments de nourriture que nous lui offrions pendant nos repas représentaient davantage, de notre part, un dédommagement qu'un cadeau désintéressé, car nous lui aurions donné à peu près tout ce qui était sur la table plutôt que de l'y laisser monter. Il le fit une fois et tout fut abîmé, les couverts dispersés, les tasses renversées et la nourriture jetée. Il passait sur tout à la manière d'un chasse-neige. Ce n'est pas que nous le gâtions, mais n'importe qui réfléchirait avant de contrarier une bête dont le bec ressemble à une cisaille pour tailler les haies.

L'après-midi où Jane partit pour passer le week-end à Taxco, Loplop décida que je me sentais seul. Il vint me le dire alors que j'étais allongé dans un hamac. Se soulevant du sol et utilisant mon postérieur comme force de levier, il grimpa dans le hamac. J'allai rapidement dans un autre que je pris soin d'abord de placer assez haut. Il gloussa : si je voulais rendre les choses difficiles, qu'à cela ne tienne, il avait tout son temps pour parvenir à ses fins. Il redescendit, se traîna sur le sol, escalada l'un des poteaux qui supportaient le hamac et glissa le long de la corde jusqu'à moi. Quand je m'aperçus de ce qui s'était passé, il était trop tard. J'étais en maillot et il me fit bien comprendre que si j'essayais de le chasser, il serait sans pitié. Tout ce qu'il voulait était que je lui gratte le ventre, et il le voulait très fort et indéfiniment. Pendant deux heures, à contrecœur, je lui chatouillai et lui grattai le bas du ventre, tandis qu'il était sur le dos, ouvrant et fermant ses yeux stupides, en proie à une extase aviaire mystérieuse et non encore cataloguée. A partir de ce jour, il me suivit à travers la maison, me faisant des œillades, hurlant : « Baklava! Loplop! » prenant mes jambes pour un tronc d'arbre sur lequel il grimpait jusqu'à mon visage. La dévotion absolue, si elle est admirable, tend aussi à devenir ennuyeuse. Je revendis Loplop à la dame à qui je l'avais acheté.

L'année suivante, je trouvai le plus beau de tous mes amazones, un *loro real* parfait, qui possédait un grand don d'imitation. Alors que je regardais dans un petit jardin, il était là, perché dans sa cage, conscient d'être observé et prenant un air modeste. J'approchai, lui demandai son nom, et il se renversa lentement avant d'avancer sa tête vers les barreaux les plus proches et de me répondre en faisant la coquette, d'une voix de fausset, presque chuchotée : *« Co-to-rri-to »*. Bien qu'en vérité ce fût son nom, de toute évidence celui-ci n'était pas adapté, car cet oiseau n'était pas un *cotorro* mais un perroquet, et même de grande taille. Nous échangeâmes une brève conversation sur le temps, après quoi j'achetai mon nouvel ami, la cage et tout le reste pour six dollars et l'emmenai à la maison, au grand plaisir des bonnes indiennes, qui trouvaient qu'il manquait quelque chose dans la cuisine, lorsqu'il n'y avait pas de *loro* à qui parler, pendant les longues heures qu'elles passaient à se peigner les cheveux. Elles voulaient des conseils de beauté.

« Est-ce que ça te plaît mieux comme ça ? » demandaient-elles puis, changeant la position des tresses, le peigne à la bouche, « ou comme ça ? ».

Cotorrito était un oiseau intelligent, équilibré affectivement, qui adorait avoir une vie régulière. Il voulait que sa cage soit découverte à six heures et demie le matin, et avoir à sept heures ses bananes. Vers neuf heures, il fallait le laisser sortir pour qu'il puisse se percher en haut de sa cage, où il restait jusqu'à midi. Puis il faisait un tour d'inspection de la maison, trottinant d'une pièce à l'autre pour s'assurer que tout était en ordre. Après cela, il grimpait sur un vieux pneu de bicyclette, suspendu dans un coin sombre de la maison, et y restait perché pendant que nous prenions notre déjeuner à proximité, se mêlant à notre conversation en faisant de brefs commentaires tels que *« verdad? » « como? »* ou *« Ay! »* et en poussant de petits rires hystériques si nos propos étaient plus animés qu'à l'ordinaire. L'après-midi, il faisait sa sieste avec le reste de la maisonnée. Lorsque les ombres s'allongeaient, il se faisait lyrique, comme les perroquets ont une façon de le faire vers la fin de la journée. Et lorsque les bonnes se rassemblaient dans la cuisine pour préparer le dîner, il y retournait, grimpait en haut de sa cage, et surveillait leur travail pendant près de deux heures. Lorsqu'il avait sommeil, il rentrait dans sa cage et réclamait doucement que la porte soit fermée et la cage recouverte.

Son répertoire dépendait plus de son degré d'excitation que d'un choix délibéré. La tranquillité s'exprimait par un monologue murmuré, presque inintelligible, ponctué de courtes remarques en espagnol. Un degré au-dessus, et il parlait complètement l'espagnol. De là, il passait à de petits rires, et de là encore, à une chanson stridente. (Il avait dû, à un moment, habiter à portée de voix d'une très mauvaise soprano, car les notes bémolisées d'une chanson qui commençait par *« No sé qué frio extraño se ha metido en mi corazón »* étaient toujours les mêmes.) Au-delà, c'était une scène domestique étrange, à la campagne, commençant par les pleurs d'un bébé qui sanglotait et suffoquait par manque d'air, se poursuivant avec une mère qui consolait et un père épuisé qui criait *« Cállate! »*, un chien très énervé qui jappait et toute une variété de volailles, y compris un dindon. Enfin, si son état d'émotion dépassait ce stade, ce qui arrivait rarement, il laissait échapper une série d'appels de la jungle. Quiconque se trouvait à proximité partait à toute allure, simplement pour se protéger les oreilles. En temps normal, les différents plans émotionnels étaient assez nettement séparés, mais un bon disque de jazz joué fort pouvait déclencher un bref résumé de la gamme tout entière. Le son de la clarinette surtout le stimulait : il passait des petits rires aux gémissements et des gémissements aux aboiements, qui eux-mêmes devenaient rapidement des appels de la jungle ; et à ce moment-là, il fallait enlever le disque ou sortir de la maison.

Cotorrito était un gentil perroquet : il ne me mordit qu'une fois, et ce ne fut pas sa faute. C'était à Mexico. J'avais acheté une nouvelle paire de chaussures qui faisaient du bruit, et je les avais aux pieds en entrant dans l'appartement, la nuit venue. Je ne pris pas la peine d'allumer la lumière et, sans dire un mot, je me dirigeai vers Cotorrito perché sur le sommet de sa cage. Il entendit le bruit des chaussures qu'il ne connaissait pas, se pencha et attaqua l'étranger. Lorsqu'il s'aperçut de sa fâcheuse méprise, il fit comme si elle était due à son état d'extrême endormissement, mais je l'avais déjà sorti du sommeil un nombre considérable de fois sans aboutir à un résultat aussi déplorable.

Deux perroquets vivent avec moi actuellement, c'est ainsi que je le présente, plutôt que de dire « j'ai deux perroquets », parce qu'il y a quelque chose en eux qui fait qu'il est très difficile d'en revendiquer la propriété. Un animal qui passe toute sa journée à observer, dans le moindre détail, vos habitudes et vos inflexions de voix, est davantage comme un ami, assez critique, qui resterait chez vous pour un temps indéfini. Mes deux oiseaux actuels sont partis à différentes reprises : d'une manière ou d'une autre, ils ont été retrouvés, rachetés à leurs nouveaux amis et ramenés à la maison. Seth, le perroquet gris d'Afrique, est le plus grand virtuose que j'aie jamais eu. Mais les perroquets gris sont tous géniaux à côté des amazones. Il est injuste de les comparer. Il est né dans la banlieue de Léopoldville, en août 1955, et selon les critères des perroquets, c'est encore un bébé. S'il continue d'étudier avec sa maîtresse actuelle, une musulmane pieuse qui travaille à la cuisine, il devrait, comme tout bon musulman, savoir une grande partie du Coran quand il aura atteint l'adolescence. L'autre invité, qui est avec moi depuis quatorze ans, est un amazone à tête jaune. Je l'ai acheté à un Marocain qui le colportait à travers les rues de Tanger, et qui prétendait qu'il s'appelait Babarhio, qui signifie perroquet en maghrébin. Je l'emmenai chez le forgeron pour lui faire briser les chaînes qui lui liaient les pattes. Les cris qui accompagnèrent cette opération attirèrent une foule énorme : l'hilarité fut générale quand il mit en sang les mains du forgeron. La tâche qui consistait à lui trouver une cage fut plus difficile encore : il n'y en avait pas à vendre à Tanger qui fût assez solide pour lui. Finalement, j'eus vent d'une dame anglaise qui habitait très loin sur la Vieille Montagne et dont le perroquet était mort, quelques années auparavant. Peut-être avait-elle gardé sa cage. Pendant la semaine qu'il fallut pour la retrouver, Babarhio fit des deux cages que j'avais achetées pour lui au marché, une intéressante série de sculptures en fil de fer et accomplit dans ma chambre d'hôtel une dévastation générale. Quelle que soit la liberté que l'on puisse accorder à un perroquet, une fois qu'il a été habitué à son environnement, on ne peut plus se fier à lui. Ce ne peut être que le chaos.

Presque immédiatement, j'habituai Babarhio à voyager. Je le gardais au chaud en entourant la cage de deux longues ceintures de laine, telles que les hommes portent ici, et en mettant par-dessus une djellaba d'enfant en laine blanche. Les petites manches dépassaient et la cage ressemblait vaguement à un bébé, avec un gros anneau de cuivre à la place de la tête. Ce n'était pas un objet rassurant, surtout quand le perroquet invisible toussait et gloussait comme il le faisait souvent lorsqu'il s'ennuyait dans l'obscurité.

Il faut reconnaître que dans les pays tropicaux et subtropicaux, un perroquet est dans la maison un compagnon amusant, qui donne des satisfactions, un ami qui vous manque beaucoup si vous ne l'avez plus. Doña Violeta, une veuve d'un certain âge, qui vendait du pain au marché d'Ocosingo, en avait un depuis trente ans quand un chien le tua, et elle en fut si profondément affectée qu'elle ferma son étalage pendant trois jours. Ensuite, lorsqu'elle reprit son commerce, le corps de son oiseau embaumé et exposé dans un petit cercueil de verre sur son comptoir, elle était bouleversée, inconsolable, et fondait en larmes chaque fois que quelqu'un lui manifestait des signes de compassion.

« C'était le seul ami que j'avais au monde », sanglotait-elle.

Cela, bien sûr, n'était pas vrai, mais on peut lui pardonner cette exagération, si l'on considère son abattement. Mais lorsqu'elle ajoutait : « C'était le seul qui me comprenait », elle approchait de la vérité, une vérité purement subjective, sans doute, mais qui en était bien une. Dans mon imagination, je voyais Doña Violeta, installée dans sa petite chambre, déversant son cœur auprès de l'oiseau qui, en face d'elle, l'écoutait avec attention et qui, de temps en temps, faisait une remarque vide de sens qu'elle pouvait interpréter comme elle le voulait. La parole, même dépourvue de raison, signifie beaucoup pour un être dans la solitude.

Je pense que ma sensibilité aux perroquets a, en partie peut-être, été déterminée par une histoire que j'ai entendue, enfant. L'un des perroquets du Nouveau Monde, qui faisait partie de la collection offerte au roi Ferdinand par Christophe Colomb, s'enfuit du palais vers la forêt. Un paysan le vit, et comme il n'avait jamais rencontré jusque-là d'oiseau semblable, il ramassa une pierre pour le frapper, récupérer les plumes brillantes et les porter en trophée. Au moment où il visait, le perroquet releva la tête et s'écria : *« Ay, Dios! »* Horrifié, l'homme laissa tomber la pierre, se prosterna et dit :

« Mille pardons, señora! Je croyais que vous étiez un oiseau vert. »

L'ITINÉRAIRE
DE TANGER À TASSEMSIT

Chaque fois que je quitte Tanger pour aller vers le sud, ma maison ressemble à un endroit qui viendrait d'être frappé par une catastrophe. Pour ce voyage-là, la veille de mon départ, le désordre habituel régnait. Il y avait dans le salon des caisses de conserves et des ballots de couvertures et d'oreillers. Le matériel d'enregistrement était inutilement dispersé partout, si bien que les rouleaux de câbles supplémentaires cachaient le réchaud à Butagaz de voyage et les boîtes de bandes à enregistrer recouvraient les cartes routières. Les bonnes m'avaient fait inscrire les détails de ce qu'elles souhaitaient que je leur achète au cours de mon déplacement. Fatima voulait une couverture de laine blanche, d'au moins huit mètres de long, et Mina un plateau rond en métal argenté avec un trépied séparé. Selon la tradition, elles avaient scrupuleusement insisté pour que le prix de ces objets soit prélevé sur leurs gages à mon retour, et j'avais donné mon accord, bien que chacun de nous sût que ces déductions ne seraient jamais faites. L'usage au Maroc veut que, lorsque le maître de maison part en voyage, il rapporte des souvenirs à chacun. Plus il va loin et plus il reste longtemps absent, plus les cadeaux doivent être conséquents.

Dans ce pays, les départs se font souvent avant l'aube. Quand la demi-heure consacrée au premier appel à la prière est passée, et que les muezzins ont éteint les lumières en haut des minarets, il reste environ une heure d'obscurité. Le chœur des coqs se propage au-dessus des terrasses de la ville jusqu'au lever du jour. C'est un bon moment pour partir, quand le ciel devient blanc à l'est et que les objets se découpent, noirs et précis. Au moment où le soleil se leva, Christopher et moi étions déjà loin dans la campagne, roulant à une allure qui dépendait des tournants et du bétail que nous rencontrions de temps à autre, sur notre chemin. La route déserte, qui s'étendait loin devant nous, faisait défiler les kilomètres d'une région grandiose, et tout au long, aucun panneau ne s'interposait entre le pays et nous.

En 1959, au cours des derniers six mois, je parcourus quelque trente-sept mille kilomètres à travers le Maroc, grâce à une bourse de la Fondation Rockefeller, pour enregistrer de la musique pour la Bibliothèque du Congrès. La qualité des matériaux recueillis fut partout excellente; cependant, on a toujours ses préférences. Après de nombreuses auditions, les bandes qui m'ont le plus intéressé sont celles que j'ai enregistrées à Tafraout, région située dans l'Anti-Atlas occidental. Comme je n'étais arrivé à avoir que six sélections, je voulais alors y retourner et essayer d'en avoir d'autres, cette fois sans l'aide du gouvernement marocain. D'après l'itinéraire choisi, à l'intérieur du pays, il y avait une distance de mille trois cent soixante-dix kilomètres à parcourir de Tanger à Tafraout, et les routes devaient être assez bonnes d'un bout à l'autre. La ligne directe jusqu'à Marrakech, par Rabat, passe par des étendues plates animées d'une certaine circulation. Le trajet peu fréquenté que nous empruntâmes, par l'intérieur, à travers les contreforts occidentaux des montagnes du Rif et par-delà le Moyen Atlas, prend un jour de plus, mais il est superbe d'un bout à l'autre.

Au-delà de Xauen, nous suivîmes pendant un certain temps la Loukos, cours d'eau à cet endroit clair et rapide au fond d'une vallée étroite. Christopher qui conduisait suggéra que c'était l'heure de déjeuner. Nous nous arrêtâmes, étendîmes un tapis sous un vieil olivier, et mangeâmes en écoutant le clapotis de l'eau qui, près de nous, sautait par-dessus les pierres. Les montagnes s'élevaient abruptes de chaque côté de la rivière : il n'y avait pas la moindre personne en vue ni la moindre habitation. Nous reprîmes la route. Une demi-heure plus tard, après un tournant, nous vîmes un homme allongé de tout son long par terre, le visage contre les pavés de la route, la tête couverte de sa djellaba. Je me dis immédiatement : il est mort. Nous nous arrêtâmes, sortîmes de la voiture, et après l'avoir un peu bousculé, nous le vîmes s'asseoir, se frottant les yeux et marmonnant, agacé d'avoir été réveillé. Il nous expliqua que la route, propre et lisse, était un meilleur endroit pour dormir que le sol pierreux à côté. Quand nous lui rétorquâmes qu'il pourrait bien se faire écraser, il répondit avec une belle logique paysanne que personne ne l'avait encore fait. Néanmoins, il se leva, marcha quelques mètres à l'écart de la route, se laissa tomber d'une seule pièce, comme une masse, ramena sur sa tête le capuchon de sa djellaba, et retourna au monde confortable du sommeil.

Le jour suivant fut plus chaud. Nous grimpâmes le long de la corniche du Moyen Atlas, qui s'élève en pente douce dans un paysage gris et scintillant. Les feuilles brillantes des chênes verts rabougris, et même les roches qui affleurent au-dessous, réfléchissaient la lumière chaude du soleil. Plus loin, sur le versant sud des montagnes, nous passâmes près du corps mutilé d'un grand singe qui ne s'était pas éloigné assez vite de la route, spectacle inhabituel ici car les singes en général restent loin des grandes routes.

Tout l'après-midi, nous filâmes vers la vallée qui s'abaisse progressivement, entre le Moyen Atlas et le Grand Atlas. Le soleil s'inclinait devant nous, et la lune, derrière nous, se levait. Nous bûmes du café du thermos, et espérions arriver à Marrakech à temps pour trouver à manger. Le nouveau régime marocain a instauré dans le pays des heures de fermeture, alors que, jusqu'à présent, la nuit était tout simplement la continuation de la journée.

Après la clarté lunaire des régions désertiques vides, l'oasis parut sombre. La grand-route courait sur des kilomètres entre les hauts murs de boue séchée et des cannaies. Au-dessus, s'élevait l'entrelacs noir des palmiers dattiers qui se détachaient sur le ciel éclatant de la nuit. Brusquement, les murs et l'oasis s'arrêtèrent, et devant nous, dans ce désordre minéral, se dressait un énorme cinéma, décoré de tubes de néon de couleurs, avec tout autour les cahutes en tôle et en paille d'un bidonville, serrées comme des maisons de village autour de l'église. Au Maroc, les gens très pauvres ne vivent ni à la campagne ni dans une agglomération; ils vont jusqu'aux murs extérieurs d'une ville, construisent, à partir de ce qu'ils peuvent trouver comme matériaux, ces colonies d'êtres désespérés qui occupent les lieux, et ne les quittent plus.

Marrakech est une ville plate comme une galette, où les distances sont grandes. Quand le vent souffle, la poussière rose de la plaine s'élève jusqu'au ciel, obscurcit le soleil, et la ville tout entière, badigeonnée du rose de la terre sur laquelle elle est construite, rougoie dans la lumière cataclysmique. La nuit, vue par la portière d'une voiture, elle ne paraît pas différente d'une de nos villes de l'Ouest américain ; de longs kilomètres de lampadaires s'alignant à travers la plaine. Ce n'est que dans la journée que l'on s'aperçoit que la plupart de ces lumières n'éclairent que des étendues vides de palmeraies et de désert. Sur des années, les quartiers en bordure de la médina ont été rendus accessibles aux automobiles et aux voitures à cheval qui existent toujours en grand nombre, mais il faut être courageux pour conduire dans ce labyrinthe de ruelles tortueuses, encombrées de porteurs, de bicyclettes, de carrioles, d'ânes et de simples piétons. De plus, la seule manière de voir quoi que ce soit dans la médina est d'y marcher. Pour y être tout à fait présent, il faut avoir les pieds dans la poussière, et sentir près du visage l'odeur chaude, poussiéreuse, des murs de boue séchée.

Le soir où nous arrivâmes à Marrakech, nous allâmes, Christopher et moi, dans un café, au cœur de la médina. Sur le toit, à la belle étoile, on nous installa des nattes, des couvertures et des coussins, et nous restâmes à boire du thé à la menthe, à savourer l'air frais qui commence à souffler après minuit au-dessus de la ville, lorsque toute la chaleur du soleil emmagasinée finit par se dissiper. A un moment, perçant le silence de la rue en contrebas, parvint une succession de cris étranges, retentissants. Penché par-dessus le rebord, je scrutai le sombre passage, trois étages plus bas. Parmi les quelques promeneurs attardés, une silhouette invraisemblable, fantomatique, dansait. Elle galopait, s'arrêtait, faisait dans l'air d'immenses sauts qui défiaient les lois de la gravitation, comme si la terre sous ses pieds l'y poussait. Elle hurlait à chaque bond. Personne n'y prêtait attention. Lorsque la silhouette arriva au-dessous du café, je pus reconnaître un jeune homme, fortement charpenté : il était presque nu. Je le vis disparaître dans l'obscurité. Il revint presque aussitôt, accomplissant la même danse inspirée, se précipitant parfois sauvagement vers les autres passants, mais s'arrêtant toujours à temps pour éviter de les toucher. Il arpenta ainsi la ruelle pendant près d'un quart d'heure, avant que le *qahouaji* ne grimpât à l'échelle sur le toit où nous étions. Quand il arriva, je lui dis incidemment :

« Que se passe-t-il en bas? »

Alors que presque partout ailleurs, il aurait été évident qu'il y avait dans les rues un fou en liberté, au Maroc, il faut savoir faire des distinctions subtiles. Parfois il apparaît que la personne est tout simplement un saint, ou qu'elle est souffrante.

« Ah, le pauvre homme, dit le *qahouaji*, c'est un de mes amis. Nous étions à l'école ensemble. Il avait de très bonnes notes et il jouait bien au football.

– Que lui est-il arrivé?

– Qu'est-ce que vous croyez? Une femme, bien sûr. »

Ça ne m'avait pas traversé l'esprit.

« Vous voulez dire qu'elle lui a fait de la magie?

– Et quoi d'autre? Au début il était comme ça (il laissa tomber la mâchoire, sa bouche resta grande ouverte et il prit un regard fixe et vide), puis, après quelques semaines, il a arraché ses vêtements et s'est mis à courir. Et depuis, il continue de courir comme ça, été comme hiver. Cette femme était riche. Son mari était mort et elle voulait Allal. Mais il est d'une bonne famille qui n'aimait pas cette femme. Alors, elle a dit dans sa tête : " Aucune autre femme non plus ne l'aura. " Et elle lui a fait ce qu'elle lui a fait.

– Et sa famille?

– Il ne connaît plus sa famille. Il vit dans la rue.

– Et la femme? Qu'est-elle devenue? »

Il haussa les épaules :

« Elle n'est plus ici. Elle est partie. »

A ce moment-là, les cris reprirent.

« Mais pourquoi le laisse-t-on courir comme ça dans la rue? Ne peut-on pas faire quelque chose pour lui?

– Oh, il ne fait jamais de mal à personne. Il est juste folâtre. Il aime faire peur aux gens, c'est tout. »

Je me risquai à poser ma question :

« Il est fou?

– Non, juste folâtre.

– Ah bon, je vois. »

Un soir, à la tombée du jour, nous étions invités pour le thé chez Moulay Brahim, l'un des Marocains qui m'avait précédemment aidé à entrer en contact avec des musiciens. Il habitait un garni près du souk des teinturiers. L'établissement, au deuxième étage, consistait en une douzaine de cellules ou plus, situées autour d'une cour centrale à ciel ouvert, avec au milieu une fontaine à sec. Les femmes n'avaient pas le droit d'entrer dans le bâtiment; c'était un endroit réservé aux hommes qui avaient laissé maison et famille. Aucun objet qui pût même rappeler l'existence de la vie traditionnelle marocaine n'était visible.

Moulay Brahim est activement partisan de son époque : sa vie est presque totalement abstraite. Il passe toutes ses heures prosterné sur son matelas, la tête contre une grosse radio à ondes courtes. Il sait l'heure qu'il est à Djakarta, là où précisément se trouve en ce moment le représentant du Niger aux Nations-Unies, et ce que Sékou Touré a dit sur Nasser à Nkrumah. Sa radio ne s'arrête jamais sauf pendant cinq minutes creuses, de temps en temps, quand il attend impatiemment que commence, au Caire, un programme de Damas ou de Bagdad. Il suit les mouvements de la guerre froide comme un spectateur observe un match d'échecs, faisant des commentaires acerbes sur ce qu'il considère comme des bourdes dans les deux camps. Seules les puissances neutres ont sa sympathie. Nous nous assîmes dans la pénombre, autour de la radio faiblement éclairée, que nous entendîmes siffler et crépiter. Moulay Brahim distribua du kif en silence, absorbé par le tableau de l'appareil, le réglant à chaque fois qu'augmentaient les perturbations avec l'expression d'un connaisseur, sûr de son affaire. Quinze minutes peuvent s'écouler sans qu'intervienne le moindre indice de programme, avec toujours le même bruit de parasites. Son visage reste immuable. Il sait attendre. A tout moment, il se pourrait qu'il entende quelque chose qui soit identifiable. Alors, il peut se détendre un instant, tandis que le concessionnaire de thé de l'autre côté de la cour apporte le grand plateau, dispose les verres et roule la menthe entre ses mains avant de la mettre dans le pot. Mais bientôt, il ne suffit pas à Moulay Brahim de savoir qu'il est en contact avec le service de la BBC pour le Moyen-Orient, et il entreprend à nouveau sa difficile quête de l'introuvable.

Les occupants des autres chambres arrivèrent et s'accroupirent dans la pièce, mais il fut difficile d'aller avec eux au-delà d'une conversation décousue. Ils savaient, par expérience, que chez Moulay Brahim, il valait mieux se taire. A un moment donné, alors que depuis un certain temps, des sons particulièrement confus sortaient du haut-parleur, je lui conseillai imprudemment de régler le cadran.

« Non, non, s'écria-t-il, c'est ce que je veux. J'ai maintenant cinq stations. Parfois d'autres s'y mêlent. C'est un endroit où ils aiment tous se retrouver et parler en même temps. Comme dans un café. »

Pour un Marocain, jeune et déraciné comme Moulay Brahim, la radio n'est ni une forme de distraction ni un moyen d'information en premier lieu. C'est une sorte de cordon ombilical métaphysique, toute une manière d'exister, un auxiliaire essentiel pour se sentir en contact avec la vie.

Quand nous réussîmes à le convaincre qu'il était pour nous l'heure de partir, il se leva, quittant sa radio à contrecœur, et nous conduisit à travers les rues jusqu'au marché des apothicaires, où j'avais exprimé le désir d'aller. C'est l'endroit où l'on se rend si l'on veut les ingrédients nécessaires pour faire de la magie noire. Il y avait six étalages à la file, hérissés de fragments séchés d'oiseaux, de reptiles et de mammifères. Nous nous y promenâmes lentement, examinant les cornes, les piquants, les poils, les œufs, les os, les plumes, les pattes et les griffes alignés sur des fils de fer dans les portes. Je me souvins du malheureux Allal avec sa riche veuve et le décrivis à Moulay Brahim. Il le connaissait : tout le monde à Marrakech le connaissait, déclara-t-il, ajoutant en montrant les rangées de flacons devant nous :

« Vous pouvez tout trouver ici pour ce genre de choses, mais il faut savoir comment faire les mélanges. Il faut être spécialiste. »

Il leva les sourcils d'un air entendu, et accosta le marchand le plus proche pour lui murmurer quelque chose à l'oreille. Celui-ci sortit un paquet contenant de minuscules graines. Moulay Brahim les examina en prenant son temps et en acheta cinquante grammes.

« Qu'est-ce que c'est? » lui demandai-je.

Mais il prit plaisir à jouer le rôle d'un homme mystérieux, et se contenta d'agiter les graines dans leur papier en disant :

« Quelque chose de très, très spécial. »

Taroudant,
le 6 octobre 1961

Jour éclatant. Le ciel, comme un bol d'émail bleu. Quitté Marrakech à midi, en conduisant directement jusqu'à Ouirgane, dans une vallée à environ mille mètres au-dessus de la plaine. Déjeuner dehors au soleil au Sanglier-Qui-Fume. Notre table placée entre un aigle et un singe enchaînés, qui tous deux nous observaient avec méfiance, pendant que nous mangions. Au-dessous, cachée tout près, la petite rivière grondant sur les rochers. Le soleil brûlant du Grand Atlas. Monsieur nous a donné à porter, pendant le repas, de vieux sombreros de paille aux bords tombants. Une cigogne apprivoisée, l'air d'être la propriétaire, se pavanait en fourrant son bec partout. Cependant, elle se méfiait du singe qui, avec une longue tige de bambou, essayait patiemment chaque fois qu'elle passait, de lui faire un croc-en-jambe. Tout était excellent : hors-d'œuvre, cuisses de grenouilles et poulet paprika. Madame est hongroise, dit qu'elle vit dans l'espoir que des gens, passant à Ouirgane, parlent sa langue « ou, du moins, connaissent Budapest », a-t-elle ajouté. Déçue par nous, évidemment. Avons poursuivi jusqu'au col de Tizi n'Test et l'avons passé. La vallée du Souss, avec une brume épaisse qui ressemblait à de la fumée. N'apparaissait dans le ciel au sud, à une distance de soixante-quinze kilomètres, que le long rebord incliné de l'Anti-Atlas. Au-dessous, un abîme de va-

peur. Arrivés à Taroudant à sept heures. La chaleur partout présente à l'intérieur des murs. Pendant que je défaisais mes bagages, une procession de Guennaoua traînait dans la rue. Tenté de sortir dans le patio, mais la porte était cadenassée. Ai jeté un œil par une fente et les ai vus défiler lentement, portant des lanternes avec des bougies. Le martèlement des tambours ébranlait l'air.

Après Taroudant, Tiznit, Tanout, Tirmi Tiffermit. D'immenses vallées étouffantes, couleur de poussière au milieu des montagnes dénudées, parsemées d'arganiers sans feuilles, gris comme des bouffées de fumée. Parfois, un cours d'eau asséché serpente entre des blocs de pierre, au fond de la vallée hérissée de quelques palmiers dattiers, ravagés par les sauterelles, et dont les branches ressemblent aux baleines d'un parapluie cassé. Parfois, accroché au flanc d'une montagne, trois cents mètres au-dessous de la route apparaît un village en terrasses, comme un dessin abstrait de toits plats, dont certains ont la couleur de la terre dont ils sont faits, et d'autres le jaune vif du maïs qui sèche au soleil.

Les arganiers poussent partout, par milliers, épineux et courtauds, agrippés aux rochers situés au-dessous, dans leur ombre incertaine. Ils prospèrent là où rien d'autre ne grandit, pas même les mauvaises herbes ou les cactus. Leur écorce écailleuse ressemble à de la peau de crocodile et donne la sensation du fer. Là où poussent les arganiers, les chèvres ont la vie belle. Le tronc est court, et les branches commencent à se développer à moins d'un mètre du sol. Ce qui convient parfaitement aux chèvres; elles grimpent de branche en branche, mangeant à la fois les feuilles et les fruits gras, amers, qui sont comme des olives. Ensuite, leurs excréments sont ramassés et les pépins d'argan pressés pour faire une huile de cuisine épaisse.

Tafraout est une région rude comme, à une plus grande échelle, les Bad Lands du Dakota du Sud, avec en arrière-plan, la Vallée de la Mort. Les montagnes sont d'immenses protubérances de granit massif, dont les versants sont jonchés d'énormes blocs de pierre. Au couchant, la ligne noire de leur crête se découpe, déchiquetée, sur le soleil flamboyant. Vues d'en haut, les cuvettes entre les protubérances sont comme des lacs gris allongés, seuls endroits de tout le paysage où il y a au moins une couche de ce qui pourrait passer pour de la terre meuble. Au-dessus de cette étendue de débris rocheux dans les vallées s'élèvent les horizons plus réguliers de rocher solide.

Les sauterelles aussi sont bien nourries. Tafraout ne pourrait jamais vivre de ses dattes. Mais les Berbères bourgeois qui habitent ici ont depuis longtemps appris que le commerce organisé pouvait offrir une plus grande sécurité que la vie pastorale ou agricole. Ils entreprirent avec succès une campagne pour créer, de fait, un monopole sur toutes les épiceries et quincailleries du Maroc. Avec ses fils, l'homme va dans une ville du nord, là où il possède une ou plusieurs boutiques, et y reste deux ou trois ans d'affilée, vivant habituellement dans des conditions d'extrême inconfort, à même le sol, derrière le comptoir. Très industrieux, économe et invariablement porté à la réussite, il donne tout naturellement prise à des critiques hostiles de la part de ceux de ses compatriotes qui le sont moins, qui méprisent sa manière frugale de vivre et tournent en dérision son habitude de confier ses boutiques à de petits garçons de huit ans. Mais les enfants tiennent les magasins aussi bien que leurs aînés : ils savent le prix de tous les articles et il est aussi difficile de traiter avec eux, au cours de ce passe-temps national qui consiste à persuader le vendeur de baisser le prix initialement demandé. Les garçons refusent simplement de discuter; souvent, ils ne regardent même pas le client. Ils donnent le prix, et si celui-ci convient, ils tendent l'article et rendent la monnaie. Avoir à s'occuper d'un magasin est une affaire très sérieuse, et les garçons se conduisent en conséquence.

Lorsque vous passez le col en venant de Tiznit, les premières habitations de Tafraout sur la piste sont situées dans le rétrécissement d'une étroite vallée : construites au milieu, au-dessous et au-dessus d'énormes blocs de granit éboulés, les maisons-forteresses dominent le paysage. Il est difficile d'associer le caractère sophistiqué de l'architecture de ces châteaux blancs et roses avec l'aspect modeste de leurs propriétaires dans le nord, de même qu'il est dur de croire que ces femmes splendides, voilées de noir, qui portent sur les épaules des amphores de cuivre ou des paniers recouverts de peau de chèvre, puissent être les épouses et les sœurs de ces petits hommes effacés. Mais personne ne s'attendrait non plus à ce qu'une tribu de boutiquiers puisse venir des forteresses de ce paysage farouche.

Tafraout
le 9 octobre

Arrivés hier, vers cinq heures, après une crevaison à quinze kilomètres de piste de Tafraout. L'hôtel est complètement vide, à l'exception d'une poignée d'enfants en guenilles et d'un vieux monsieur en djellaba, à qui l'établissement est confié, pendant que le responsable en titre est descendu à Tiznit. Il nous a aidés à porter les bagages, a suspendu nos vêtements, préparé les lits, apporté des seaux d'eau pour la toilette et des bouteilles d'eau potable, et rempli les lampes à pétrole. Pour la première fois depuis Meknès, avons dormi profondément et longtemps. Réveillés une fois dans la nuit par des hurlements et des aboiements, en bas au village. Le déjeuner meilleur que le dîner d'hier soir, mais tout est noyé dans un centimètre et demi d'huile chaude. Un tajine de bœuf avec des amandes, des raisins, des olives et des oignons. Sommes ensuite revenus à l'hôtel pour faire du Nescafé sur la terrasse. Le vieil homme qui nous a reçus hier soir était assis dans un coin, enfoui dans sa djellaba. Il a vu que nous regardions des magazines, s'est levé et s'est approché. Puis, il a dit timidement : « Est-ce un livre américain que vous lisez? » J'ai répondu que oui. « Et est-ce que les montagnes en Amérique sont vertes comme ça ? » Je lui ai dit que beaucoup l'étaient. Il est resté un moment à contempler l'image. Puis il a repris, avec amertume : « Ce n'est pas beau ici. Les sauterelles mangent les arbres et toutes les plantes. Ici, nous sommes pauvres. »

Pendant les quelques jours qui suivirent, je découvris combien mon projet d'enregistrement était peu réaliste. Nous visitâmes dans la région deux douzaines au moins de villages sans parvenir à découvrir une possibilité d'avoir de la musique. L'année précédente, il avait même fallu un délai de trente-six heures à l'administration pour donner des directives à travers tout un réseau de caïds et de messagers envoyés dans les montagnes, avant de voir arriver des musiciens à Tafraout. Le vendredi matin, Christopher me dit au petit déjeuner :

« Qu'est-ce que tu en penses ? Si on partait demain pour Essaouira ? »

Je lui répondis que je pensais que c'était ce qu'il y avait de mieux à faire. Et je proposai de descendre jusqu'à l'hôpital, pour voir s'ils avaient de la Rovamycine.

Un interne marocain, barbu, se tenait dans le patio de l'hôpital, sous un poivrier, une seringue à la main. Il nous dit que le docteur était à Agadir pour le week-end, mais que, si je le voulais, je pouvais parler au pharmacien français qui, en l'absence de son chef, était responsable de l'établissement.

Le pharmacien arriva, en se frottant les yeux. Il avait travaillé toute la nuit, nous dit-il. Il n'avait pas de Rovamycine.

« C'est un médicament cher. On ne nous fournit pas ce genre de choses ici. »

Christopher l'invita à venir à l'hôtel prendre un whisky.

*« Avec plaisir * »*, accepta-t-il.

Les boissons alcoolisées ne sont pas en vente à Tafraout, puisque les musulmans, légalement, n'ont pas le droit de boire. Les deux seuls Européens de la région sont le médecin et le pharmacien, et ils passent de temps en temps avec une bouteille de vin ou de cognac qu'ils rapportent de Tiznit.

Le pharmacien était accompagné d'un jeune étudiant marocain qui, la veille, venait d'arriver de Rabat. Il trouvait que Tafraout était l'endroit le plus étrange qu'il eût jamais vu. Nous nous assîmes sur la terrasse, sous un soleil brûlant, à observer les corbeaux qui tournoyaient lentement haut dans le ciel, au-dessus de la vallée. Je dis à monsieur Rousselot que, cette fois-ci, j'étais déçu de mon voyage, parce que je n'avais pas pu pénétrer dans la vie des gens et parce que la nourriture n'était pas mangeable. La deuxième raison toucha le Français :

« Je vais faire de mon mieux pour combler cette regrettable lacune, répondit-il. Pour commencer, allons déjeuner chez moi. J'ai un très bon cuisinier. »

La maison derrière l'hôpital était confortable. Il y avait plusieurs serviteurs. Les murs étaient tapissés de livres, surtout de livres d'art, car comme beaucoup de médecins français, monsieur Rousselot adorait la peinture, et avait fortement envie de s'y essayer un jour.

Il annonça pendant le repas :

« J'ai l'idée d'une petite excursion pour cet après-midi. Avez-vous déjà bu du *mahia* ? »

Je répondis que j'en avais déjà bu, plusieurs années auparavant, avec des amis juifs de Fez.

« Ah! s'exclama-t-il, heureux, alors vous en connaissez les vertus. Vous aurez une nouvelle occasion d'en boire plus tard cet après-midi. »

Je souris poliment, ayant déjà pris la résolution que, le moment venu, je déclinerais son offre. Je n'aime pas beaucoup *l'eau de vie* *, même quand elle est faite à base de figues, comme à Fez. Dans l'Anti-Atlas, ils utilisent des dattes, me dit monsieur Rousselot. Ce qui ne me parut pas mieux.

Après le café et le cognac, nous descendîmes la piste de Tiznit. A une cinquantaine de kilomètres au sud, dans une vallée basse, aride, nous arrivâmes à un village d'apparence pauvre, appelé Tahala, qui en plus de sa population musulmane comporte une communauté juive très importante. Il n'y avait pas un souffle d'air quand nous sortîmes de la voiture, en face d'une petite mosquée primitive. Cinq ou six vieillards musulmans étaient assis à l'ombre, sur des rochers poussiéreux, et bavardaient tranquillement.

« Les Israélites se font de petits suppléments en nous vendant de l'ambroisie qu'ils distillent », expliqua monsieur Rousselot.

Seddiq, l'étudiant en médecine, s'exprima à ce sujet pour la première fois.

« C'est terrible! dit-il, avec émotion.

– *Bien sûr* *, accorda monsieur Rousselot, mais vous en boirez. »

Plusieurs enfants qui nous avaient vus arriver et garer la voiture avaient couru dans le village pour annoncer notre venue. Et, tandis que nous suivions les ruelles, brûlantes comme dans un four, de chaque côté les portes claquaient et se refermaient à clef sans plus de cérémonie. On ne voyait personne. Mais monsieur Rousselot savait où aller. Il nous fit avancer et attendre à un coin de rue, pour qu'on ne nous vît pas, tandis qu'il frappait fort à l'une des portes. Ce ne fut qu'au bout d'un quart d'heure qu'il réapparut et nous appela. Sur le pas de la porte où il était resté à bavarder, se tenait une jeune fille d'une exceptionnelle beauté. Le bébé qu'elle portait avait le bras infecté. Il avait le front et le nez décorés de dessins simples, appliqués avec du khôl. On aurait dit que son visage avait été maladroitement tatoué. La pièce où nous entrâmes était sombre et fraîche comme une cave de ferme. Le plancher sale penchait dans plusieurs directions. Un petit escalier, fait de marches en terre, conduisait à un patio, avec un puits au centre. Sept ou huit femmes, à la peau très blanche, étaient assises autour du puits, sur un banc. Elles portaient des coiffes moyenâgeuses, comme celle que Tenniel dessina pour la duchesse dans ses illustrations d'*Alice au pays des merveilles.* Mais elles étaient toutes exceptionnellement élégantes, même les plus vieilles. Monsieur Rousselot prévint qu'aucune photographie ne pouvait être prise. Elles avancèrent comme prétexte que c'était vendredi après-midi. Nous fûmes introduits dans un autre patio, rempli d'hommes et de garçons, celui-là, qui tous portaient la *yamalka* sur la tête. De là, nous passâmes à une petite chambre, avec un lit en cuivre d'un côté, et une natte par terre, de l'autre. Dans le lit, un bébé dormait nu et assailli de mouches. Nous nous assîmes sur la natte au soleil, dérangeant plusieurs centaines de mouches vacillantes. Les hommes et les garçons arrivèrent du patio l'un après l'autre et ils nous serrèrent cérémonieusement la main. Le grand plateau posé sur la natte devant nous était chargé d'amandes, de dattes et de mouches, tant vivantes que mortes. Puis le patriarche, aidé d'un homme plus jeune, fut introduit dans la pièce et installé de manière à pouvoir bien s'affaler à même le sol. Il avait le visage tiré, triste et ses réponses à monsieur Rousselot étaient sans vie.

« Il faut que vous veniez à l'hôpital pour que nous vous examinions », pressa monsieur Rousselot.

Le vieillard fronça les sourcils et secoua doucement la tête.

« Ils ont tous peur, m'expliqua monsieur Rousselot, en français. Ils considèrent l'hôpital comme un endroit où l'on va pour mourir, et rien d'autre.

– Savez-vous ce qu'il a? demandai-je.

– Je suis presque sûr que c'est le fléau.

– Le fléau?

– Le cancer, coupa-t-il, comme si le mot lui-même était un mal. Il les emporte tous, allez, *ouste, ouste* *. »

Il claqua deux fois les doigts.

Quelqu'un vint chercher le bébé qui dormait toujours. Les mouches restèrent. On sortit une petite bouteille de *mahia* et des verres minuscules circulèrent à la ronde. Subrepticement, je versai le mien dans celui de monsieur Rousselot. Seuls, le vieillard et moi, nous nous en passâmes.

« Il ne mange rien, expliqua l'un des fils. N'avez-vous pas de pilules pour lui?

– Si, si », répondit monsieur Rousselot, jovial, en ouvrant sa sacoche de médecin. Il en sortit deux grands flacons, l'un empli de comprimés d'aspirine et l'autre de vitamine C, et en versa un tas sur la natte. Un murmure s'éleva du patio, venu de ceux qui se pressaient à la porte pour regarder.

– Ce sont les seuls médicaments que j'emporte toujours avec moi. C'est tout ce que je peux lui donner. *Mais vous allez voir* *. Je vais laisser toutes les pilules à Tahala. »

Les mouches couraient sur nos visages, essayaient de boire au coin de nos yeux. Monsieur Rousselot s'entretint calmement avec l'un des plus jeunes membres de la famille. Bientôt, des bouteilles de deux litres de *mahia* furent produites et emballées dans la sacoche.

Quand nous nous levâmes pour partir, monsieur Rousselot dit au vieillard :

« Alors c'est d'accord. Vous emmenez votre petit-fils, mardi. »

Il murmura à mon oreille.

« Il viendra peut-être pour le bébé, et je pourrai le faire rester et l'examiner. Mais ce n'est pas sûr. »

A l'extérieur de la porte d'entrée, une foule s'était amassée. Le bruit avait circulé que le *toubib* était là, avec ses médicaments. La prédiction de monsieur Rousselot était exacte : il n'y eut pas assez de pilules pour tout le monde.

Au retour, sur la route de Tafraout, je lui dis :

« Ce fut une journée inoubliable. Sans elle, notre voyage à Tafraout aurait manqué d'intérêt. »

Je le remerciai et lui dis que nous partirions le lendemain matin.

« Ah non! vous ne pouvez pas partir! J'ai quelque chose de mieux encore pour vous, demain. »

Je lui répondis que nous devions remonter vers le nord.

« Mais c'est quelque chose de très particulier. Quelque chose que j'ai découvert. Je ne l'ai encore montré à personne.

– Non, non, ce n'est pas possible. »

Il insista :

« Demain, c'est samedi. Partez lundi matin. Vous pouvez passer la nuit de demain dans le palais et explorer les oasis dimanche matin.

– Deux jours! » m'écriai-je.

Mais la curiosité qu'il avait espéré éveiller en moi avait dû percer sous mes protestations. Avant de le quitter, j'avais donné mon accord pour aller à Tassemsit. Je n'aurais guère pu résister après sa description. Selon lui, Tassemsit était une ville féodale, située au pied d'un cañon étroit, qui, parce qu'elle avait été le siège d'une importante confrérie religieuse, s'était soustraite jusque-là à la juridiction gouvernementale, et fonctionnait encore de façon totalement traditionnelle. Le pouvoir absolu était nommément entre les mains d'une jeune fille de dix-neuf ans, l'actuelle sainte héritière, dont le palais était à l'intérieur des murs. Mais en réalité, expliqua monsieur Rousselot, baissant la voix jusqu'au chuchotement, c'était le chauffeur de la famille qui détenait un pouvoir de vie et de mort sur les citoyens de Tassemsit. Le vieux chérif, le père de la sainte, dirigeait depuis de nombreuses années la *zaouia* où des pèlerinages religieux étaient organisés pour prier et apporter des offrandes. Il avait récemment acheté une voiture pour monter de temps en temps jusqu'à Tafraout, et avait engagé un jeune Marrakchi pour la conduire. La très jeune femme du vieux chérif avait trouvé le chauffeur à son goût, et l'*inévitable* * était arrivé. Le vieux chérif était mort brusquement et la femme avait épousé le jeune Marrakchi, qui avait tout pris en main : la femme, sa sainte fille, la voiture, le palais, et l'administration du sanctuaire et de la ville tout autour.

« C'est une situation équivoque, dit monsieur Rousselot, avec délectation. Vous verrez. »

Tassemsit,
le 16 octobre

Le petit matin. Les autres dorment encore. Une grande fenêtre grillagée, juste au-dessus de ma tête. Un monde pommelé de lumières et d'ombres : de l'autre côté du filigrane de fer forgé, un verger de figuiers où de petits oiseaux s'élancent et gazouillent. Puis le mur de boue séchée et, au-delà, le sol pierreux du cañon. Quelques flaques d'eau dans le lit de la rivière. Les femmes s'y rendent, puisent de l'eau et la rapportent dans des pots. A l'arrière-plan : la paroi orange du cañon, perpendiculaire et suffisamment haute pour m'empêcher de voir le ciel, depuis l'endroit où je suis assis, sur mon matelas.

Davantage de détails tragiques sur cet endroit, donnés par Rousselot, hier, au déjeuner. Quand le chauffeur a repris l'affaire, il a institué une nouveauté à Tassemsit : il semble qu'il ait conçu l'idée de trouver des jeunes filles pour occuper les pélerins la nuit, quand la zaouia *est fermée. Une bonne relance de l'économie locale. « Une cité sainte du péché » a proclamé Rousselot avec enthousiasme. Il suffit de parler au chauffeur et vous pouvez obtenir en ville n'importe quelle femme, même si elle est mariée. Il avait à peine fini de nous raconter tout cela qu'un homme, petit et rond, est entré. Le visage de Rousselot a pris une expression de dépit, la bouche ouverte, pendante. Puis, il s'est ressaisi, a présenté le petit homme, monsieur Omar, et l'a fait asseoir parmi nous pour prendre le café. Une sorte d'employé du gouvernement. Quand monsieur Omar a appris que nous étions sur le point de partir pour Tassemsit, il a dit tout simplement qu'il venait avec nous. Il était clair qu'il n'était pas désiré, mais comme personne ne s'y est opposé, il est venu avec nous, assis à l'arrière de la voiture avec monsieur Rousselot et Seddiq.*

Une piste rude par endroits, au passage des sommets, juste au sud de Tafraout. A la descente sur l'autre versant, elle était plus étroite, mais le sol n'était pas pire. Si nous avions croisé une autre voiture, l'une des deux aurait eu à reculer pendant une demi-heure. Le paysage est devenu de plus en plus dramatique. Pendant deux heures, la piste a suivi une vallée qui s'enfonçait de plus en plus profondément dans le rocher, au fur et à mesure qu'elle descendait. Parfois, nous avons roulé pen-

dant environ une demi-heure le long du lit d'un cours d'eau. Au niveau des palmiers dattiers, nous avons trouvé de petites oasis, vertes et fraîches qui, d'une falaise à l'autre, remplissaient le cañon. Plus nous descendions, plus les parois des montagnes prenaient de la hauteur, et plus la lumière du soleil semblait venir de loin. Enfant, je m'imaginais Perséphone parcourant chaque année une route semblable pour descendre retrouver Hadès. C'est un peu comme si on avait découvert un sentier hors du monde. De tout l'après-midi, pas de maison, pas de voiture, pas d'être humain. Plus tard, alors que nous avions conduit à l'ombre un bon moment, le cañon s'est élargi et sur un promontoire au-dessus d'un virage, dans le lit asséché de la rivière, Tassemsit, ramassée, couleur or orangé comme la roche à nu de tous les alentours, encore dans la lumière du soleil. Une petite oasis riche, juste au-dessous, au sud. La zaouia *avec sa mosquée et les autres bâtiments semblaient occuper la plus grande partie de la ville. Un grand minaret élevé, bien conservé, dans le style du nord. Nous nous sommes arrêtés et sommes sortis de la voiture. Silence total dans toute la vallée.*

Monsieur Rousselot parut soucieux et nerveux tout au long de l'après-midi, et je compris alors pourquoi. Il me prit à part sous un prétexte quelconque, et nous fîmes quelques pas le long de la piste, pendant qu'il me parlait de façon pressante. La présence de monsieur Omar parmi nous l'inquiétait beaucoup. Il sentait bien qu'elle représentait un danger réel pour le *statu quo* de cet endroit.

« Un faux mouvement et l'histoire de Tassemsit est finie à tout jamais, dit-il. *C'est très délicat* *. Surtout, pas un mot de ce que je vous ai raconté. Pas un seul. »

Je lui dis qu'il pouvait compter sur moi et que je promettais de prévenir Christopher. En marchant pour remonter dans la voiture, il m'apparut qu'une autre raison, outre le souci de maintenir cet endroit comme son lieu de divertissement privé, expliquait peut-être l'inquiétude de monsieur Rousselot. L'emploi d'un Français au Maroc, s'il travaille pour le gouvernement, en tout état de cause, n'est jamais sûr. Il est facile de trouver un prétexte pour le renvoyer et le remplacer par un Marocain. Arrivé à la voiture, je parlai à Christopher, mais il avait déjà deviné la situation. A la demande de monsieur Rousselot, nous attendîmes encore une demi-heure, puis nous prîmes une piste à droite, à moins de cent cinquante mètres de la porte de la ville. Le voile d'une fumée de feu de bois à l'odeur agréable flottait au-dessus du cañon. Plusieurs hommes noirs, de haute taille, en longues robes de coton blanc, apparurent au sommet des rochers qui nous surplombaient, descendirent jusqu'à la voiture et reconnurent monsieur Rousselot. Souriants, ils nous conduisirent à travers une courte ruelle jusque dans le palais, petit, primitif et élégant. La grande salle où ils nous laissèrent était une combinaison volontaire de luxe et de fantaisie débridée. Avec ses juxtapositions de couleurs imprévues, c'était ce que Matisse aurait pu produire si on lui avait demandé de dessiner un salon mauresque.

« Cette pièce est pour nous, dit monsieur Rousselot. C'est là que nous allons manger et dormir, tous les cinq. »

Tandis que nous déballions nos affaires, notre hôte, le chauffeur de feu le chérif, entra et s'assit un instant parmi nous. Il avait des façons plaisantes, l'esprit vif, et parlait un peu le français. Un homme qui approchait de la trentaine, né à la campagne, à ce qu'on pouvait deviner, mais habitué à vivre en ville. A un moment donné, je pris conscience de la conversation qu'il avait avec monsieur Rousselot, assis sur le matelas, à côté de lui. Il s'agissait de la possibilité d'avoir un *ahouache,* plus tard dans la soirée, avec les habitants de Tassemsit. Puis, quand l'hôte fut parti, monsieur Rousselot annonça que non seulement nous aurions droit à la fête, mais qu'un certain nombre de femmes y participeraient.

« C'est très inhabituel », commenta-t-il, en regardant monsieur Omar d'un air profondément sage.

Monsieur Omar eut un sourire candide :

« Nous avons bien de la chance. »

Il était de Casablanca, et aurait pu tout aussi bien se trouver en visite à Bali, pour ce qu'il connaissait des coutumes locales.

Monsieur Rousselot poursuivit en s'adressant à moi, un peu gêné :

« Vous comprenez, bien sûr, il faudra payer l'*ahouache*.

– Bien sûr, dis-je.

– Si monsieur Christopher et vous-même pouvez donner trois mille, pour ma part, je serai content de donner deux mille. »

Je protestai que je me ferais un plaisir de payer les cinq mille, si c'était le prix, mais il ne voulut rien savoir.

Par les fenêtres, à travers le silence du cañon au dehors, parvenait le faible son de la voix du muezzin, appelant depuis la mosquée, et tandis que nous l'écoutions, deux lumières électriques au plafond se mirent à briller faiblement.

« Ce n'est pas possible, s'écria Christopher, de l'électricité, ici?

– *Tiens *!* murmura monsieur Rousselot. Finalement, il a sa génératrice qui marche. »

Je levai les yeux, pensif, et contemplai les fils qui s'agitaient au-dessus de ma tête, me demandant si le courant et le voltage pouvaient bien convenir pour un enregistrement. Un serviteur de haute taille entra et annonça que le chérif nous attendait à l'étage supérieur. Nous passâmes, l'un derrière l'autre, sous une galerie puis en haut d'un grand escalier. Là, sur une terrasse à ciel ouvert, entouré de lampes vrombissantes, notre hôte était assis en compagnie de deux femmes. Nous fûmes d'abord présentés à la mère. Elle aurait pu passer pour élégante n'importe où dans le monde, avec sa belle tête, ses vêtements blancs royaux et ses bijoux en or massif. La fille, l'actuelle souveraine en titre de Tassemsit, était tout autre. Il était difficile de croire qu'elles avaient quelque chose en commun, ou même qu'elles habitaient la même ville. La jeune fille portait une jupe plissée en laine et un pull-over jaune. Ses dents de devant étaient recouvertes d'or et, de temps en temps, elle faisait bruyamment claquer son chewing-gum en bavardant avec nous. Bientôt, notre hôte se leva et nous accompagna dans l'escalier jusqu'à notre pièce, où des serviteurs avaient commencé à apporter des plateaux et de petites tables.

C'était un repas marocain à l'ancienne mode, avec pour commencer une aiguière d'eau chaude, des serviettes et du savon. Quand tout le monde se fut lavé et essuyé, un plat en terre cuite d'au moins quarante-cinq centimètres de diamètre fut apporté et installé au centre. Il contenait une montagne de couscous, entourée d'une mer de sauce. Nous mangeâmes de façon traditionnelle, avec les doigts, procédé qui exige une technique certaine. La sauce était bouillante et les minuscules grains de semoule (car le cuisinier connaissait son affaire) ne collaient pas les uns aux autres. Certains des aliments que nous extrayions de l'amoncellement placé devant nous parvenaient jusqu'à nos bouches, mais beaucoup n'y arrivaient pas. Je décidai d'attendre un peu jusqu'à ce que quelqu'un eût découvert la viande enfouie au cœur de cet amas de nourriture, et quand j'en eus l'occasion, je m'emparai d'un petit morceau d'agneau, qui était encore trop chaud pour être facilement tenu dans les mains, mais que je réussis quand même à manger.

« Je vois que même les rudiments des usages locaux vous sont inconnus », me fit remarquer monsieur Rousselot, d'une voix qui manifestait davantage le triomphe que la marque d'amitié qu'elle aurait dû exprimer. Je lui dis que je ne savais pas ce qu'il voulait dire.

« Ai-je commis une faute? lui demandai-je.

– Des plus grave, dit-il d'un ton solennel. Vous avez mangé un morceau de viande. On est tenu de se servir, d'abord, de tout ce qui est dans le plat, et même alors, on ne doit pas toucher à la viande jusqu'à ce que l'hôte, de sa propre main, vous en offre un morceau. »

Je lui répondis que c'était la première fois

que je mangeais dans une maison de cette région. Seddiq, l'étudiant en médecine, fit observer, qu'à Rabat, un comportement comme celui que monsieur Rousselot décrivait serait jugé comme absurde. Mais celui-ci avait décidé d'être un pur Marocain.

« *Quelle décadence *!* grogna-t-il. Les jeunes générations ne savent rien. »

Quelques minutes plus tard, il renversa un verre plein de thé sur le tapis.

« A Rabat, nous ne faisons pas cela non plus », murmura Seddiq.

Peu après que le thé eut été servi pour la troisième fois, l'électricité commença à faiblir, et en fait à s'éteindre. Il y eut une pause dans les conversations. De sa place, le chef de maison hurla un ordre. Cinq Noirs, vêtus de blanc, apportèrent des lanternes avec des bougies. Ils étaient encore occupés à les placer dans des coins stratégiques, tout autour de la pièce, quand les lumières revinrent, plus fortes que jamais. Les lanternes furent rapidement éteintes. Les bougies sont chose indigne. Vingt minutes plus tard, au beau milieu d'une histoire de lion (les histoires sur les lions sont inévitables, chaque fois que des gens de la ville se réunissent à la campagne dans le sud marocain, bien que, selon des sources sûres, ces bêtes n'existent plus dans la région, depuis plusieurs générations), le courant s'arrêta à nouveau brusquement. Dans le silence provoqué par l'obscurité totale, nous entendîmes japper un chacal. Le cri aigu et perçant provenait du lit de la rivière.

« Il est très proche », fis-je remarquer, en partie pour ne pas avoir l'air de m'apercevoir de la gêne probable de mon hôte que nous soyons témoins de la faillite de son système électrique.

« Oui, n'est-ce pas? » Il semblait avoir envie de bavarder. « Je les ai enregistrés bien des fois. Et pas seulement un, mais des meutes entières.

– Vous les avez enregistrés? Vous avez un magnétophone, ici?

– Il vient de Marrakech. Il ne marche pas très bien. Du moins, pas tout le temps. »

Monsieur Rousselot était occupé à inspecter son coin de tapis; puis, il craqua soudain une allumette et l'approcha de la bougie dans la lanterne placée près de lui. Ensuite, il se leva et parcourut toute la pièce pour allumer les autres. Tandis que les motifs peints sur les hauts murs redevenaient visibles, le son des tambours qui approchaient se fit entendre de la ville.

« Les musiciens arrivent », dit notre hôte.

Monsieur Rousselot sortit dans la cour. Le son des voix s'amplifia : des serviteurs avaient fait leur apparition et se déplaçaient dans l'obscurité, de l'autre côté de la porte. Au moment où nous allâmes tous voir, cinquante ou soixante hommes étaient déjà dans la cour et d'autres arrivaient encore. On fit un feu dans un coin, sous la galerie la plus éloignée. Un tambour retentissait de temps en temps quand son propriétaire en essayait la peau. A nouveau l'électricité revint. Le maître du palais sourit à monsieur Rousselot, disparut et revint presque immédiatement accompagné d'un serviteur qui portait un magnétophone. C'était un petit modèle Philips hollandais. Il l'installa sur une chaise, de l'autre côté de la porte et eut beaucoup de difficultés à le brancher parce qu'aucune des prises murales ne semblait marcher. Enfin, il en trouva une. A ce moment-là, plus de cent hommes étaient massés sous les arcades situées tout autour du centre ouvert de la cour, et plus de trente musiciens formaient au milieu un cercle irrégulier. L'hôte avait appuyé le microphone contre l'appareil, condamnant ainsi son enregistrement dès le départ.

« Pourquoi ne pas l'accrocher là-haut au mur? lui conseillai-je.

– Je veux pouvoir m'en servir pour parler de temps à autre, répondit-il. »

Lorsqu'il augmenta le volume, l'appareil hurla naturellement et il y eut des rires de la part des spectateurs qui jusque-là étaient restés très silencieux, debout, à regarder. L'hôte fit apporter une autre chaise sur laquelle il s'assit, tenant le microphone à la main dans une position qui vraisemblablement ne devait pas produire de meilleurs résultats que la première. Christopher me lança un regard et secoua tristement la tête. D'autres chaises surgirent de l'obscurité, et quelqu'un arriva en apportant une lanterne qui fut installée à l'intérieur du cercle des musiciens. C'est là que le feu aurait dû se trouver, mais il n'y avait pas assez de place dans la cour.

Les musiciens, tous Noirs, portaient des tuniques blanches flottantes, et chacun avait un *poignard* * accroché à la taille dans un étui d'argent. Leur tambour était le *bendir* réglementaire, une peau tendue sur un cerceau de bois d'environ quarante-cinq centimètres de diamètre. Cet instrument simple est capable d'une grande variété de sonorités, selon le genre de coup donné, et l'endroit précis frappé par le bout des doigts ou la paume. Les hommes du Sud marocain ne restent pas immobiles quand ils jouent du tambour : ils dansent, mais le but de leur chorégraphie est de faciliter la production du rythme. Peu importe si les mouvements corporels des joueurs (qui chantent aussi, en solistes ou en chœur) sont plus ou moins adaptés ou frénétiques, la danse est secondaire par rapport au son. Il est difficile d'entendre la musique si l'on observe la danse : il m'arrive parfois de garder les yeux fermés pendant un morceau tout entier. L'intérêt particulier de l'*ahouache* dans l'Anti-Atlas réside dans le fait que les batteurs se divisent en groupes complémentaires qui, chacun, ne contribuent que pour un certain nombre de notes régulièrement récurrentes à l'ensemble complexe du mouvement rythmique.

Les hommes commencèrent à jouer : le tempo était exagérément lent. Quand imperceptiblement ils l'accélérèrent, de subtiles syncopes se firent davantage sentir. Un homme, brandissant un *gannega,* un tambour plus petit, avec un ton plus élevé et une sonorité presque métallique, se mit au centre du cercle et commença un solo électrisant, à contre-rythme. Ses battements de virtuose s'abattaient comme un feu de mitraillette sur le mouvement de base qui se poursuivait. Ce prélude ne comportait pas de chant. Les batteurs, en traînant les pieds, commencèrent à avancer sans cesser de jouer, et le mouvement du cercle, dans le sens inverse des aiguilles d'une montre, prit de l'ampleur. Les rires et les commentaires provenant de notre côté de la cour cessèrent, et même le maître du palais, assis, le microphone à la main, succomba à l'hypnose générale que les musiciens s'efforçaient de créer.

Le morceau d'ouverture achevé, il y eut une bruyante redistribution des chaises. Elles avaient un dossier droit et étaient tout à fait inconfortables, quelle que soit la manière de s'asseoir, et il était clair que personne ne les utilisait jamais sauf en présence d'Européens. Peu de chaises sont aussi confortables que les *m'tarrba* marocains avec leur pile de coussins.

« Art Blakey serait ravi, dit Christopher. Il y a ici beaucoup de matériaux pour lui. »

Notre hôte se pencha sur le côté et, tenant le microphone devant la bouche, dit :

*« Comment * ? »*

Puis il l'approcha de Christopher pour faire entendre sa réponse.

« Je parlais d'un grand batteur noir américain. »

Il le déplaça à nouveau :

« Ah oui. Les Noirs sont toujours les plus forts. »

Dehors, dans la partie ouverte de la cour, des groupes de trois ou quatre hommes passaient de l'autre côté pour aller accorder leur tambour au-dessus du feu. Ils se remirent à jouer presque aussitôt. Le prélude fut un long solo vocal plaintif. On aurait pu croire qu'il émanait du silence de la ville, de quelque part à l'extérieur du palais, tant le son était ténu et lointain : c'était le meneur qui ménageait ses effets en restant debout dans le noir sous les arcades, le visage tourné vers le mur, aussi éloigné des autres musiciens que possible. Entre chaque strophe de sa mélopée, il y avait un long et profond silence. Je m'aperçus davantage de l'obscurité au dehors, et du superbe isolement de la ville, entre les parois invisibles du cañon, dont le seul lien avec le monde était la piste invraisemblable que nous avions parcourue à grand-peine, quelques heures auparavant. Il n'y avait rien à écouter dans les intervalles entre les cris plaintifs, mais tout le monde écoutait quand même. Finalement, le chœur répondit au soliste lointain et un nouveau rythme commença. Cette fois, le cercle resta immobile et les hommes y entraient et en sortaient en dansant, par deux ou par groupes, en se faisant face.

Vers le milieu du morceau, il y eut des chuchotements et de l'agitation dans l'obscurité, près de la porte d'entrée. C'étaient les femmes qui arrivaient *en masse* *. A la fin du morceau, soixante à soixante-dix d'entre elles s'étaient tassées dans la cour. Pendant l'entracte, elles se pressèrent pour traverser les rangées d'hommes restés debout et s'assirent par terre, autour du centre, comme des ballots sans forme ni visage, enveloppés dans de grands morceaux de tissu sombre. On pouvait même entendre leurs bijoux tinter. L'une d'elles, à ma gauche, ajusta le vêtement qui la recouvrait, laissant voir une magnifique robe turquoise brodée d'or; puis elle redevint aussitôt un sac de linge. Plusieurs morceaux joués par les hommes se succédèrent, pendant lesquels les femmes ne cessaient de chuchoter; elles regardaient poliment, mais il était très évident qu'elles avaient l'esprit occupé par le spectacle qu'elles allaient elles-mêmes donner. Quand les hommes eurent fini et se furent retirés du centre, la moitié des femmes présentes se levèrent et se mirent à retirer le vêtement qui les recouvrait. En se plaçant dans la lumière, elles créaient un bel effet scénique. La beauté du spectacle, cependant, provenait uniquement de la variété des couleurs de leur robe splendide et de l'éclat des lourds ornements en or qu'elles portaient. Parmi elles, il n'y avait aucune jeune fille, ce qui revient à dire qu'elles étaient toutes grosses. C'est un phénomène curieux chez les musiciennes marocaines de ne guère faire preuve, en début de spectacle, d'un sens du rythme. Celui-ci doit être mis en place par les hommes qui jouent du tambour. Au départ, elles semblent distraites, elles bavardent et s'agitent, lissent leurs vêtements et s'intéressent à tout, sauf à ce qui est en cause. Cette fois-là, il fallut beaucoup de batteries pour gagner leur attention, mais après deux reprises, les hommes la captèrent complètement. A partir de ce moment-là, la musique devint uniformément plus inspirée. « *N'est-ce pas qu'elles sont magnifiques?* * » chuchota monsieur Rousselot. Je reconnus qu'elles étaient merveilleuses. En même temps, j'avais du mal à accorder ce que je voyais avec sa description première de Tassemsit, comme ville sainte du péché. Mais, sans nul doute, il savait ce qu'il disait.

Au fur et à mesure que la force et l'excitation des voix aiguës et des tambours augmentaient, je fus de plus en plus convaincu que c'était extraordinairement bien, et que j'aurais donné beaucoup pour pouvoir l'enregistrer et l'écouter ensuite à loisir. Je ne prenais guère plaisir à voir mon hôte détruire si facilement ce qui aurait pu être un enregistrement de valeur. Tout au long du spectacle, les femmes ne bougèrent pas de l'endroit où elles se tenaient, limitant leurs mouvements à un léger balancement du corps, et parfois, en contrepoint, à de fantastiques claquements de mains qui auraient réduit au silence les gitanes de Grenade. Avec tout cet excès de chair, il était aussi bien qu'elles n'eussent pas de pas de danse à exécuter. Quand les dernières mesures se furent terminées, et pendant que nous applaudissions, elles disparurent l'une derrière l'autre, dans l'obscurité de la galerie et s'enveloppèrent pudiquement dans leur grand tissu, s'assirent et écoutèrent la fin musicale de l'*ahouache,* purement faite de percussions. Celle-ci fut vigoureuse et brève. Puis un grand battement de tambour annonça la fin du spectacle. Nous nous levâmes tous rapidement, très mal en point d'être restés si longtemps assis sur des chaises impossibles, et nous retournâmes dans la grande pièce.

Cinq lits accueillants avaient été dressés à la tête des matelas, espacés d'environ six mètres les uns des autres. J'en choisis un dans un coin, près d'une fenêtre et m'assis, sentant que j'allais probablement très bien dormir. La cour se vida en un rien de temps et les serviteurs emportèrent les chaises, la lanterne et le magnétophone. Monsieur Rousselot était debout au milieu de la pièce, bâillant en enlevant sa chemise. L'hôte nous serra la main à chacun en nous souhaitant une bonne nuit avec des formules très élaborées. Quand il vint vers moi, il me tendit la boîte plate qui contenait la bande qu'il venait d'enregistrer : « Un souvenir de Tassemsit » dit-il, et il salua en me la remettant.

Ironie ultime, me dis-je. Bien sûr, il faut que la bande ratée me revienne, à moi, pour que je sache, par le menu, ce que j'ai manqué. Mais les mots que je lui adressai furent encore plus fleuris que les siens. Je lui dis que cette occasion était inoubliable, que je lui serais éternellement reconnaissant pour cette faveur imméritée, et que je lui souhaitais une nuit agréable. Monsieur Omar était étendu sur son lit, en train de fumer, vêtu seulement de son short, Humpty Dumpty ravi et indestructible. Il lançait des ronds de fumée vers le plafond. Je ne voyais pas que l'avenir immédiat de Tassemsit fût en danger. Notre hôte sortit et la porte de la cour fut refermée derrière lui.

Quand tout le monde se fut endormi, je restai allongé dans l'obscurité, à écouter les chacals, méditant sur ma malchance. Cependant l'objectif premier du voyage avait été atteint, fait que je ne découvris que lorsque nous arrivâmes dans l'endroit suivant qui avait l'électricité. Lorsque j'essayai la bande à l'hôtel d'Essaouira, quatorze des dix-huit morceaux étaient parfaitement enregistrés. Il ne servait à rien de me demander comment cela se faisait, puisqu'en bonne logique, la chose était impossible ; il fallait l'accepter comme un heureux mystère. Il est toujours satisfaisant de réussir dans une quête, même si le succès est entièrement dû à des facteurs extérieurs. Nous achetâmes des couvertures, des plateaux, des tapis et des théières et repartîmes vers le nord.

Table

IMPRIMERIE BRODARD ET TAUPIN À LA FLÈCHE
DÉPÔT LÉGAL JUIN 1993. Nº 14651 (1899H-5)

Collection Points

SÉRIE ROMAN

DERNIERS TITRES PARUS

R230. Récits d'un jeune médecin, *par Mikhaïl Boulgakov*
R231. La Maison des prophètes, *par Nicolas Saudray*
R232. Trois Heures du matin à New York
par Herbert Lieberman
R233. La Mère du printemps, *par Driss Chraïbi*
R234. Adrienne Mesurat, *par Julien Green*
R235. Jusqu'à la mort, *par Amos Oz*
R236. Les Envoûtés, *par Witold Gombrowicz*
R237. Frontière des ténèbres, *par Eric Ambler*
R238. Les Deux Sacrements, *par Heinrich Böll*
R239. Cherchant qui dévorer, *par Luc Estang*
R240. Le Tournant, *par Klaus Mann*
R241. Aurélia, *par France Huser*
R242. Le Sixième Hiver
par Douglas Orgill et John Gribbin
R243. Naissance d'un spectre, *par Frédérick Tristan*
R244. Lorelei, *par Maurice Genevoix*
R245. Le Bois de la nuit, *par Djuna Barnes*
R246. La Caverne céleste, *par Patrick Grainville*
R247. L'Alliance, tome 1, *par James A. Michener*
R248. L'Alliance, tome 2, *par James A. Michener*
R249. Juliette, chemin des Cerisiers, *par Marie Chaix*
R250. Le Baiser de la femme-araignée, *par Manuel Puig*
R251. Le Vésuve, *par Emmanuel Roblès*
R252. Comme neige au soleil, *par William Boyd*
R253. Palomar, *par Italo Calvino*
R254. Le Visionnaire, *par Julien Green*
R255. La Revanche, *par Henry James*
R256. Les Années-lumière, *par Rezvani*
R257. La Crypte des capucins, *par Joseph Roth*
R258. La Femme publique, *par Dominique Garnier*
R259. Maggie Cassidy, *par Jack Kerouac*
R260. Mélancolie Nord, *par Michel Rio*
R261. Énergie du désespoir, *par Eric Ambler*
R262. L'Aube, *par Elie Wiesel*
R263. Le Paradis des orages, *par Patrick Grainville*

R264. L'Ouverture des bras de l'homme
par Raphaële Billetdoux
R265. Méchant, *par Jean-Marc Roberts*
R266. Un policeman, *par Didier Decoin*
R267. Les Corps étrangers, *par Jean Cayrol*
R268. Naissance d'une passion, *par Michel Braudeau*
R269. Dara, *par Patrick Besson*
R270. Parias, *par Pascal Bruckner*
R271. Le Soleil et la Roue, *par Rose Vincent*
R272. Le Malfaiteur, *par Julien Green*
R273. Scarlett si possible, *par Katherine Pancol*
R274. Journal d'une fille de Harlem, *par Julius Horwitz*
R275. Le Nez de Mazarin, *par Anny Duperey*
R276. La Chasse à la licorne, *par Emmanuel Roblès*
R277. Red Fox, *par Anthony Hyde*
R278. Minuit, *par Julien Green*
R279. L'Enfer, *par René Belletto*
R280. Et si on parlait d'amour, *par Claire Gallois*
R281. Pologne, *par James A. Michener*
R282. Notre homme, *par Louis Gardel*
R283. La Nuit du solstice, *par Herbert Lieberman*
R284. Place de Sienne, côté ombre
par Carlo Fruttero et Franco Lucentini
R285. Meurtre au comité central
par Manuel Vázquez Montalbán
R286. L'Isolé soleil, *par Daniel Maximin*
R287. Samedi soir, dimanche matin, *par Alan Sillitoe*
R288. Petit Louis, dit XIV, *par Claude Duneton*
R289. Le Perchoir du perroquet, *par Michel Rio*
R290. L'Enfant pain, *par Agustin Gomez-Arcos*
R291. Les Années Lula, *par Rezvani*
R292. Michael K, sa vie, son temps, *par J. M. Coetzee*
R293. La Connaissance de la douleur
par Carlo Emilio Gadda
R294. Complot à Genève, *par Eric Ambler*
R295. Serena, *par Giovanni Arpino*
R296. L'Enfant de sable, *par Tahar Ben Jelloun*
R297. Le Premier Regard, *par Marie Susini*
R298. Regardez-moi, *par Anita Brookner*
R299. La Vie fantôme, *par Danièle Sallenave*
R300. L'Enchanteur, *par Vladimir Nabokov*
R301. L'Ile atlantique, *par Tony Duvert*
R302. Le Grand Cahier, *par Agota Kristof*

R303. Le Manège espagnol, *par Michel del Castillo*
R304. Le Berceau du chat, *par Kurt Vonnegut*
R305. Une histoire américaine, *par Jacques Godbout*
R306. Les Fontaines du grand abîme, *par Luc Estang*
R307. Le Mauvais Lieu, *par Julien Green*
R308. Aventures dans le commerce des peaux en Alaska *par John Hawkes*
R309. La Vie et demie, *par Sony Labou Tansi*
R310. Jeune Fille en silence, *par Raphaële Billetdoux*
R311. La Maison près du marais, *par Herbert Lieberman*
R312. Godelureaux, *par Eric Ollivier*
R313. La Chambre ouverte, *par France Huser*
R314. L'Œuvre de Dieu, la part du Diable, *par John Irving*
R315. Les Silences ou la vie d'une femme *par Marie Chaix*
R316. Les Vacances du fantôme, *par Didier van Cauwelaert*
R317. Le Levantin, *par Eric Ambler*
R318. Beno s'en va-t-en guerre, *par Jean-Luc Benoziglio*
R319. Miss Lonelyhearts, *par Nathanaël West*
R320. Cosmicomics, *par Italo Calvino*
R321. Un été à Jérusalem, *par Chochana Boukhobza*
R322. Liaisons étrangères, *par Alison Lurie*
R323. L'Amazone, *par Michel Braudeau*
R324. Le Mystère de la crypte ensorcelée *par Eduardo Mendoza*
R325. Le Cri, *par Chochana Boukhobza*
R326. Femmes devant un paysage fluvial, *par Heinrich Böll*
R327. La Grotte, *par Georges Buis*
R328. Bar des flots noirs, *par Olivier Rolin*
R329. Le Stade de Wimbledon, *par Daniele Del Giudice*
R330. Le Bruit du temps, *par Ossip E. Mandelstam*
R331. La Diane rousse, *par Patrick Grainville*
R332. Les Éblouissements, *par Pierre Mertens*
R333. Talgo, *par Vassilis Alexakis*
R334. La Vie trop brève d'Edwin Mullhouse *par Steven Millhauser*
R335. Les Enfants pillards, *par Jean Cayrol*
R336. Les Mystères de Buenos Aires, *par Manuel Puig*
R337. Le Démon de l'oubli, *par Michel del Castillo*
R338. Christophe Colomb, *par Stephen Marlowe*
R339. Le Chevalier et la Reine, *par Christopher Frank*
R340. Autobiographie de tout le monde, *par Gertrude Stein*
R341. Archipel, *par Michel Rio*

R342. Texas, tome 1, *par James A. Michener*
R343. Texas, tome 2, *par James A. Michener*
R344. Loyola's blues, *par Erik Orsenna*
R345. L'Arbre aux trésors, légendes, *par Henri Gougaud*
R346. Les Enfants des morts, *par Henrich Böll*
R347. Les Cent Premières Années de Niño Cochise *par A. Kinney Griffith et Niño Cochise*
R348. Vente à la criée du lot 49, *par Thomas Pynchon*
R349. Confessions d'un enfant gâté, *par Jacques-Pierre Amette*
R350. Boulevard des trahisons, *par Thomas Sanchez*
R351. L'Incendie, *par Mohammed Dib*
R352. Le Centaure, *par John Updike*
R353. Une fille cousue de fil blanc, *par Claire Gallois*
R354. L'Adieu aux champs, *par Rose Vincent*
R355. La Ratte, *par Günter Grass*
R356. Le Monde hallucinant, *par Reinaldo Arenas*
R357. L'Anniversaire, *par Mouloud Feraoun*
R358. Le Premier Jardin, *par Anne Hébert*
R359. L'Amant sans domicile fixe *par Carlo Fruttero et Franco Lucentini*
R360. L'Atelier du peintre, *par Patrick Grainville*
R361. Le Train vert, *par Herbert Lieberman*
R362. Autopsie d'une étoile, *par Didier Decoin*
R363. Un joli coup de lune, *par Chester Himes*
R364. La Nuit sacrée, *par Tahar Ben Jelloun*
R365. Le Chasseur, *par Carlo Cassola*
R366. Mon père américain, *par Jean-Marc Roberts*
R367. Remise de peine, *par Patrick Modiano*
R368. Le Rêve du singe fou, *par Christopher Frank*
R369. Angelica, *par Bertrand Visage*
R370. Le Grand Homme, *par Claude Delarue*
R371. La Vie comme à Lausanne, *par Erik Orsenna*
R372. Une amie d'Angleterre, *par Anita Brookner*
R373. Norma ou l'exil infini, *par Emmanuel Roblès*
R374. Les Jungles pensives, *par Michel Rio*
R375. Les Plumes du pigeon, *par John Updike*
R376. L'Héritage Schirmer, *par Eric Ambler*
R377. Les Flamboyants, *par Patrick Grainville*
R378. L'Objet perdu de l'amour, *par Michel Braudeau*
R379. Le Boucher, *par Alina Reyes*
R380. Le Labyrinthe aux olives, *par Eduardo Mendoza*
R381. Les Pays lointains, *par Julien Green*
R382. L'Épopée du buveur d'eau, *par John Irving*

R383. L'Écrivain public, *par Tahar Ben Jelloun*
R384. Les Nouvelles Confessions, *par William Boyd*
R385. Les Lèvres nues, *par France Huser*
R386. La Famille de Pascal Duarte, *par Camilo José Cela*
R387. Une enfance à l'eau bénite, *par Denise Bombardier*
R388. La Preuve, *par Agota Kristof*
R389. Tarabas, *par Joseph Roth*
R390. Replay, *par Ken Grimwood*
R391. Rabbit Boss, *par Thomas Sanchez*
R392. Aden Arabie, *par Paul Nizan*
R393. La Ferme, *par John Updike*
R394. L'Obscène Oiseau de la nuit, *par José Donoso*
R395. Un printemps d'Italie, *par Emmanuel Roblès*
R396. L'Année des méduses, *par Christopher Frank*
R397. Miss Missouri, *par Michel Boujut*
R398. Le Figuier, *par François Maspero*
R399. La Solitude du coureur de fond, *par Alan Sillitoe*
R400. L'Exposition coloniale, *par Erik Orsenna*
R401. La Ville des prodiges, *par Eduardo Mendoza*
R402. La Croyance des voleurs, *par Michel Chaillou*
R403. Rock Springs, *par Richard Ford*
R404. L'Orange amère, *par Didier van Cauwelaert*
R405. Tara, *par Michel del Castillo*
R406. L'Homme à la vie inexplicable, *par Henri Gougaud*
R407. Le Beau Rôle, *par Louis Gardel*
R408. Le Messie de Stockholm, *par Cynthia Ozick*
R409. Les Exagérés, *par Jean- François Vilar*
R410. L'Objet du scandale, *par Robertson Davies*
R411. Berlin mercredi, *par François Weyergans*
R412. L'Inondation, *par Evguéni Zamiatine*
R413. Rentrez chez vous Bogner !, *par Heinrich Böll*
R414. Les Herbes amères, *par Chochana Boukhobza*
R415. Le Pianiste, *par Manuel Vázquez Montalbán*
R416. Une mort secrète, *par Richard Ford*
R417. La Journée d'un scrutateur, *par Italo Calvino*
R418. Collection de sable, *par Italo Calvino*
R419. Les Soleils des indépendances, *par Ahmadou Kourouma*
R420. Lacenaire (un film de Francis Girod)
par Georges Conchon
R421. Œuvres pré-posthumes, *par Robert Musil*
R422. Merlin, *par Michel Rio*
R423. Charité, *par Éric Jourdan*
R424. Le Visiteur, *par György Konrad*

R425. Monsieur Adrien, *par Franz-Olivier Giesbert*
R426. Palinure de Mexico, *par Fernando Del Paso*
R427. L'Amour du prochain, *par Hugo Claus*
R428. L'Oublié, *par Elie Wiesel*
R429. Temps zéro, *par Italo Calvino*
R430. Les Comptoirs du Sud, *par Philippe Doumenc*
R431. Le Jeu des décapitations, *par Jose Lezama Lima*
R432. Tableaux d'une ex, *par Jean-Luc Benoziglio*
R433. Les Effrois de la glace et des ténèbres
par Christoph Ransmayr
R434. Paris-Athènes, *par Vassilis Alexakis*
R435. La Porte de Brandebourg, *par Anita Brookner*
R436. Le Jardin à la dérive, *par Ida Fink*
R437. Malina, *par Ingeborg Bachmann*
R438. Moi, laminaire, *par Aimé Césaire*
R439. Histoire d'un idiot racontée par lui-même
par Félix de Azúa
R440. La Résurrection des morts, *par Scott Spencer*
R441. La Caverne, *par Eugène Zamiatine*
R442. Le Manticore, *par Robertson Davies*
R443. Perdre, *par Pierre Mertens*
R444. La Rébellion, *par Joseph Roth*
R445. D'amour P.Q., *par Jacques Godbout*
R446. Un oiseau brûlé vif, *par Agustin Gomez-Arcos*
R447. Le Blues de Buddy Bolden
par Michael Ondaatje
R448. Étrange séduction (Un bonheur de rencontre)
par Ian McEwan
R449. La Diable, *par Fay Weldon*
R450. L'Envie, *par Iouri Olecha*
R451. La Maison du Mesnil, *par Maurice Genevoix*
R452. La Joyeuse Bande d'Atzavara
par Manuel Vázquez Montalbán
R453. Le Photographe et ses Modèles, *par John Hawkes*
R454. Rendez-vous sur la terre, *par Bertrand Visage*
R455. Les Aventures singulières du soldat Ivan Tchonkine
par Vladimir Voïnovitch
R456. Départements et Territoires d'outre-mort
par Henri Gougaud
R457. Vendredi des douleurs, *par Miguel Angel Asturias*
R458. L'Avortement, *par Richard Brautigan*
R459. Histoire du ciel, *par Jean Cayrol*
R460. Une prière pour Owen, *par John Irving*

R461. L'Orgie, la Neige, *par Patrick Grainville*
R462. Le Tueur et son ombre, *par Herbert Lieberman*
R463. Les Grosses Rêveuses, *par Paul Fournel*
R464. Un week-end dans le Michigan, *par Richard Ford*
R465. Les Marches du palais, *par David Shahar*
R466. Les hommes cruels ne courent pas les rues
par Katherine Pancol
R467. La Vie exagérée de Martín Romaña
par Alfredo Bryce-Echenique
R468. Les Étoiles du Sud, *par Julien Green*
R469. Aventures, *par Italo Calvino*
R470. Jour de silence à Tanger, *par Tahar Ben Jelloun*
R471. Sous le soleil jaguar, *par Italo Calvino*
R472. Les cyprès meurent en Italie, *par Michel del Castillo*
R473. Kilomètre zéro, *par Thomas Sanchez*
R474. Singulières Jeunes Filles, *par Henry James*
R475. Franny et Zooey, *par J. D. Salinger*
R476. Vaulascar, *par Michel Braudeau*
R477. La Vérité sur l'affaire Savolta, *par Eduardo Mendoza*
R478. Les Visiteurs du crépuscule, *par Eric Ambler*
R479. L'Ancienne Comédie, *par Jean-Claude Guillebaud*
R480. La Chasse au lézard, *par William Boyd*
R481. Les Yaquils, *suivi de* Ile déserte, *par Emmanuel Roblès*
R482. Proses éparses, *par Robert Musil*
R483. Le Loum, *par René-Victor Pilhes*
R484. La Fascination de l'étang, *par Virginia Woolf*
R485. Journaux de jeunesse, *par Rainer Maria Rilke*
R486. Tirano Banderas, *par Ramón del Valle-Inclán*
R487. Une trop bruyante solitude, *par Bohumil Hrabal*
R488. En attendant les barbares, *par J. M. Coetzee*
R489. Les Hauts-Quartiers, *par Paul Gadenne*
R490. Je lègue mon âme au diable
par Germán Castro Caycedo
R491. Le Monde des merveilles, *par Robertson Davies*
R492. Louve basse, *par Denis Roche*
R493. La Couleur du destin, *par Carlo Fruttero et Franco Lucentini*
R494. Poupée blonde, *par Patrick Modiano*
dessins de Pierre Le-Tan
R495. La Mort de Lohengrin, *par Heinrich Böll*
R496. L'Aïeul, *par Aris Fakinos*
R497. Le Héros des femmes, *par Adolfo Bioy Casares*
R498. 1492. Les Aventures de Juan Cabezón de Castille
par Homero Aridjis

R499. L'Angoisse du tigre, *par Jean-Marc Roberts*
R500. Les Yeux baissés, *par Tahar Ben Jelloun*
R501. L'Innocent, *par Ian McEwan*
R502. Les Passagers du Roissy-Express
par François Maspero
R503. Adieu à Berlin, *par Christopher Isherwood*
R504. Remèdes désespérés, *par Thomas Hardy*
R505. Le Larron qui ne croyait pas au ciel
par Miguel Angel Asturias
R506. Madame de Mauves, *par Henry James*
R507. L'Année de la mort de Ricardo Reis
par José Saramago
R508. Abattoir 5, *par Kurt Vonnegut*
R509. Comme je l'entends, *par John Cowper Powys*
R510. Madrapour, *par Robert Merle*
R511. Ménage à quatre, *par Manuel Vázquez Montalbán*
R512. Tremblement de cœur, *par Denise Bombardier*
R513. Monnè, Outrages et Défis, *par Ahmadou Kourouma*
R514. L'Ultime Alliance, *par Pierre Billon*
R515. Le Café des fous, *par Felipe Alfau*
R516. Morphine, *par Mikhaïl Boulgakov*
R517. Le Fou du tzar, *par Jaan Kross*
R518. Wolf et Doris, *par Martin Walser*
R519. La Course au mouton sauvage, *par Haruki Murakami*
R520. Adios Schéhérazade, *par Donald Westlake*
R521. Les Feux du Bengale, *par Amitav Ghosh*
R522. La Spéculation immobilière, *par Italo Calvino*
R523. L'homme qui parlait d'Octavia de Cadix
par Alfredo Bryce-Echenique
R524. V., *par Thomas Pynchon*
R525. Les Anges rebelles, *par Robertson Davies*
R526. Nouveaux Contes de Bustos Domecq
par Jorge Luis Borges et Adolfo Bioy Casares
R527. Josepha, *par Christopher Frank*
R528. L'Amour sorcier, *par Louise Erdrich*
R529. L'Europe mordue par un chien, *par Christophe Donner*
R530. Les hommes qui ont aimé Evelyn Cotton
par Frank Ronan
R531. Agadir, *par Mohammed Khaïr-Eddine*
R532. Brigitta, *par Adalbert Stifter*
R533. Lune de miel et d'or, *par David Shahar*
R534. Histoires de vertige, *par Julien Green*
R535. Voyage en France, *par Henry James*

R536. La Femme de chambre du Titanic, *par Didier Decoin*
R537. Le Grand Partir, *par Henri Gougaud*
R538. La Boîte noire, *par Jean-Luc Benoziglio*
R539. Le Prochain sur la liste, *par Dan Greenburg*
R540. Topkapi, *par Eric Ambler*
R541. Hôtel du lac, *par Anita Brookner*
R542. L'Aimé, *par Axel Gauvin*
R543. Vends maison, où je ne veux plus vivre
par Bohumil Hrabal
R544. Enquête sous la neige, *par Michael Malone*
R545. Sérénissime, *par Frédéric Vitoux*
R546. Fleurs de ruine, *par Patrick Modiano*
R547. Les Girls du City-Boum-Boum, *par Vassilis Alexakis*
R548. Les Rives du fleuve Bleu, *par Emmanuel Roblès*
R549. Le Complexe polonais, *par Tadeusz Konwicki*
R550. La Patte du scarabée, *par John Hawkes*
R551. Sale Histoire, *par Eric Ambler*
R552. Le Silence des pierres, *par Michel del Castillo*
R553. Une rencontre en Westphalie, *par Günter Grass*
R554. Ludo & Compagnie, *par Patrick Lapeyre*
R555. Les Calendes grecques, *par Dan Franck*
R556. Chaque homme dans sa nuit, *par Julien Green*
R557. Nous sommes au regret de..., *par Dino Buzzati*
R558. La Bête dans la jungle, *par Henry James*
R559. Nouvelles démesurées, *par Adolfo Bioy Casares*
R560. Sylvie et Bruno, *par Lewis Carroll*
R561. L'Homme de Kiev, *par Bernard Malamud*
R562. Le Brochet, *par Eric Ambler*
R563. Mon valet et moi, *par Hervé Guibert*
R564. Les Européens, *par Henry James*
R565. Le Royaume enchanté de l'amour, *par Max Brod*
R566. Le Fou noir *suivi de* Le poing fermé, *par Arrigo Boito*
R567. La Fin d'une époque, *par Evelyn Waugh*
R568. Franza, *par Ingeborg Bachmann*
R569. Les Noces dans la maison, *par Bohumil Hrabal*
R570. Journal, *par Jean-René Huguenin*
R571. Une saison ardente, *par Richard Ford*
R572. Le Dernier Été des Indiens, *par Robert Lalonde*
R573. Beatus Ille, *par Antonio Muñoz Molina*
R574. Les Révoltés de la « Bounty »
par Charles Nordhoff et James Norman Hall
R575. L'Expédition, *par Henri Gougaud*
R576. La Loi du capitaine, *par Mike Nicol*

R577. La Séparation, *par Dan Franck*
R578. Voyage autour de mon crâne, *par Frigyes Karinthy*
R579. Monsieur Pinocchio, *par Jean-Marc Roberts*
R580 Les Feux, *par Raymond Carver*
R581. Mémoires d'un vieux crocodile, *par Tennessee Williams*
R582. Patty Diphusa, la Vénus des lavabos
par Pedro Almodóvar
R583. Le Voyage de Hölderlin en France
par Jacques-Pierre Amette
R584. Les Noms, *par Don DeLillo*
R585. Le Châle, *par Cynthia Ozick*
R586. Contes d'amour de folie et de mort
par Horacio Quiroga
R587. Liberté pour les ours !, *par John Irving*
R588. Mr. Stone, *par V.S.Naipaul*
R589. Loin de la troupe, *par Heinrich Böll*
R590. Dieu et nous seuls pouvons, *par Michel Folco*
R591. La Route de San Giovanni, *par Italo Calvino*
R592. En la forêt de longue attente, *par Hella S.Haasse*
R593. Lewis Percy, *par Anita Brookner*
R594. L'Affaire D., *par Charles Dickens*
Carlo Fruttero et Franco Lucentini
R595. La Pianiste, *par Elfriede Jelinek*
R596. Un air de famille, *par Michael Ondaatje*
R597. L'Ile enchantée, *par Eduardo Mendoza*
R598. Vineland, *par Thomas Pynchon*
R599. Jolie, la fille !, *par André Dubus*
R600. Le Troisième Mensonge, *par Agota Kristof*
R601. American psycho, *par Bret Easton Ellis*
R602. Le Déménagement, *par Jean Cayrol*
R603. Arrêt de jeu, *par Dan Kavanagh*
R604. Brazzaville Plage, *par William Boyd*
R605. La Belle Affaire, *par T. C. Boyle*
R606. La Rivière du sixième jour, *par Norman Maclean*
R607. Le Tarbouche, *par Robert Solé*
R608. Leurs mains sont bleues, *par Paul Bowles*
R609. Une femme en soi, *par Michel del Castillo*
R610. Le Parapluie jaune, *par Elsa Lewin*
R611. L'Amateur, *par André Balland*
R612. Le Suspect, *par L.R. Wright*
R613. Le Tueur des abattoirs, *par Manuel Vázquez Montalbán*
R614. Mémoires du Capitán Alonso de Contreras
par Alonso de Contreras